TILMANN MOSER

Dabei war ich doch sein liebstes Kind

Eine Psychotherapie mit der Tochter eines SS-Mannes

KÖSEL

ISBN 3-466-30440-7

Druck und Bindung: Kösel, Kempten
Umschlag: Kaselow Design, München
Umschlagfoto: Edgar Ende, Die Begegnung, 1933

1 2 3 4 5 · 01 00 99 98 97

Gedruckt auf umweltfreundlich hergestelltem Werkdruckpapier (säurefrei und chlorfrei gebleicht)

Inhalt

Vorwort als Bildbetrachtung

Auf der Suche nach einem Bild für den Buchumschlag dieses Textes durchstreifte ich manches Museum, nicht eben gezielt suchend, aber doch aufmerksam auf passende Gemälde achtend, die etwas von der Thematik wie der Atmosphäre der Arbeit mit der Patientin darstellten, ja in einem anderen Medium sogar erläuterten. Und dann stand die Wahl auf einmal fest, als ich in Hannover vor Edgar Endes Bild von 1933 mit dem Titel *Die Begegnung* verweilte und mich der Mischung von Sturmgebraus und zeitloser geronnener Gestik überließ, die die linke wie die rechte Bildhälfte in durchlässigen und doch getrennten Räumen füllen. Es schien mir wie für meinen Text gemalt.

Das Gemälde zeigt halb eingemauerte Figuren, die in bedrängender Weise auf eine Frau einzuwirken versuchen, die sich dieser intensiven Zuwendung zu erwehren versucht. Ja, das ganze Bild ist die Darstellung eines Kampfes um Einfluss, eine Beschwörung, ein Einklagen von Dingen, die für die in einen Raum zwischen Leben und Tod festgehaltenen Personen lebens- oder sterbenswichtig zu sein scheinen. Genau dies ist das Thema des in diesem Buch festgehaltenen Therapieberichts: die Heimsuchung der Patientin durch Personen ihrer Kindheit, die ihr Leben gestaltet, überschattet, vielleicht missbraucht haben, und die in ihrer ewigen Unruhe, zumindest im Innern der Patientin, noch immer nach Zuwendung, Verstehen, Sühne, Schuldübernahme, Verurteilung oder Verzeihen schreien. Dominierend ist dabei der in den Nationalsozialismus verstrickte SS-Vater, der wenige Monate nach Kriegsende durch die Besatzungsmacht zu Tode kam. Er ist für die Patientin eine gleichermaßen faszinierende, ängstigende, verwöhnende wie erschrekkende Person geblieben, deren Wirkung in ihrem Inneren sie bislang ohne Hilfe ausgesetzt war. In der Kampfehe der Eltern war die Mutter kein Rückhalt, sondern forderte ihrerseits Loyalität und strafte die Tochter für die Bevorzugung durch den Vater. Also blieb auch die Mutter eine Klagende oder Anklagende, von der sich zu trennen Schuld bedeutete. Ein älterer Bruder, der die Kämpfe, auch die späteren, im Inneren tobenden, hätte mildern können, verriegelte seine seelische Welt und verbot, über Vergangenes zu sprechen.

Aber zurück zu Edgar Endes Bild: Eine weibliche Figur, eingehüllt in ein leuchtend helles, kuttenartiges Gewand ohne Ärmel, wie um Berührung und ein Ausgreifen der Arme zu verhindern, stemmt sich rückwärts gegen einen Sturm. Er wird in seiner Wirkung verdoppelt durch einen von den braunen Figuren ausgehenden Sog, die in einen steinernen oder ehernen Block eingemauert sind.

Die Heftigkeit des Sturms wird sichtbar in den fliegenden Ästen eines Baumes, einziges organisches Wesen in einer trostlos leeren Landschaft, die von einem letzten Abglanz der längst untergegangenen Sonne düster erhellt wird. Ein liegender Balken trennt den bühnenartigen Raum, ein wahrlich unwirtliches »Drinnen«, von einem noch unwirtlicheren »Draußen«. Eine unsichtbare, als grell zu phantasierende Lichtquelle wirft hinter den Figuren und wenigen Gegenständen scharfe, gespenstische Schatten. Zwei dieser Halbfigurenschatten an der braunen

Wand, auf dem Kopf stehend, gleichen, unter der weiblichen Figur, einem Teufel mit drohend erhobener Krallenhand, und unter dem bärtigen Mann einer enthaupteten Person, die in Panik noch die Hände hebt und mit diesem schauerlichen Schattenriss gerade noch den Schatten der rückwärts gestemmten Frau berührt, in einer makabren Kommunikation in schwarz-magischer Erotik: weil der enthauptete Hals auch Teil eines Gemächts zwischen baumelnden Beinen sein könnte, zwischen die sich wuchtig und fast sprengend die Eichel des Schattenphallus schiebt wie ein drohendes Folterinstrument.

Das Haupt der sich gegen Sturm und Sog stemmenden Frau ist von verdorrtem Eichenlaub gekrönt wie ein symbolistisch überhöhter Dichterkopf, aus dem ein düster sinnendes Auge auf die groteske Szene an der Wand starrt. Es ist natürlich nicht klar, ob die Szene bereits die Vision des Dichters darstellt, die ihn wieder zu verschlingen droht, oder ob die erzählerische Entschlüsselung der geronnenen Szene das künftige Projekt des Autors/der Autorin ist, also eine Variante des Rätsels der Sphinx, an der sich nun ein weiblicher Ödipus, also eine Elektra, erneut bewähren muss: Das Personal des Rätsels ist erweitert um eine Bruderfigur, in der, erkennbar an dem nicht-toten Blick, noch ein Hauch von Leben ist, während das Elternpaar, sie geschlossenen Auges, er wie erblindet, nicht mehr lebendig zu schauen scheinen. In Gustav Schwabs *Schönsten Sagen des klassischen Altertums* heißt es zu Elektra: »Von der Mutter wurde ihr bitterste Feindschaft zuteil; im eigenen Hause musste sie mit den Mördern des Vaters wohnen und ihnen in allem unterwürfig sein.« So weit ging es nicht in der neuen Geschichte, aber die Wäsche der Mörder musste sie wohl waschen in Tränen. »Was weinst du, Gottverhasste«, rief ihr die Mutter (bei Schwab) zornig zu, so oft sie Elektra in Tränen fand, »starb dir allein der Vater? Hat denn niemand zu trauern als du? Möchtest du doch in deinem törichten Jammer vergehen!«

In der Tat verbinde ich die beschwörend abwehrende Gestik der jüngeren männlichen Figur, die in der Linken einen nicht erkennbaren Gegenstand hält, mit der Person des älteren Bruders in dem therapeutischen Drama, der, obwohl lebend aus dem Krieg zurückgekehrt, doch der Patientin gebieterisch alles Fragen und Forschen über die Geschichte der Familie verbieten will. Unerlöst ist auch er, aber er verschließt alles Wissen wie in einer eisernen Kugel, die er auch hinter die Mauer werfen oder mit ins Grab nehmen könnte. Sein Blick scheint flehend, die Hand beschwörend, das Gesicht könnte signalisieren: »Verschone uns!«, aber auch: »Ich warne dich vor dem Wahnsinn, solltest du es dennoch wagen, hinter die undurchdringlich scheinende Wand der Geschichte zu schauen.«

Vater und Sohn sind in fast parallelen Bewegungen gestaltet, der Sohn noch aktiv, der Vater erstarrt und wie eine Bittschrift haltend, die doch auch ein Urteil sein könnte, ein Rechtfertigungsschreiben wie eine Drohung, ein Verzeichnis von Taten oder von Forderungen, jedenfalls ein starker Appell. Und offenbar geht von diesem mahnenden Blatt des Alten der stärkste Sog aus, dem die Dichterin oder Ethnologin oder Archäologin der eigenen Familie zu widerstehen hat. Vielleicht geht der innere Kampf in ihr wie der Kampf zwischen den Figuren auch darum, ob sie das bereits ausgehändigte, ja vielleicht sogar schon vollstreckte Urteil im Nachhinein noch bestätigen oder gar unterzeichnend ihm zustimmen soll. Kaum sichtbare Zeichen auf dem Blatt deuten auf eine Kontenführung hin, in der rote und schwarze Zahlen durcheinander gehen.

Am Abgeklärtesten erscheint die Mutter, deren Schal ich als früh geschlungenen Witwenschleier gemäß der im Folgenden erzählten Geschichte deute. Sie ist jung geblieben auf dem Bild, und der Busen blüht, wie er im Augenblick des Todes ihres Mannes noch geblüht haben mag. Denn sie soll eine hübsche Frau gewesen sein, ehe sie ein Los aus der schrecklichen Trommel der Geschichte zog, das sie von da an verhärmt leben und verhärmt sterben ließ. Ihre einst jugendliche Schönheit hätte sie gerne einem ganz anderen Lebensentwurf dargebracht, aber der Gatte folgte dem Ruf der Gewalt und des Gewalttäters, und so finden sich die drei eingemauert wie zu einer Endlagerung im Fels oder im Erz der Geschichte, und dennoch wollen sie gedeutet sein und finden vorher keine Ruhe. Doch die Geste der Mutter mit der sanft scheinenden Hand, die das Messdreieck neben die beiden Männer hält, hat die Gewalt nicht mäßigen können. Vielleicht hat sie ungewollt und im schwer ermittelbaren Untergrund verborgen, wie die Teufelshand ihres Schattens es anzeigt, die Gewalt sogar geschürt, durch subtile Kränkung und verletzenden Widerspruch. Die Sanftmut der niedergeschlagenen Augen wird jedenfalls durch die kühle Gebärde des Messens wie durch die fast intrigant gespreizten Finger der linken Hand konterkariert, und so verliert sich alle zu findende Gerechtigkeit in der Düsterkeit eines mythischen Bildes.

Wie lange die rückwärts sich stemmende Frau so stehen mag, bleibt ungewiss. Soll es kein lähmender Ewigkeitsaugenblick werden, wird sie sich wegbegeben müssen, sich trennen, sich verabschieden, die Aufgabe halb gelöst, halb ungelöst lassend, um vielleicht hinter der weißen Mauer noch zu einem Stück eigenem Leben zu finden. Was man halt späte Reife nennen mag, oder Gelassenheit auch im Ungelösten. Denn manche Rätsel sind nicht ganz zu lösen in einem einzigen Leben, man lebt in ihnen, bis sich ein später Lichtschein findet, der neue Konturen zeichnet, und man ginge am liebsten eine Strecke zurück, um noch einmal zu beginnen, und verliert das Gefühl von Anfang und Ende und vom rechten Weg und von Schuld und Unschuld, und sagt sich am Schluss: »Gott, lieber, oder unbarmherziger, es war zu schwer, was du mir aufgegeben hattest. Aber vielleicht hast du es selbst nicht genau gewusst, vielleicht tut es dir wenigstens ein bisschen leid. Du hast dir dein Spiel mit den Menschen auch nicht ausgesucht, selbst wenn du dich gerne als den großen Beweger preisen lässt. Lass uns doch zusammen trauern über die Schöpfung, du musst sie dir nicht alleine anlasten, aber auch nicht mir, wenn sie entgleist. Du und wir, wir brauchen Barmherzigkeit, sonst gestikuliert meine Familie noch lange in der braunen Wand herum und sucht in meiner Seele nach des Rätsels Lösung. Ich will nicht nur eurer gedenken, ihr meine nächsten Verwandten und Angehörige des Tätervolkes. Denn unter eurem Felsen ruhen Millionen Ermordete, die auch meine fernen Nächsten sind. Ihr seid in ihren Grabstein eingemauert, ob ihr daran denkt oder nicht. Und gebeugt von eurem eigenen Elend habt ihr der Toten der Gewalt nicht mehr gedacht, deshalb seid ihr ja Teil meines Alptraums vom großen Mahnmal in der Hauptstadt, über das sich die Weisen noch immer nicht verständigen können.«

Kurze Vorstellung der Patientin

Die knapp 68-jährige Patientin kam aufgrund eines Aufsatzes von mir in der *Badischen Zeitung* über Spätfolgen der NS-Zeit und Probleme ihrer Aufarbeitung. Sie hatte fünf Jahrzehnte lang für ihren im Herbst 1945 unter unklaren Umständen von der Besatzungsmacht erschossenen Vater, SS-Mann, Schuld und Scham übernommen und hoffte nun, es könnte endlich genug sein. Aber auch: dass es vielleicht auch für sie therapeutische Hilfe geben könnte. Die Lektüre meines Textes hatte ihr die »Erlaubnis« vermittelt, einen Therapeuten aufzusuchen, und zwar einen, von dem sie annahm, dass er in das Thema eingearbeitet war. Sie hatte therapeutische Erfahrung nur aus den wenigen Gesprächen mit einem ärztlichen Therapeuten in der Psychiatrie, in der sie vor mehreren Jahren auf dem Höhepunkt einer Ehekrise einige Wochen zugebracht hatte, und aus wenigen Stunden einer Therapie mit einer Frau, die sie sehr bald abbrach.

Ihren Jugendwunsch, einen pädagogischen Beruf zu ergreifen, hatte das Kriegsende und der Tod des Vaters zunichte gemacht. Sie wurde Sekretärin in einem mittleren Betrieb und brachte, nicht immer unterstützt von ihrem Mann, unter Anspannung aller Kräfte vier Kinder durch.

Ihr Schicksal ging mir nahe und fesselte mich so, dass ich die Stunden der auf fünfundzwanzig Sitzungen projektierten Kurztherapie jeweils am Abend aus der Erinnerung protokollierte, und zwar in den ersten Wochen so, dass ich zunächst einfach den Strom ihrer Erzählung, ihrer Gefühle, ihrer vermuteten inneren Vorgänge wiedergab.

Eine befreundete Kollegin, der ich das Manuskript zu lesen gab, empörte sich, dass ich mir anmaßte, mich in die vermuteten oder in der Gegenübertragung erschlossenen Gefühle der Patientin hineinzuversetzen und sie so wiederzugeben, als seien sie Teil einer direkten Rede oder eines inneren Monologs. Das sei eine massive Grenzverletzung, ein aggressives In-sie-Hineinkriechen und Aneignen. Ähnlich erging es mir bei einem Vortrag anlässlich einer Tagung der Sektion Politische Psychologie der Politikwissenschaftler, in dem ich die ersten beiden Stundenberichte vortrug: Kollegen diagnostizierten sofort, dass ich die Patientin missbrauchte und die Art der Literarisierung nur das Ausmaß meiner Abwehr vor dem NS-Thema oder dem Schicksal meiner Patientin verrate. Inzwischen bin ich solche Schnelldiagnosen beinahe schon gewohnt, und trotzdem schmerzen sie. Das NS-Thema ist immer noch so brisant, dass wir geneigt sind, uns unseren Spontanreaktionen zu überlassen, die in der Tat aufwühlend sind, und dabei sofort einen Gegner brauchen, um die innere Aufwallung niederzuhalten oder weiterzugeben.

Die Patientin selbst, mit der ich ein halbes Jahr nach dem Ende der Therapie das Manuskript durchging, störte sich nicht an dieser Form der Wiedergabe der Stunden; sie erlebte sie als eine besondere Form der Nähe zu mir, aus der sie sich später wieder löste, als auch sie in einigen Phasen der Behandlung scheu unsere Beziehung ansprechen konnte. Aber über längere Zeit war ich nur »idealer Zeuge« ihrer Biographie und ihrer Gefühle, ohne dass die Affekte innerhalb unserer Beziehung thematisiert werden konnten.

Der scheinbar ganz aus ihrem Munde kommende anfängliche Text ist also eine Verdichtung aus ihrem realen Bericht, denkbarem inneren Monolog, der den Bericht begleitete, und Hinzufügungen aus meinem affektiven Erleben. Es war, als habe sie angesichts ihrer Familiengeschichte bestimmte subjektive Wahrnehmungen an mich abgetreten, die ihren Bericht ergänzen, aber in den Stunden unausgesprochen blieben. Dieser vollkommene Verzicht ihrerseits auf direkte Reaktionen auf unsere Beziehung war mir in dieser Reinheit noch nie vorgekommen. Ich spürte zwar, dass sie meine Reaktionen wahrnahm, aber sie hielt mich zunächst gefangen in der Rolle eines »kundigen Zeugen«, den sie, in einer gewissen Überhöhung, bis zum Schluss als den »Herrn Doktor« ansprach. Am ehesten wäre diese Anrede zu übersetzen als »der Wissende«, den sie brauchte, um sich überhaupt mit ihrem Thema zu öffnen. Die idealisierende Übertragung, so stellte ich dankbar fest, steigerte meine Bereitschaft zur Einfühlung wie zu einer intensiven begleitenden Lektüre, an die ich mich auch halten musste, als sie sich während der Therapie für einige Wochen in eine psychiatrische Klinik einweisen ließ.

Bei der Wiedergabe der ersten zehn Sitzungen mischen sich also ihr Bericht und Hinzufügungen aus meinem Versuch der empathischen Begleitung. Ihre unbewusste Beziehungsanfrage an mich lautete: »Lohnt es sich für mich, Therapie zu erhalten?« Ich wurde gleichsam in symbiotischer Verschmelzung ihr Sprachrohr, ein affektives Medium, oder auch: ein Selbstobjekt, das ihre versprengten Affekte zusammenführte. Die Arbeit des zweiten Halbjahres diente zum Teil der Entflechtung dieser spiegelnden Haltung, in der ich stellvertretend für sie spreche.

Zwei lektorierende Kollegen verwiesen mich auf die fehlende Arbeit an der negativen Übertragung. In der Tat wird diese während der fünfundzwanzig Stunden nur spürbar als bedrohliches Grollen in zwei Misstrauenskrisen: einmal als verzögerte Reaktion auf meine Mitteilung, dass ich einiges aufschriebe von dem, was sie mir berichtete; und dann als ängstigender Verdacht, dass ich sie mit unserer Arbeit in nicht aushaltbare Zustände seelischer Bedrohung führte. Diese beiden Krisen lösten auch bei mir heftige Ängste aus; sie ließen sich aber bei beiden Partnern des Dialogs wieder beheben, und sie stimmte ein halbes Jahr nach Abschluss der Therapie und der Lektüre des Textes einer Publikation aus ganzem Herzen zu. Auf ihre Reaktionen auf den fertigen Text werde ich am Ende des Buches kurz eingehen.

Im Laufe der Therapie hörte ich von ihr, dass sie eine Maltherapeutin habe, bei der sie ihre Stimmungen darstellen könne. Aber offensichtlich wird dort nicht über die NS-Geschichte gesprochen.

Der Bericht über die Therapie

I

Dass jetzt alles so hochkommen muss ... ich habe immer gut geschlafen. Um fünf Uhr bin ich jetzt seit Monaten wieder wach. Die Ärztin gibt mir Tabletten. Aber auf einmal wirken sie nicht mehr. Ich lese viel über das Kriegsende. Hitler war immer wichtig bei uns, eine große Person. Aber unheimlich. Ich saß auf den Knien meines Vaters am Volksempfänger. Die Mutter ging dann raus. Wir waren zusammen, der Vater und ich, wenn Hitler sprach. Ein wenig war's wie vor dem Altar. Aber ein Bild von ihm wurde nicht aufgehängt. Da hat meine Mutter gekämpft! Sie war mehr kirchlich, sprach öfter mit einem Pfarrer. Einmal, als der Vater früher nach Hause kam, saß der noch in der Küche. Er hat ihn rausgeworfen. Der Pfaffe, der Schwarzkittel, sagte er. Die Mutter weinte.

Auf einem kleinen Regal über meinem Tischchen an der Wand habe ich Dinge von meinen liebsten Menschen ausgebreitet, Bilder, Bücher, Andenken. Meinen Vater kann ich dort nicht aufstellen. Warum muss ich jetzt schon wieder weinen? Entschuldigen Sie. Ich mochte ihn sehr gerne. Aber wenn er meinen Bruder zusammengeschlagen hat, weil der eine Viertelstunde zu spät nach Hause kam, von der Schule oder von einem Hitlerjugend-Abend, dann hasste ich ihn und hatte Angst.

Meine Schwester hatte rote Haare, das mochte er sowieso nicht. Er war schwarz, ich war auch schwarz. Es tat so weh, weil ich mich immer schämen musste. Das mit den Juden. Ich weiß nicht, was er alles gemacht hat. Er war ja die ganze Zeit Chauffeur, persönlicher Chauffeur. Vom Chef der Firma Preussinger. 1928 ist er in die SA eingetreten, später in die SS, es gibt noch Bilder mit der Uniform. Eine entfernte Tante sagte: Als die im Nachbarstädtchen die Synagoge angezündet haben – er hatte ja Dienst an dem Abend –, da hat er einer jüdischen Frau ins Gesicht geschlagen. Ich muss mich so schämen. Meine Tante meint, ich muss für ihn büßen. In der Pfalz war ich auf einer Fachschule für Jugendarbeit. Aufstehen um Viertel vor sechs, antreten, es war eine Qual, ganz militärisch. Ich habe Bettelbriefe nach Hause geschrieben, sie sollen mich wieder holen. Ich habe nur noch geweint die letzten Monate. Dann, als die Front näher rückte, ist zuerst der Direktor verschwunden, und eine Lehrerin sagte uns, wir sollen sehen, wie wir nach Hause kommen. Ich werde einfach nicht damit fertig. Im Juli 45 haben sie ihn gesucht bei uns in der Wohnung, einer hatte ihn angezeigt, dass er bei der SS gewesen war. Drei Franzosen kamen mit einem kleinen Zettel, unsere Straße war falsch geschrieben, er war nicht da. Er war bei einer Baukolonne. Sie wurden jeden Morgen am Rathaus auf einen Lastwagen geladen, alle, die auch etwas auf dem Kerbholz hatten, zehn Kilometer war es weg, die Franzosen fuhren los, um ihn dort zu suchen. Meine Mutter ist aufs Rad gesprungen, aber es war ja zu weit, sie wollte ihn warnen. Jedenfalls, der alte Lehrer in dem Dorf ging dort spazieren und war Zeuge. Der hat sich gewehrt, der Vater, er wusste, dass es ernst wird. Sie haben ja viele abgeholt damals. Sie haben ihn mit den Gewehrkolben niedergeschlagen. Wir haben ihn erst wieder gesehen, als er gestorben war. Er hat sich so gewehrt, dass einer geschossen hat. An dem Steckschuss ist er gestorben. Wir sind drei Tage lang in die Kaserne gelaufen, wo er angeschossen lag, aber sie haben uns nicht reingelassen. Erst als er tot war, ließen sie uns zu ihm. Sein Gesicht sah schlimm aus. Wir fragten, warum er so aussieht, aber sie haben es uns nicht gesagt. Erst viel später hat es uns der Lehrer erzählt: Fäuste und Gewehrkolben.

Meine Mutter ist seelisch krank geworden. Ich musste plötzlich arbeiten, Geld verdienen, da war ich siebzehn. Aus mit der Schule. Ich wäre so gern Lehrerin geworden. In einer anderen Stadt gab es ein Aufbaugymnasium, aber wir hatten ja kein Geld. Eine Halbjüdin, die mich von vor dem Krieg kannte, holte mich in eine Großhandlung. Sie war mit einem Schweizer verheiratet, deshalb haben sie sie nicht deportiert. Aber ich weiß, wenn mein Vater gekonnt hätte, wie er wollte, dann hätte er sie auch holen lassen. Er war so fanatisch und voller Hass gegen die Juden. Die Partei war mehr für ihn als die Familie. Er sprach immer von der Partei. Manchmal musste ich ihn holen in der Wirtschaft, wo sie sich getroffen haben. Manchmal hat ihn die Mutter geholt. Dann hörte ich, wie sie sich gestritten haben nachts.

Einmal schaute sie durchs Fenster in die Kneipe, wo er war. Da sah er sie, er war so jähzornig, und er ist ihr nachgefahren, hat sie auf einer Brücke erwischt und warf ihr Fahrrad in den Fluss hinunter. So, hat er gesagt, du haust mir nicht mehr ab. Das hat sie mir erzählt, als ich am anderen Morgen merkte, dass ihr Fahrrad nicht mehr im Keller war. Sie hat es ihm nicht verzeihen können, dass er die Kinder nicht mochte. Dich, sagte sie, auf dich ließ er nichts kommen. Er war verrückt nach dir. Und ich merkte, wie böse die Mutter auf mich sein konnte. Entschuldigen Sie, dass ich schon wieder weine. Ich kann die Bilder nicht mehr loswerden. Sie werden immer schärfer. Wissen Sie, woher das kommt? Nach fünfzig Jahren! Ich will nichts mehr davon wissen. Ich habe doch genug gebüßt. Vierzig Jahre habe ich gedacht, ich muss es auf mich nehmen. Mein ganzes

Leben ist Sühne. Die Kinder sind jetzt aus dem Haus. Seit zwei, drei Jahren kann ich wieder mit meinem Mann reden, wir vertragen uns. Ich kann ihn verstehen, dass es ihm zu viel war, mit den vier Kindern, und dass er mich hätte stützen müssen. Das war halt meine Aufgabe, die Kinder durchzubringen. Ein Sohn hat getrunken ein paar Jahre, jetzt ist er trocken. Ich werde einfach nicht damit fertig: das zerschlagene Gesicht meines Vaters, der Schrecken, es war furchtbar, und eine innere Stimme sagte immer: »Es geschieht ihm recht«, mitten im Mitleid und in der Wut auf die Soldaten. Warum hat er sich auch so gewehrt? Aber sie hätten ihm nicht so das Gesicht zerschlagen müssen. Ein Vater, über den man sich schämen muss, sein ganzes Leben. Mein Bruder hat nie mit mir über das alles reden wollen. Er hat gesagt, das ist vorbei, man muss es ruhen lassen. Er war ja noch in Russland. Er wollte alles vergessen. Er sagte nur: »Du weißt doch, dass der Vater keine Kinder mochte. Außer dir.«

Die Mutter ist verrückt geworden, als sie ihn fast totgeschlagen hatten; ich kam zu einer Tante. Sie ist wunderlich geblieben seitdem, auch als sie wieder zu Hause war von der Irrenanstalt. Er hatte es auch mit anderen Frauen. Zuerst wusste die Mutter es nicht, aber später hat sie mir erzählt, es war mit einer Hausangestellten von seinem Chef. Ich kannte sie auch, er hat mich ja oft mitgenommen in die Villa, wo sie kochte. Er kam gleich nach dem Krieg zurück, er war nur noch ein paar Monate eingezogen, er war schon fast vierzig, als der Krieg anfing. Dann kam das mit der Straßenbaukolonne. Ich weiß noch wie heute, wie er der Mutter aufgetragen hat: wenn Post aus Dachau käme, solle sie das sofort verbrennen. Das war im Winter 44, als er schon merkte, dass es nicht gut ausging mit dem Krieg. Aber er war doch immer Chauffeur, hier in der Stadt. Oder war er ein paar Mal zu Lehrgängen weg? Wenn er so Angst hatte vor der Post aus dem Lager, muss er doch gewusst haben, was dort los war. Glauben Sie, dass die SS dort ihre Lehrgänge hatte? Ich weiß nicht mehr genau, wann er von der SA in die SS gegangen ist. Vielleicht hat es sein Chef so gewollt. Der wurde nach dem Krieg sofort entlassen. Die haben auch für das Militär gearbeitet, mit Fremdarbeitern zuletzt, und russischen Frauen.

Wir hatten eine Werkswohnung mit Garten. Er hat uns Kindern ein Gartenhäuschen gebaut. Das war schön. Und weil der Strom nichts gekostet hat, legte er ein Kabel hinein, da konnten wir im Winter heizen mit einem kleinen Elektroöfchen. Er hatte gute Seiten. Aber man wusste nie, wann er losbrüllt. Mich hat es nicht so oft getroffen. Er hat sich etwas eingebildet auf seine Uniform. Und das gab ihm wohl, wie er meinte, das Recht, den Tyrannen zu spielen. Er war so stattlich, fast zwei Meter groß. Das gefiel mir an ihm. Und eitel. Groß und schön. Ich habe ihn oft heimlich angeschaut. Jetzt muss ich schon wieder weinen. Ich darf ihn ja gar nicht so sehr mögen, wie ich es tue. Und gleichzeitig hasse ich ihn. Das ganze Leben geschämt. Immer geschämt.

Jetzt habe ich fast eine Stunde lang geredet, Dinge, die mir sonst kaum je über die Lippen kamen; so lange wie noch nie bei einem Arzt. Aber der Doktor ist gar kein Arzt, das hat er mir gesagt, und meine Nervenärztin wollte mich nicht zu ihm überweisen, weil sie ihn nicht kennt und weil er kein Arzt ist.

II

Er fragt mich eine Woche später, wie es mir erging nach der Stunde. Ich musste ihm sagen: schlecht. Es ist zu viel hochgekommen. Ich konnte die Bilder nicht mehr steuern. Aber es gab ein verständnisvolles Gespräch mit meinem Mann. Doch zuerst das, was mich beunruhigt. Ich war noch einmal bei meiner Nervenärztin: sie will mir keine Überweisung an ihn schreiben.

Sie habe eigene Therapeuten, die sie kenne. Mir war ganz elend. Sie schien so streng. Ich hatte sofort das Gefühl, ich habe etwas falsch gemacht. Schuldgefühle. Da komme ich so leicht rein: Was habe ich wieder falsch gemacht? Ich könnte es schwer ertragen, wenn die Beziehung zu ihr gestört wäre oder sogar verloren ginge. Sie war ja schon einmal so böse, als ich die schweren Psychopharmaka nicht mehr nehmen wollte. Ein Jahr lang ging es auch gut, bis die Erschöpfungskrise kam. Der Homöopath, der mir Johanniskraut gegeben hatte, war selbst erschrocken, wie tief depressiv ich war. Als ich zur Ärztin zurückkam, sagte sie nur streng: »Ich hab's ja gleich gesagt, Sie müssen die Tabletten, die ich Ihnen verschreibe, immer nehmen, vielleicht lebenslänglich. Warum können Sie mir bloß nicht vertrauen!«

Der Doktor, so nenne ich ihn einfach, bietet mir an, meine Nervenärztin anzurufen oder ihr zu schreiben. Es beruhigt mich, er meint, wir beide könnten es schon erreichen, dass die Beziehung zu Frau Dr. H. nicht kaputtgeht. Ich hatte so großes Vertrauen, fühlte mich dort geborgen. Sie hat mir bei der Rente geholfen. Und jetzt ist sie so streng, wie beleidigt. »Sie stehen nicht auf ihrer Liste«, hat sie gesagt. »Sie kennt Sie nicht.« Der Doktor: »Sie kennt mich vielleicht nicht persönlich, und ich sage ja selbst, man soll nicht einfach an Unbekannte überweisen. Vielleicht meint sie, sie weiß nicht, wie ich arbeite.« Das klingt so versöhnlich, als sei doch nicht alles Porzellan zerschlagen. Aber warum wieder dieser Kampf und Krampf? Um alles in meinem Leben muss ich doppelt so schwer kämpfen wie andere. Ich bin so erschöpft.

Der Doktor fragt, ob es so ähnliche Gefühle nicht gegenüber der Mutter gebe, wenn sie unzufrieden war. Einen Moment bin ich schockiert, dann fließen die Erinnerungen. Ich war ja immer brav, anstellig, ohne Widerworte. Ganz anders als meine jüngere Schwester. Er fragt mich, ob ich die Dinge nicht meiner Mutter direkt sagen könne, so, wie wenn ich Bilanz ziehen wollte, was gut war und was nicht. Er stellt den Stuhl vor mir auf, auf dem vorher schon ein paar Sätze lang die Ärztin saß – und da hatte ich gespürt, wie wütend ich auf sie war. Der Stuhl steht ein wenig anders, mit einem dunklen Kissen, das ich als Symbol für die Mutter auswähle; da kann ich schon die Tränen nicht mehr halten. Ich bitte um Erlaubnis, wie ein Schulmädchen, ob ich ein Taschentuch aus meiner Tasche holen darf. So verschüchtert kann ich sein. Und dann sage ich ihr: »Du hast mir so vieles verbaut. Du hast mich so entmutigt. Du hast mir die Schwester vorgezogen. Du hast mich angeschrien. Ich musste von einem Tag auf den andern von der Schule weg. Ich musste in der Kantine arbeiten und am Schluss die Klos putzen, mir war immer so schlecht, aber du hast geschrien: »Wir brauchen das Geld.« Und basta, das war's. Am Abend musste ich dir helfen, die Wäsche von den Franzosen zu waschen. Wir mussten die schwere Wanne mit der nassen Wäsche hochtragen auf die Wiese, zum Bleichen, ich bin fast zusammengebrochen, habe geweint. Du hast erst aufgehört mit dem Schreien, als der Arzt dir sagte, ich hätte schwache Knochen, und es wäre nicht gespielt, ich wäre nicht faul.«

Dann will ich dem Doktor weiter erzählen, wie die Mutter hineinregiert hat in mein Leben, aber er sagt immer wieder: »Bitte sprechen Sie direkt zur Mutter.« Ich staune, dass ich es kann, ich habe das noch nie gemacht. Von meiner ersten Liebe, scheu und heimlich, will ich erzählen, aber er zeigt auf den Stuhl, wo die Mutter sitzt, doch ich will ja erst mal erzählen, wer es war. Er war auch bei der SS, ganz jung, kaum zwanzig, und beim Flugplatz oder so inhaftiert, in einem Lager. Die mussten auch in Kolonnen bei den Trümmern helfen. Als die Straßenbahn wieder durch ein paar Straßen fuhr, habe ich ihn öfter getroffen. Ich gab ihm mein Pausenbrot, als ich noch ein paar Monate in die Schule ging. Sie sagte – da zeigt er wieder auf den Stuhl der Mutter, ich weine jetzt vor Wut und Trauer: »Du hast gesagt, der kommt mir nicht ins Haus, bei uns ist kein Mann im Haus, da kommt der auch nicht hier herein, geh mit ihm essen, wo du willst. Ich bin eine anständige Witwe!« Oder hat sie gesagt »Kriegerwitwe«? Das galt mehr. Ich weiß es nicht mehr. Als meine Schwester später mit siebzehn ein Kind bekam, hat sie sie gezwungen zu heiraten. »Hier gibt's kein lediges Kind.« Zwei Jahre später waren sie wieder geschieden.

An einem Sonntag bin ich dann mal mitgefahren in die Familie von dem SS-Freund. Aber nach ein paar Stunden wusste ich: da passe ich nicht hin, es war eine schreckliche, eine düstere Atmosphäre. Da war es dann wieder aus. Mit meiner Schwester hat die Mutter sich viel gestritten, und da war ich dann wieder recht zum Jammern und Klagen. Sie konnte mich einfach manipulieren, Druck machen, ich konnte mich nicht wehren.

Der Doktor sagt: Viele Mütter in Kriegs- und Nachkriegssituationen haben ein Kind, meist das älteste, gebraucht als Helfer und Blitzableiter, als Stütze und Werkzeug und Fortsetzung der eigenen Kraft. Ich fühle mich verstanden und merke, dass mein Schicksal ihm bekannt vorkommt, und danke es ihm durch schnelle Zustimmung. Ich habe ja immer gehofft, ich könnte meiner Mutter doch noch gefallen.

Der Doktor fragt, ob sie sich vielleicht gerächt habe dafür, dass der Vater mich so vorgezogen hat, und wieder muss ich gleich Ja sagen. Weil es stimmt, weil er mich ja immer mitgenommen hat. Ich kannte ja auch seine Freundin, und er hat mir Kinderlandverschickung besorgt, über die Partei, obwohl ich gar nicht mager war damals. Eine hohe Frauenschaftsführerin hat es durchgesetzt für ihn. Warum? Die Partei! Die war alles für ihn.

Wenn meine Mutter Fremdsender hörte, wenn er bei der Arbeit war, dann musste ich aufpassen, die Straße hinunterschauen. Er konnte ja immer mal auftauchen als Chauffeur, und ich musste sie warnen. Er hätte uns an die Partei verraten, die stand höher als die Familie. Sie saß unter einer Decke und suchte den Schweizer Sender. Ich weiß nicht mehr, wie er hieß.

Der Doktor sagt, das klinge ja schrecklich, aber ich bin sicher, dass ich mal hörte, wie die Mutter meinte, der Vater hätte ab und zu mal gedroht: »Dann bringe ich euch dorthin, wo ihr hingehört.« Ich glaube, damit war das KZ gemeint. Ich glaube auch, dass er es getan hätte. Eine Tante sagte einmal, dass er dazu fähig gewesen wäre.

Der Doktor sagt nicht viel, aber ich merke, dass ihn das bewegt. Dann fragt er noch einmal nach der Wäsche: das müsse schwierig für mich gewesen sein, die Wäsche von den Franzosen zu waschen, wegen meinem Vater. Da kann ich wieder die Tränen nicht halten und sage: »Das waren für mich immer die, die meinen Vater erschossen haben.« Aber die Mutter schrie: »Wir brauchen das Geld. Stell dich nicht so an!«

Heute kann ich ihr das nicht mehr übel nehmen. Ich bin versöhnt mit ihr. Sie hatte ein schweres Schicksal: die Älteste von dreizehn Kindern, in der Hungerzeit nach dem ersten Krieg. Das muss man sich mal vorstellen. Sie ist vor vierzehn Jahren gestorben. Sie konnte nie allein sein, seit der Vater tot ist. Sie ist immer herumgewandert, wo sie grade hinkonnte, oft zu vier, fünf Leuten oder Freunden oder Nachbarn am Tag. Oder sie kam eben zu mir, um ihr Herz auszuschütten. Dafür war ich dann wieder recht. Sie wollte ja auch, dass ich meine Arbeit aufgebe, dafür hätte sie mir ein bisschen von ihrer Rente gegeben. Damit sie nicht allein wäre. Versorgen konnte sie sich ja noch. Aber das Alleinsein hat sie nicht ausgehalten. Nur: Ich habe gewusst, ich brauche meine Arbeit, sonst gehe ich ein. Der Druck war schlimm: sie sagte, ich sei undankbar.

Der Doktor meint, wir müssten zusammen herausfinden, wie viel Erinnerungen und Gefühle ich vertrage in einer Stunde. Er könne das auch nicht immer sicher abschätzen. Aber das

Wichtigste ist, dass er mich versteht. Dass er sich in der Zeit auskennt, um die es geht. Das hat die Nervenärztin überhaupt nicht verstanden, dass ich zu keinem anderen will als zu einem, der sich selber mit den Lasten von vor fünfzig Jahren auseinandersetzt und sie ernst nimmt. Auch wenn ich mal nicht gut schlafe. »Was meinen Sie«, frage ich ihn zum Schluss, weil mich das ja zusätzlich plagt und jemand mal sagte, ich sei verrückt: »Kann das sein, dass einen das noch nach fünfzig Jahren quält und Depressionen macht?« Als er nickt, bin ich erleichtert. Denn in den fünf Jahren, als mein Mann eine Freundin hatte und alles abgestritten hat, was ich ahnte, dachte ich ja wirklich: ich bin vielleicht verrückt. Er hat das so überzeugend gesagt.

Jetzt habe ich ihm auch verziehen. Er kann mir nicht mehr wehtun. Und wir gehen miteinander um wie alte Freunde, die viel mitgemacht haben, miteinander, und auch durch den anderen. Ich war ja auch oft mit den Nerven fertig mit den vier Kindern und dem Beruf, und habe ihn auch oft nicht verstanden. Schlimm war nur, dass diese Frau so raffiniert war und ihn bestärkt hat in der Idee – jetzt kann ich mir nur an den Kopf tippen, weil ich das schlimme Wort verrückt nicht noch einmal aussprechen will –, sie hat ihn bestärkt darin, dass ich im Kopf nicht ganz richtig bin. Und ein bisschen fürchte ich manchmal, dass das die Nervenärztin auch denkt, weil sie mir nur immer Tabletten geben will. Für eine Therapie sei es zu spät, meinte sie lang. Und eines Tages sagte sie doch, ich soll in eine Gruppe gehen. Aber das würde ich nie tun. Ich habe nicht mehr verstanden, was sie wirklich meint. Und sie will immer Vertrauen. Aber von Ihnen lasse ich mich nicht mehr abbringen.

III

Lange habe ich überlegt, ob ich sein Angebot annehmen soll, dass er der Ärztin schreibt, oder ob wir gemeinsam schreiben. Aber ich würde nur meiner Angst nachgeben, ich würde mich drücken, es ist ja meine Sache. Also habe ich einen Brief formuliert und lese ihn dem Doktor vor. Ich bitte darin, dass sie meine Entscheidung akzeptiert. Ich brauche einfach das Zutrauen, dass mein Therapeut etwas von Kriegsende und Nachkriegszeit versteht.

Nur bin ich noch nicht weitergekommen mit dem Schreiben. Ich möchte ja auch, dass ich wieder zu ihr gehen kann, wenn die Medikamente aufgebraucht sind. Fünf Jahre war ich jetzt bei ihr und habe mich gut gefühlt. Also frage ich ihn, ob ich diesen Wunsch, dass die Beziehung nicht kaputtgeht, anfügen kann. Als er bejaht, bin ich erleichtert. Und der Nervenarzt, den er mir genannt hat wegen der Kasse, meinte, ich bräuchte ihr ja nicht mitzuteilen, dass er jetzt die Überweisung schreibt. An sich mache ich gar nicht gern etwas heimlich, aber es muss wohl sein. Sie würde mir die Überweisung ja nicht schreiben.

Ich hatte wieder ein gutes Gespräch mit meinem Mann. Er konnte zum ersten Mal sagen, dass er immer Angst hatte vor meiner geistigen Überlegenheit. Und ich bin fast verrückt geworden. Er hat stur geschwiegen über die Jahre. Wenn ich etwas ansprechen wollte, sagte er immer: »Wenn du Streit willst, bitte sehr, aber nicht mit mir« und ist aus dem Zimmer gegangen. Dann hatte ich Schuldgefühle, aber ich wollte einfach reden. Ganz langsam fange ich an zu erfassen, dass jemand Angst vor mir haben kann und dass ihn das starr macht und feige. Ich habe es immer auf mich bezogen, wie eine Strafe oder Ablehnung.

Ach, da fällt mir ein, das muss ich noch erzählen: ich habe meine Tochter getroffen, die früher Alkoholprobleme hatte. Es war eine ganz andere Begegnung als früher. Sie fragte mich, wie es mir geht! Und dann sagte sie: »Du hast Kraft, und ich wünsche dir, dass du weitergehst auf deinem Weg. Ich habe jetzt auch Kraft und gehe meinen Weg.« Oder hat sie sogar gefragt, ob meine Kraft reicht? Jedenfalls sind wir uns unter Tränen in die Arme gefallen. Allerdings, das musste ich ihr sagen: »Es kann sein, dass mich mein Weg auch wegführt von deinem Vater.« Sie sagte: »Ihr habt so viel unter den Teppich gekehrt.« Hätte ich es nur ändern können! Sie war ja erst fünf, als er seine Arbeit verlor und wegen einer Straftat in U-Haft kam. Eine Verwandte zwang mich fast zur jahrelangen Lüge, er sei bei einem fernen Onkel im Betrieb. Die Tante beschwor mich: Du darfst den Kindern nicht die Wahrheit sagen! Niemals ... Ich könnte jetzt eine Trennung von ihm ertragen. Dabei habe ich gar keinen Groll mehr. Es ist nur etwas zerbrochen, als er mich für verrückt erklärte, als er eine Freundin hatte. Eine Nachbarin hat mich damals in die Psychiatrie gebracht. Da bin ich ein paar Wochen geblieben, habe aber niemandem erzählen können, warum ich da bin. Ich hatte immer zu viel Verantwortung für ihn übernommen, ihm Stellen besorgt, geholfen, seine Schulden zu tilgen. »Du hast es mir zu leicht gemacht«, hat er neulich gesagt. Ich habe es wohl meiner Mutter nachgemacht, die unaufhörliche Fürsorge für den Mann, im Übermaß. Als hätte sie ihn dadurch halten können. Aber er hat sie ja auch betrogen. Allerdings: wenn ich krank bin, sorgt er wirklich für mich ...

Viel ist mir eingefallen über den Vater seit der letzten Stunde. Die schwarze Uniform, die er so liebte, sie war so unheimlich. Der Doktor fragt vorsichtig, ob ich direkt zu ihm sprechen könne. Ich versuche es, aber mir kommen sofort die Tränen. Es ist ein tiefes Unbehagen. Ich kann das Weinen nicht mehr halten, es schüttelt mich. »Du hättest dich ein wenig mehr um uns kümmern können ... Ich hätte mir gewünscht, dass du öfter da warst ... aber die Partei, die war ja alles.« Nie könnte ich ihn kritisieren. Ich kann nicht mehr, ich habe ja Mitleid mit ihm. Ich darf ihn nicht verdammen. Lieber erzähle ich es Ihnen, darf ich? Die nächtlichen Szenen, er weiß ja nicht, wieviel ich miterleben musste nachts. Ich war oft wie gar nicht da im Unterricht am anderen Morgen, in der Schule. Das Geschrei nebenan. Meine Mutter hat ihm zuletzt nachspioniert wegen der Freundin, das hat ihn rasend gemacht. Aber sie wollte wissen, was los ist mit der anderen Frau.

Ich weine schon wieder, weil mir einfällt, was meine Tante mir erzählte: wie er einem Menschen, der an einem 1. Mai anderer Meinung war als er, ins Gesicht schlug. Wenn ich ihn kritisiert hätte, ich glaube, er hätte sich nicht mehr halten können.

Der Doktor schweigt und denkt. Ich hoffe, dass er mich nicht drängt, direkt zum Vater zu sprechen. Ich werde dann ganz starr. Da sagt er etwas Überraschendes, das mir einleuchtet und hilft: »Wir teilen den Vater auf. Es gibt ja einen Vater, der gut zu Ihnen war, den setzen wir auf einen anderen Platz als den, den Sie fürchten und hassen und vielleicht verachten. Der sitzt hier. Es muss klar sein, dass Sie nicht die ganze Person verdammen, wenn Sie ihm Ihre Wut zeigen.« Für den guten Vater wähle ich ein grünes Kissen. Der schlimme, der ist richtig dargestellt durch den strengen, hohen Stuhl. Ich bin froh, dass ich nicht den ganzen Vater verdammen muss.

Der Doktor meint, es müsse schwer gewesen sein, zwei so verschiedene Bilder von ihm gehabt zu haben, oder noch mehr. Da zerreißt es mich fast und ich muss mehr schreien als weinen: »Ja, ja, immer dieses Ziehen in der Brust. Nie ein klares Gefühl. Nie eine richtige Entscheidung.« Das war dann auch bei anderen Dingen, bei anderen Personen so: ich war immer zerrissen und konnte nicht recht Ja oder Nein sagen. Immer zu viele Seiten bei einer Sache ... Ich darf mit seinen guten Seiten anfangen beim Zu-ihm-Reden, sagt der Doktor.

Aber selbst da fällt es mir schwer, zu ihm zu sprechen. Meine Stimme verändert sich dabei. Ohne dass der Doktor mich darauf aufmerksam gemacht hätte, wäre es mir nicht einmal aufgefallen. Aber als er es sagte, hörte ich den ängstlichen, gedämpften Ton genau. Er ist einfach eine solche Respektsperson. Mich hat er nur einmal geschlagen. Bei Tisch mussten wir Kinder schweigen. Mein Bruder hat mich unter dem Tisch getreten, da musste ich loslachen. Deshalb hat's geknallt. Man wusste bei ihm nie, wann er durchdreht.

Trotzdem probiere ich es: »Du warst oft gut zu mir, hast mich mitgenommen im Auto, in die Villa, zur Köchin, eine Nenntante. Sie hat mich gemocht, und die Fabrikbesitzer haben mich auch gemocht. Als einer der Söhne geheiratet hat, durfte ich den Brautschleier tragen.« Der Vater war ja ein Autonarr. Einmal hat er mich mitgenommen zu einem Autorennen, ich durfte auf seinen Schultern sitzen, damit ich mehr sehe. Das war zuerst wunderschön. Aber als ich fast heruntergefallen bin vor Erschöpfung, hat er es nicht gemerkt. Die Köchin-Tante hat mir immer wieder mal eine Praline reingeschoben, damit ich durchhalte. Wissen Sie, manchmal dachte ich, dass ich ihm näher stand als meine Mutter, vom Wesen her.

Diese Tante hat noch lange nach seinem Tod von ihm geschwärmt. Richtig angehimmelt hat sie ihn. Aber ich weiß nicht, ob sie die Geliebte war. Vielleicht wollte sie mir die Beziehung zu ihr nicht verderben, trotz ihres Hasses. Diese »Tante« ist später noch oft zu mir gekommen, wollte mir bei der Wäsche helfen. Sie wusste, dass ich oft erschöpft war: Beruf und Kinder. Aber ich wäre ohne sie in der halben Zeit fertig geworden. Sie war halt schon alt und wollte reden.

Schlimmer war es, wenn meine Mutter später zu meiner Arbeitsstelle kam, weil sie es zu Hause nicht mehr aushielt. Seit der Vater tot war, hat sie sich vernachlässigt. Meine kleine Tochter sagte einmal: »Oma, du stinkst.« Und sie hatte Recht.

Aber ich musste sie zurechtweisen, weil die Mutter beleidigt war und es abstritt. Ich hatte solche Angst, mein Chef könnte hereinkommen, wenn sie mich besuchte im Büro, und ich habe sie sofort im Kämmerchen versteckt. Ich wäre in den Boden versunken vor Scham: Das ist meine Mutter! Ich hätte ja nicht lügen können.

Der Doktor sagt: »Das war ja Scham nach beiden Seiten, Vater und Mutter, das muss schlimm gewesen sein.« Ich könnte ihn grad anlachen, wenn er es so trifft, wenn es nur nicht so traurig wäre. Ich fühlte mich so elend, auch wegen der Religion. Sich über die Eltern schämen! Das reichte zum Verdammtsein. Ich kannte ja das vierte Gebot. Darf man sich so über die Eltern stellen? Aber mich kriegt heute keiner mehr in eine Kirche. Dieses furchtbare: »Gott sieht alles!«, da war ich verloren, es gab gar keinen Ausweg.

Der Doktor fragt mich, ob ich jetzt mehr bei der Mutter oder beim Vater sei mit meinen Gefühlen. Ja, ich war abgekommen, aber ich will mit dem Vater weitermachen. Er deutet auf die beiden Vaterteile, und als ich zögere und kleinlaut werde, holt er ein riesiges Kissen, einen Wulst, eine gebogene Armlehne, und legt sie vor mich hin. Das soll mich schützen, wenn ich wieder Angst kriege vor ihm. Ich frage, weil ich nicht sicher bin, ob ich es richtig verstanden habe, noch einmal nach: »Ist das also Schutz und Grenze?« Ja, sagt er, es bedeutet, dass er mir hier und jetzt nichts mehr tun kann, dass ich auf einer sicheren Insel bin, wo sein Zorn nicht hinreicht. Das erleichtert mich. Aber ich bin zu erschöpft, um mich noch einmal an ihn zu wenden. Ich muss es dem Doktor sagen: Er hat mir die Jugend verdorben mit seinem Fanatismus, seinem Jähzorn. Auch wenn er mich vorgezogen hat. Der Doktor meint, das habe mich ja, so schön es war, in eine schwierige Lage gebracht. Genau so war es. Für die Mutter war ich später nur noch recht, wenn sie sich über die Geschwister beklagen wollte. Sie sagte dann: »Du bist nie so böse zu mir gewesen wie die anderen Kinder.«

Nein, weil ich alles in mich hineingefressen und gehorcht habe. Das mit der Ehrfurcht vor den Eltern habe ich wie einen Befehl verstanden, an dem mein Seelenheil hängt. Der Doktor lobt mich, weil ich gesagt habe: »Ich kann nicht mehr« und nicht mehr weitergesprochen habe zum Vater, auch mit der Schutzmauer. Er meint, ich würde lernen, es zu sagen, wenn es mir zu viel sei.

Am Schluss der Stunde frage ich ihn, ob er schon etwas von der Krankenkasse gehört habe, aber so schnell geht das ja nicht. Er sagt nur: Er habe zuerst einmal fünfundzwanzig Stunden beantragt, das reicht für mehr als ein halbes Jahr, und wir wollten zusammen schauen, wie weit wir damit kämen. Ich bin beruhigt und verscheuche doch eine kleine dunkle Wolke, weil ich auch weiß, dass solche Therapien länger dauern können. Aber es kann auch sein, dass mich die kommende Pause beunruhigt, weil ich ja eine Woche in Urlaub fahre mit meinem Mann. In eine Gegend mit guter Luft. Er wünscht mir gute Erholung und gibt mir einen anderen Termin. Da ich ihm meine Dankbarkeit ausdrücken will, sage ich, so herzlich ich es vermag: »Auch Ihnen eine gute Zeit bis dahin.«

IV

Ein Gericht hat den SS-Führer Priebke zur Auslieferung freigegeben, von Argentinien nach Italien. Der bekommt jetzt seine Strafe. Als ich es in der Zeitung las, bin ich zusammengefallen, ich war wie krank. Ich bin sofort zur Bibliothek gefahren, um seinen SS-Rang mit dem meines Vaters zu vergleichen. Es ist derselbe: Obersturmbannführer. Der kriegt endlich sein Recht.

Aber sofort habe ich mich wieder geschämt, dass ich so denke, wusste nicht, ob das recht ist.

Ich habe an dem Tag meinen Mann angeschrien, zum ersten Mal: dass das unerhört sei, was er mit mir gemacht hat all die Jahre. Es war neu, dass ich geschrien habe: es ist unerhört. Er sackte in sich zusammen, er sagt ja nie etwas. Danach konnte ich ihm sogar über den Kopf streichen. Er tat mir auch leid. Und er sagte ja früher schon einmal: Ich habe es ihm zu leicht gemacht, mit meinem Vertrauen, meiner Unfähigkeit, mich zu wehren.

Die Liebe ist verbrannt. Wir kommen miteinander aus, aber ich kann ihn nicht mehr lieben. Seit meinem Schreien ist er verändert: freundlich und wie erleichtert, dass er endlich heraus ist, der lange angestaute Groll.

Er hat mich ja früher für sich arbeiten lassen in seiner Buchhaltung, ohne dass ich die Zusammenhänge kannte. Einmal sagte er: »Jawohl, ich wollte mich auch rächen, weil ich immer dachte, du bist mir geistig überlegen.« Dass jemand vor mir Angst hat, kann ich kaum fassen.

Aber auch das hängt mit meinem Vater zusammen: Vor dem hatten wir alle Angst. Mir fällt so viel ein. Ich stehe jetzt um fünf Uhr auf, aber nicht, weil ich nicht mehr schlafen kann. Ich brauche einfach die Zeit der Ruhe zum Nachsinnen. Ich schreibe und lese und denke, bis mein Mann um acht zum Frühstück kommt.

Ich sage dem Doktor: »Wissen Sie, was mir einfiel, ein Bild, ganz klar, meine kleine Schwester sitzt auf dem Topf und rutscht durch das ganze Zimmer, am großen Schrank vorbei, vielleicht stört sie ihn. Plötzlich brüllt er und reißt sie hoch, verdrischt sie, sie ist vielleicht zwei, ich hasse ihn dann, aber eine Stunde später sitze ich wieder auf seinem Schoß und bin sein liebes Mädchen, pflegeleicht, immer brav.

Der Doktor fragt, ob ich mir heute zutraue, zu meinem Vater zu sprechen. Er fragt es vorsichtig, ich schwanke einen

Moment, aber ich will ja weitergehen in diese Richtung. Dankbar akzeptiere ich, dass er wieder die Schutzmauer aufbaut aus den zwei grünen Polstern, in sicherem Abstand vom Vater, den er mit zwei aufeinandergetürmten Sitzsäcken darstellt. Ich verstumme zuerst, kann kaum die Augen heben zu ihm, und sage nur matt: »Warum warst du so grausam zu den anderen Kindern, und zu mir so gut?« Dann muss ich mich wieder an den Doktor wenden: »Ich fühle mich schuldig. Warum hat es nur die anderen getroffen, und ich war ausgespart?« Ich war glücklich, einsam und schuldig, und ich stimme dem Doktor zu, als er meint: Diese Wahl meines Vaters hätte ich ja mit dem Zorn der Mutter und ihrer Eifersucht bezahlen müssen. Ja, sage ich, so war es, aber ich verstehe es nicht.

Der Doktor meint: Manchmal könnte man es so erklären, dass der Vater ein Kind wie einen guten Teil seiner selbst betrachtet, und das Schlechte, was er nicht ertragen oder bei sich sehen will, in ein anderes Kind hineindenkt. Und bei der Mutter hat er geschwankt. Mal war sie Blitzableiter, und sie haben sich angeschrien, und dann hat er sie wieder beschützt, und dann hat er sich wieder geschämt. Die Tante, seine Freundin, mit der ich ja bis zuletzt gut stand, sagte mir einmal: Es sei ja auch nicht einfach gewesen mit meiner Mutter, sie konnte grob werden und ordinär. Er hat sich geschämt für sie, und umgekehrt.

In der Werkssiedlung waren wir auf der untersten Sprosse des Ansehens, da wohnten ja auch Ingenieure und Prokuristen, und ich kann mich erinnern, wie eine andere Mutter aus dem Fenster nach ihrer Tochter rief: »Kommt rein, Agathe, ihr spielt nicht mit Chauffeurskindern.« Er war beim Chef beliebt, seit Jahren war er persönlicher Fahrer, und wenn ich das ausspreche, zittert meine Stimme ein wenig, denn das war wie ein Adelstitel für ihn. Und über mich brauchte er sich nicht zu schämen, mich konnte er überall mit hinnehmen.

Ich kann verstehen, dass er sich manchmal für meine Mutter schämte. Ich habe sie ja später auch versteckt, wenn sie in die Schule kam, wo ich arbeitete.

Überall Scham. Die Mutter von meinem Mann hat ihm immer vorgehalten, dass er mich, eine Frau ohne Geld, geheiratet hat. Und als dann die Geschichte mit den Bestechungen im Bauamt aufflog und er im Gefängnis saß, kam sie zwar zu mir, ihn besuchte sie aber nicht. Nur hörte ich später, dass sie ihm vorwarf, eine Frau ohne Geld geheiratet zu haben. Sie glaubte, die Taten wären nicht passiert, wenn ich Geld mitgebracht hätte. Sein Vater war auch einmal nahe dran, wegen einer Spekulationsgeschichte belangt zu werden. Aber der hat grade noch die Kurve gekriegt und hatte später einen ehrenvollen Posten bei der Verwaltung, wo er mit viel Geld umgehen musste. Verstehen Sie mich nicht falsch, ich will nicht klagen, ich will nur die Zusammenhänge verstehen, woher das alles kommt ... es ist, als ob der Kummer nie aufhört. Seit ein paar Wochen sehe ich das Auto meines zweiten Sohnes immer vor der gleichen Wirtschaft stehen, am Tage schon, wenn andere Leute arbeiten. Aber obwohl ich es gerne täte, ich kann der Schwiegertochter nicht helfen, ich mag sie nicht einmal sehen, sie ist zu sehr ein Spiegelbild von mir. Nur dass sie schreien kann. Sie schreit ihn zusammen. Es tröstet mich immer wieder, wenn mein ältester Sohn mir sagt: »Mutter, du hast getan, was du konntest.« Das lindert für eine Weile die Schuldgefühle.

Jetzt erzähle ich etwas, worauf ich stolz bin. Meine Nachbarin hat einen jüdischen Freund. Gegenwärtig ist sie in Israel, und ihr Freund hütet das Haus. Als ich neulich abends Licht sah, fasste ich allen Mut zusammen. Er konnte ja Nein sagen. Aber er sagte nicht Nein, als ich anrief, sondern wir haben zwei Stunden geredet über das Dritte Reich und meinen Vater, und er sagte mir am Schluss, ich bräuchte nicht mehr zu sühnen, es sei nicht meine Schuld. Trotzdem überlege ich, ob ich Geld an ein SOS-Kinderdorf in Israel überweisen soll. Was meinen Sie, Herr Doktor, soll ich das tun? Aber dann würde ich noch immer Schuld abtragen. Ich bin erleichtert, als er sagt: Warten wir einmal den Fortgang unserer Arbeit ab, bevor Sie so etwas entscheiden. Vielleicht finden wir heraus, ob Sie die entlehnte Schuld abgeben können. Vielleicht finden wir heraus, woraus sie sich noch immer speist.

Ich muss wieder weinen, weil ich mich manchmal von ihm, dem Doktor, schon beschützt fühle, auch vor mir selber. Und ich weine, weil ich mich getraut habe, mit einem Juden zu reden, ein ganz und gar ernstes Gespräch. Er hat mir beim Abschied die Hand auf die Schulter gelegt und gesagt: »Genug der Sühne!« Wenn ich es nur glauben könnte.

Da setzt immer die Verwirrung ein, und ich weiß nicht mehr, wer Recht hat. Mein Mann hat ja von dem unterschlagenen Geld auch anderen Menschen etwas gegeben, angeblich, weil sie in Not waren. Aber einer Frau hat er Geld für die Spielbank gegeben! Heute glaube ich, dass er mit der auch etwas hatte. Ich habe ihn gefragt, warum er wollte, dass ich das Geld von den Kunden zwar einnehmen darf, wenn er nicht zu Hause ist, aber nie einen Blick in die Bücher werfen durfte. »Dann wärst du mir ja auf die Schliche gekommen«, hat er gesagt. Jahrelang hat niemand etwas gemerkt, und als es brenzlig wurde, verschwand er ins Ausland. Trotzdem: Wenn damals jemand etwas gegen ihn sagte, wurde ich wütend und habe ihn verteidigt. Das kann ich nicht mehr verstehen. Es war sicher für die Kinder. Aber heimlich habe ich ihn verachtet, weil er so schwach war. Das habe ich ihm neulich auch an den Kopf geworfen, als ich so schrie. Vielleicht war er hinterher deshalb so erleichtert, weil das endlich mal raus war. Er hat es ja gespürt und sich auch dafür gerächt.

Übrigens ist meine Mutter ja nicht erst nach dem Tod meines Vaters zum ersten Mal in die Psychiatrie gekommen, sondern schon, als er noch lebte. Ich wusste ja nicht, was los war. Ich durfte während der Ferien in der Erzieherschule nicht nach Hause, sondern musste zur Tante, zu ihrer Schwester. Später hat sie mir dann erzählt, dass es zwischen den beiden nicht gut stand, ich glaube, es war wegen der anderen Frau, er hat es ja immer abgestritten. Später dann erzählte mir die Mutter von einem Oberarzt, der ihr sagte: »Frau F., Sie tragen eine schwere Bürde auf Ihrem Rücken, vielleicht zu schwer.« Und ich wollte nie wahrhaben, wie sehr mein Mann meinem Vater gleicht.

Ich saß bis zum Schluss hinter der grünen Schutzmauer, aber mit meinem Vater habe ich in dieser Stunde nicht mehr gesprochen. Ich habe nur noch erzählt, dass mein zweiter Chef auch die Fähigkeit hatte, mich verrückt zu machen, nicht verrückt, verwirrt, so dass ich nicht mehr wusste, ob ich richtig denken und fühlen kann. Als mein früherer Chef neulich sagte, das wundere ihn nicht, war ich erleichtert. Sein Nachfolger war so in sich gekehrt, scheu, undurchschaubar, wie nicht ganz anwesend.

Am Schluss fragte der Doktor noch, ob ich es nicht ein wenig dosieren könne, meinen Umgang mit der Vergangenheit. Ich stürze so richtig hinein und erlebe viele Stationen meines Lebens wieder wie Schleusen, die sich öffnen, mit peinigenden Gefühlen und scharfen Bildern, Dinge, die ich versunken glaubte. Und es zerreißt mich einfach, die widersprüchlichen Bilder des Vaters. »Für das, was er angerichtet hat, musste er sein Leben lassen«, sagt der Doktor, »das ist eigentlich Sühne genug. Warum Sie weiterbüßen, das müssen wir herausfinden.« Ich war dem Vater so nahe, trotz dem Hass und der Scham. Und ich war ja, wie der Doktor sagt, fast ein Teil von ihm, und sein liebstes Kind.

V

Ich war sehr aktiv in der letzten Woche. Auf meine Anregung hin fand ein Verwandtentreffen statt, und obwohl wir uns lange nicht gesehen hatten, war doch spürbar: das ist Familie, wir gehören zusammen. Ich habe viel erfahren von meiner Cousine, in deren Familie ich so oft zu Besuch kam. Oder muss ich sagen: untergebracht wurde? Es war ja alles so brüchig in unserer Familie.

Als ich in die Stunde komme, bin ich ganz aufgewühlt beim Gedanken, was ich alles mitzuteilen habe. Doch als ich beginne, ist die Stimme ganz kläglich und den Tränen nahe: »Ach, es ist viel passiert«, sage ich, und dann: »Ich weiß es jetzt.« Die Cousine sagte ganz erstaunt, als wir ein paar Minuten allein waren: »Ja, wusstest du das denn nicht? Er hat einen umgebracht, in einem Nachbarort. Aber das Verfahren ist niedergeschlagen worden. Es gab nie einen Prozess, er war ja in der SS.« Er war also ein Mörder. Mein Vater ist ein Mörder. Ich war erschüttert und bin doch jetzt viel ruhiger. Als ob ich es gewusst hätte. Sie müssen nicht meinen, dass ich ihn jetzt stärker verurteile. Es ist nur wie eine Zusammenfassung meiner Gefühle ... Und noch mehr habe ich erfahren: Schon mit zehn Tagen bin ich zu den Verwandten gebracht worden, weil meine Mutter in die Psychiatrie kam. Sie hatte einen Zusammenbruch. Es hing wohl auch mit den Wohnverhältnissen zusammen. Und sie wollte ja gar kein Kind mehr. Sie hatte immer Angst vor noch mehr Kindern, und dann kam ja noch meine Schwester nach! Mein Vater: immer Geschichten mit anderen Frauen. Das hat mir auch die Cousine erzählt. Und von seinem Fanatismus. Die Partei stand über allem. Jetzt verstehe ich erst den Satz, den ich irgendwann einmal über ihn gehört hatte: »Der ging ja über Leichen.«

Der Doktor fragt, mit wem ich mich heute zu reden traue. Da kommen schon die Tränen. Aber ich weiß: Meinem Vater kann ich mich noch nicht zuwenden, das sieht er auch ein. Und also sage ich: Meine Schwester steht mir so lebendig vor Augen, sie war so schön und so unglücklich, sie tut mir leid, und ich habe eine große Wut auf sie gehabt, jahrelang. Und Schuldgefühle. Der Doktor stellt den Stuhl auf und fragt mich, ob ein grünes Kissen passt für sie. Ich stimme zu, sie war ja manchmal mehr als lebendig. Er bittet mich, zu ihr zu sprechen, und so kommt es aus mir heraus, fast ohne dass ich es steuern kann: »Ich habe dich so geliebt, und es tat so weh, wenn er dich geschlagen hat.« Viel später hat mir jemand einmal gesagt: »Du, ich war ein paar Mal im Büro des Vaters, und da saß immer wieder eine Frau auf seinem Schreibtisch, die ist runtergerutscht, als ich reinkam. Da stimmt etwas nicht.« Und zum Doktor sage ich: »Das Gleiche hat mir einmal die Mutter erzählt, aber bei ihr war es nur ein einziges Mal, da hat sie, glaube ich, gewusst, was los war – er hat es ja immer abgestritten –, und da kam sie dann auch wieder in die Psychiatrie.«

Er deutet wieder auf den Stuhl, und ich lasse die Bilder aufsteigen, die zu meiner Schwester gehören. »Du hast dich ja dann vor den Zug geworfen, ein paar Monate nach deiner zweiten Scheidung. Auch ich konnte dich nicht retten. Du warst die Weihnachtstage bei uns, und der Arzt im Landeskrankenhaus sagte, wir sollten dich auch noch über Neujahr nehmen, aber ich konnte nicht mehr. Es ging über meine Kräfte. Ich wollte meine Ehe retten. Mein Mann und meine Schwester waren so über Kreuz. Aber als mein erstes Kind geboren wurde, gingen sie doch zusammen zur Fasnacht, und ich fand seinen abgezogenen Ehering in seiner Hosentasche. Er wollte nicht als verheiratet gelten an Fasnacht. Meine Schwester hat immer gesagt, du spinnst, als ich sie fragte, ob mein Mann andere Frauen habe.

Oft droht dein Mann dir ja, dich zu erschlagen. Und obwohl der so viel Geld hatte, hast du später von so vielen

Leuten Geld geliehen, auch von mir. Wenn wir durch die Stadt gingen, nach der Scheidung, habe ich mich geschämt, welche Männer dich angesprochen haben. Ich habe mich geekelt, und dann musste ich mich auch über dich schämen. Du warst so laut und ordinär. Ich konnte dich nicht länger aufnehmen, war vollkommen fertig mit den Nerven nach diesem Weihnachten, musste ein paar Tage Ferien machen und habe von dort den Arzt angerufen in der Psychiatrie, sie sollten dich nicht herauslassen über Neujahr, aber sie haben es doch getan. Eine Studentin wurde mitgeschickt, aber die wollte zurück in die Klinik, weil es regnete, und du hast sie auch überredet, allein zurückzukehren, und dann hast du es getan. Zurück blieb ein Schuldenhaufen. Aber vorher hatte ich dir noch beim Auszug aus deiner Wohnung geholfen. Du hast ab und zu vorbeigeschaut und Anweisungen gegeben. Ich war so wütend, aber du warst schon sehr krank. Ich bin nicht mehr wütend auf dich. Und ich habe keine Schuldgefühle mehr. Ich hätte dich auch nicht retten können. Ich sage dir ade.«

Nach einer Pause, als ich wieder ganz ruhig bin, fragt der Doktor, ob die Cousine etwas über die Umstände des Mordes gesagt habe. Aber ich muss zugeben, ich konnte einfach nicht weiterfragen, ich war wie erstarrt, ich habe mich nicht getraut. Ich werde anrufen oder noch einmal hinreisen, um mehr zu hören. Mein Sohn, dem ich es erzählt habe, fleht mich an: »Mutter, geh nicht wieder rückwärts, geh vorwärts, es ist doch alles vorbei.« Ich kann ihn verstehen, er hat Angst um mich. Aber ich muss es doch wissen, was damals war ...

Ich bin fast so müde wie damals, als die Frau, die Freundin meines Mannes, Telefonterror machte. Mein Mann schlief ja tief, so dass immer ich hochschreckte und dann stundenlang nicht mehr schlafen konnte. Als ich ihm sagte, ich wollte zur Polizei gehen, um eine Fangschaltung legen zu lassen, da hat es eine Weile aufgehört. Er ist wohl erschrocken und hat es ihr verboten. So kam es allmählich heraus. Sie hat noch lange versucht, ihn gegen mich aufzubringen. Sie konnte ja immer über mich sagen: die ist doch krank, die war in der Psychiatrie. Vor ein paar Tagen habe ich zu ihm gesagt: »Ich glaube, du weißt gar nicht, was du mir damals angetan hast«, und er sagte ganz kleinlaut: »Ich weiß es ja manchmal selbst nicht, was ich tue.« Das muss ich noch anfügen: Als er im Gefängnis war wegen der Bestechung, kamen seine Eltern angereist, aber sie haben ihn nicht besucht. »Das hätte er uns nicht antun dürfen«, das war alles, was sie sagten.

VI

In leuchtendem lila Papier bringe ich dem Doktor eine gelbe Rose mit. Ich bin fünf Minuten zu früh und muss noch ins Wartezimmer, wo es auch ein Waschbecken gibt. Ich biete ihm an, die Blume zu versorgen, aber er meint, er habe eine Vase bereitstehen in seinem Zimmer. Er scheint sich zu freuen, reagiert natürlich, ich bin erleichtert, dass er das Geschenk annimmt. Als ich dann reinkomme, steht sie so in einem Krug, dass sie mich anleuchtet, und am Ende der Stunde sage ich dann auch, als er sich noch einmal bedankt: Ja, ja, eine gelbe, wie das Licht.

Ich war ja eine Woche ganz allein im Schwarzwald in einem kleinen Häuschen, im Schnee, bin aber tapfer jeden Tag spazieren gegangen, so lange ich es aushielt. Das erzähle ich ihm, bevor ich zu den wichtigen Neuigkeiten komme. Ich habe meine Cousine noch einmal angerufen wegen meinem Vater. Der Mord muss während des Krieges geschehen sein. Mein Vater war ja im Frankreichfeldzug kurz dabei, und dann einige Monate in der Nähe von Paris stationiert. Es war danach, und meine Cousine sagte, es habe in der Zeitung gestanden, und auch: dass es keinen Prozess gab. Können Sie sich das erklären? Weil er bei der SS war? Sie hätten einen politisch Verdächtigen verfolgt und ihn schließlich gestellt. Aber mein Vater habe ihn erschossen. Kann denn das sein, dass es keinen Prozess gab, nur weil er SS-Mann war? Der Doktor meint, es könne dann auch Totschlag gewesen sein, oder es wurde getarnt als Verhinderung der Flucht oder gar als Notwehr. Ich müsste mal alte Zeitungen nachlesen. Ich glaube, die, die er immer las, hieß *Der Alemanne*.

Wir waren ja fast zwanzig Leute bei dem Verwandtentreffen. Mein Bruder fuhr sogar mit seiner Frau mit. Wir saßen hinten und redeten, und sie sagte, sie sei grad froh, dass ich die Vergangenheit anspräche, ihr Mann rede ja kein Sterbenswörtchen davon. Mit mir wollte und will er ja auch um keinen Preis reden. Jetzt meine ich, ich verstünde das besser. Wahrscheinlich weiß er viel mehr, er ist ja fünf Jahre älter als ich, der muss schon siebzehn gewesen sein, als es passierte.

Der Doktor meint, ich müsse ja, dreizehnjährig, mindestens die ganzen Spannungen in der Familie mitgekriegt haben. Jawohl, es war unerträglich. Und der Onkel, der Bruder meiner Mutter, wohin ich immer weggegeben wurde, wenn's zu Hause wieder drunter und drüber ging, meinte: Er kenne ihn fast nur in seiner schwarzen Uniform, wie angewachsen sei die bei ihm gewesen, und sein ganzer Stolz.

Ich glaube, dass sich mein Bruder auch wahnsinnig geschämt hat über ihn. Deshalb will er vielleicht nicht reden. Der hat sich ja freiwillig zum Militär gemeldet und kam deprimiert und krank aus russischer Gefangenschaft zurück. Später ist er Wirtschaftsjurist geworden, und da hat es ihn noch viel mehr gefuchst, dass sein Vater einige Monate wegen Bestechung saß. Vielleicht ist er deshalb so grausam korrekt geworden. Stellen Sie sich einmal vor: Nur wenige Jahre nach dem Krieg gab mir einmal eine Arbeitskollegin drei Stangen Zigaretten mit nach Hause, die sollten von einem Unbekannten abgeholt werden. Als mein Bruder die liegen sah – ich dachte ja an nichts Böses –, da packte er mich so am Genick, dass ich keine Luft mehr bekam, und schrie mich an, woher ich sie hätte, sie hatten keine Banderole, waren also vielleicht oder wahrscheinlich nicht verzollt. Und wissen Sie, was er tat? Er zwang mich am anderen Morgen, mit ihm zum Zollamt zu gehen und meine beiden Kolleginnen zu verraten. Die haben ein halbes Jahr, bis ich die Stelle verließ, kein Wort mehr mit mir geredet. Erst sehr viel später hat mich eine um Verzeihung gebeten, sie hatte ja nicht geglaubt, dass mein Bruder mich gezwungen hatte. Es war ja auch kaum fasslich: Meine Mutter redete weinend auf ihn ein, er solle das doch bleiben lassen, aber er blieb unerbittlich. Ich war so böse auf ihn, aber er auch auf mich. Das Recht oder sein reines Gewissen gingen ihm über alles. Fanatisch. Aber ich möchte jetzt nicht mit ihm reden, sage ich, als der Doktor mich fragt, ob ich meine Gefühle ausdrücken könnte. Es wäre mir zu viel. Doch wo ich drangehen möchte, das ist die Enttäuschung über die Nervenärztin, Frau H. Die Wohnungsmiete ist ja so stark gestiegen, und die Dame auf dem Amt für Wohngeld sagte, sie könne nichts machen. Nur wenn ich zwanzig Prozent mehr Invalidität bescheinigt kriegte, dann könnte sie etwas für mich tun. Ich also zur Ärztin – aber die schaute mich kaum an und sagte schließlich widerwillig: Ja, sie habe an den ärztlichen Dienst geschrieben, aber ohne Wertung, wie sie betonte, und da war ich schon wieder draußen. Die Frau auf dem Amt sagte, das Gutachten wäre so für die Katz, ohne Wertung. Ich gerate ein wenig in Verwirrung, kriege aber noch heraus, dass der Professor B. ja nach seiner neurologischen Untersuchung die Erhöhung befürwortet hat, Polyarthritis oder so. Und auch der Hausarzt. Aber über Frau H. bin ich so enttäuscht, mit der möchte ich schon reinen Tisch machen jetzt. Und als der

Doktor mir den Stuhl für sie hinstellt, geht es schon los: »Ja, Frau H.«, sage ich gerade, aber der Doktor unterbricht mich und weist auf meine Stimme, die plötzlich, ohne dass ich es bemerkt hatte, wieder so ganz sanft und weinerlich-flehend war, nur ein wenig vorwurfsvoll, ganz verdeckt. Ich setze mich anders hin, und dann geht es besser: »Ich bin wütend und fühle mich für dumm verkauft. Sie hatten versprochen, mir zu helfen, und jetzt das! Aber ich will es nicht wieder herunterreden, ich bin ja froh, dass ich meine Wut spüre, ich will meine Gefühle nicht mehr fälschen. Doch das ist ja gleich wieder Sünde! Ach, was habe ich mir von der Kirche die Wut ausreden lassen, ich darf nicht wütend sein, und so lernte ich, es hinunterzuschlukken, dulden, es herunterspielen, mir sagen: Du bist im Unrecht, es ist alles nicht so schlimm.« Das war mein Lebensmotiv, auch die ganze Ehe durch: Es ist doch nicht so schlimm! Schon wegen der Kinder: Es ist doch nicht so schlimm, du musst es aushalten. Schluss damit. Da habe ich schon viel gelernt von der Maltherapeutin, die mich seit Jahren begleitet, ich habe Ihnen ja ein Bild mitgebracht, das mir viel bedeutet hat in den letzten Monaten.

Eines weiß ich inzwischen ganz genau: Ich will mich nicht immer wehren müssen, immer nur wehren, mein ganzes Leben lang. Ein wenig ratlos bin ich, als der Doktor meint: Die Ärztin Frau H. habe vielleicht keine Befunde erhoben, die eine Empfehlung zur höheren Eingruppierung rechtfertigen, mir aber auch nicht schaden wollen. Ich hoffe, er hält mich nicht für jemanden, der nur fordert. Unsere Renten sind klein, und die Mieterhöhung ist saftig.

Von einem Priester muss ich noch erzählen, den mein Vater einmal aus der Wohnung geworfen hat. Als er tot war, kam er zur Mutter und versprach, sich um ein christliches Begräbnis zu bemühen, und er hat es auch durchgesetzt. Aber was haben die Menschen getuschelt bei der Beerdigung! Überhaupt, das Reden hinter vorgehaltener Hand: es durchzog die ganze Verwandtschaft. Mein Großvater, ein schwieriger Mensch, er wohnte immer wieder bei uns, bis es nicht mehr ging, Vater und er vertrugen sich nicht. Der Großvater hatte sich meine kleine Schwester als Liebling erwählt; meinen Bruder mochte er nicht; zu dem hielt wieder die Mutter. So hatten wir alle einen Schutzpatron, aber eingetaucht in wie viel Hass und Eifersucht und trotz allem Liebe! Zu allen habe ich eine Liebe, die immer wehtut. Und dann noch die Scham. Der Vater hat den Großvater gezwungen, allein in seinem kleinen Stübchen zu essen, weil er ab und zu den Bart in die Suppe hängen ließ. Dann musste er wieder zu einem anderen Geschwister der Mutter. So ist er halt gewandert und war überall eine Weile versorgt und geduldet.

Der Doktor sieht müde aus heute, und deshalb wünsche ich ihm einen schönen Abend, Erholung und eine schöne Woche.

VII

Pünktlich fünf Minuten zu früh komme ich immer bei dem alten Haus an, in dem sich die Praxis befindet. Dann geleitet mich der Doktor ins Wartezimmer, und ich kann in Ruhe noch einmal in meine Merkzettel schauen, auf denen ich wichtige Stichworte für die Stunde notiert habe. Aber als er mich dann hineinbittet, brauche ich den Zettel gar nicht mehr. Mich hatte an einigen Tagen wieder die große Angst erwischt, ich könnte mich andern überhaupt nicht verständlich machen. Dann erscheint es mir aussichtslos, über mir wichtige Dinge überhaupt ein Gespräch anzufangen. Das sage ich ihm auch. Bei ihm ist es anders: Ich hatte noch nie das Gefühl, er liege ganz daneben, wenn er zu verstehen sucht, was ich ausdrücken will. Oder wenn, dann kann ich es korrigieren.

Ich war in der Universitätsbibliothek, um auf Mikrofilm in den alten Zeitungsbänden des *Alemannen* zu blättern. Aber es ist mühsam, und ich habe zunächst einmal aufgegeben, Genaueres über den Mord zu erfahren, den mein Vater begangen hat. Dann habe ich einen früheren Justizbeamten gefragt, der in unserer Nähe wohnt, wie ich am besten an Informationen herankäme. Er nannte mir das Stadtarchiv und das Staatsarchiv in Karlsruhe. Aber ich bin inzwischen unsicher, ob ich mir die ganze Mühe des genauen Forschens machen soll. Ich weiß ja inzwischen, dass er es war. Was kümmern mich die näheren Umstände! Aber ich frage doch den Doktor, was er meint zu meinem Aufwand.

Er sagt, und da bin ich ihm dankbar, weil es wie eine Entlastung, eine Entpflichtung, wie die Lösung von einem Bann wirkt: Es sei vielleicht nicht so wichtig, alle Einzelheiten zu erfahren, als gemeinsam herauszufinden, wie ich meine Kräfte in der Therapie am besten einsetze. Er benutzt sogar das Wort »Wühlen«, um mein getriebenes Suchen zu umschreiben. Er mag Recht haben, getrieben war ich mein ganzes Leben, von Scham, Wiedergutmachung, Sühne und von der oft grausamen Fron, die Familie, die vier Kinder durchzubringen, die ich ja alle mag.

»Sie werden es verstehen, Herr Doktor: Auch wenn mein Mann immer wieder wirbt, dass wir wieder miteinander schlafen, es geht nicht mehr für mich«, und ich habe es ihm neulich auch noch einmal ganz klar gesagt. Ich brauche Klarheit und will sie ihm auch geben. Er hat es kapiert und akzeptiert: »Ich bin einverstanden; so, wie wir jetzt zusammenleben, ist es mir recht.« Nein, nein, es sind nicht nur die Jahre, in denen er eine Freundin hatte und ich fast verrückt geworden bin, und am Ende, als es herauskam, ja wirklich in die Psychiatrie musste. Ich kann mich nicht mehr hingeben, nach den Jahren der Angst, als ich regelrecht flehte, ich wollte nach den beiden ersten keine

Kinder mehr, und es kamen noch zwei weitere. Dieses Leben in der Angst hat mich geprägt. Und von daher kommt auch mein Groll gegen die Kirche. Meine Mutter hat mich vor der Hochzeit beiseite genommen und gemeint, ich solle immer daran denken, die Frau ist dem Manne untertan, daran soll ich mich halten. Das war ja auch die Lehre der Kirche. Ich durfte mich ihm nicht verweigern. Es war meine Pflicht, ihm sexuell zu Willen zu sein. Verhütung war tabu. Also war ich ihm ausgeliefert. Und dann hat er so wenig für die Familie getan. Ich musste zu seiner Firma, ins Lohnbüro, um dafür zu sorgen, dass ich wenigstens einen Teil seines Lohns für mich und die Familie bekam. Vieles war ja so ähnlich wie bei meinem Vater, das ist verrückt, diese Wiederholungen.

Der Vater hat ja alles Geld in die SS gesteckt. Mit der war er mehr verheiratet als mit der Mutter oder der Familie. Die älteren Menschen in unserer Stadt kennen noch das Café, in dem sich die SS getroffen hat. Früher auch noch die SA. Er hat seine Kumpanen oft freigehalten, Runden spendiert.

Der Doktor meint, er müsse vielleicht große Minderwertigkeitsgefühle überdeckt haben, und damit bestätigt er mir meinen eigenen Verdacht. Aber wissen Sie was, sage ich zu ihm: Meine Cousine hat mir erzählt, er habe sich oft um die Familie, um die vier Kinder seines Bruders gekümmert, der Alkoholiker war. Geld und gute Ratschläge habe er immer wieder angeboten. Einer der Söhne war sein Patenkind. Den wollte er für die SS gewinnen. Aber ich glaube trotzdem nicht, dass er nur deshalb dort geholfen hat. Die Brüder waren so tief zerstritten. Denn der andere blieb bei der SPD, wie der Vater der beiden. Es gab hasserfüllte Auseinandersetzungen. Wie kann man das nur erklären: Er sorgt für die andere Familie und lässt die eigene fast verkommen?

Da hebt der Doktor zu einer kleinen Rede an. So lange hat er noch nie gesprochen, als ich frage, ob ich das Bild meines

Vaters je unter einen Hut bekommen, je in Frieden mit ihm werde leben können.

Er meint: Nein, vereinheitlichen werde sich das Bild nicht mehr lassen. Der Vater hat Eigenschaften gehabt, die fast unverbunden nebeneinander bestanden: den Fanatismus, die Zuneigung zu mir, die unberechenbare Wut auf seine anderen Kinder, den ewigen Streit mit seiner Frau, den Hass auf die Kirche, die Liebe zum Führer und zur SS, den Mordinstinkt, ja vielleicht sogar den heimlichen Stolz auf die Tat, aber eben auch seine fast selbstlos zu nennende Fürsorge für seinen Patensohn und die übrige Familie. Aber da fragt er mich vorsichtshalber noch einmal, ob man von selbstlos sprechen könne oder ob da auch die Werbung für die SS dahinter stecke. Doch das glaube ich nicht. Nur könnte ich mir vorstellen, dass der Hass auf den Bruder auch der Anlass war, sich um die Schwägerin und die Kinder zu kümmern. Da mag er sich als der Überlegene gefühlt haben; er wollte vielleicht zeigen, was ein wirklicher SS-Mann tut, im Gegensatz zu einem Sozi. Denn bei aller Brutalität hielten sich ja die SS-ler moralisch für die Besten. Ich bringe es einfach nicht zusammen.

Und so führt der Doktor seine kleine Rede fort, er wirkt auf mich wie ein geduldiger Lehrer, der sich Zeit nimmt und mir Wichtiges nach dem Unterricht noch einmal erklärt: Es komme nicht darauf an, je ein einheitliches Bild von ihm zu bekommen, sondern mit der inneren Zerrissenheit umzugehen; das Unverbundene seiner Teile zu sehen; das Unverständliche zu akzeptieren, vielleicht, es mit seinem eigenen Kinderschicksal in Verbindung zu bringen, ohne ihn dadurch entschuldigen zu wollen. Aber es sei wichtig, mit den schlimmen wie mit den guten Teilen Kontakt aufzunehmen. Und er fragt mich, ob es mir heute möglich sei, mit den fürsorglichen Teilen des Vaters Kontakt aufzunehmen, um das düstere Bild, das mich so tief niederdrücke, auch etwas aufzuhellen.

Ich spüre seine freundliche Haltung, aber mir legt sich sofort ein dumpfer Schmerz auf die Brust, so dass ich den Kopf schüttle: Nein, sage ich, Herr Doktor, heute noch nicht, obwohl ich es bald tun möchte. Ich muss mich erst langsam an ihn annähern. Ich habe jetzt lange Jahre mit dem Bild des Verworfenen gelebt. Sie wissen, er steht nicht auf dem kleinen Hausaltar der mir kostbaren Verstorbenen, und doch ist die Sehnsucht groß, ich könnte ihn eines Tages auch dort aufstellen. Es ist, als ob ich es noch nicht ertragen könnte, auf seine guten Seiten wieder einzugehen. Ich habe mein Haus sozusagen auf dem festen Fundament seiner Bosheit gebaut, mich geschämt und gebüßt und mich »mit ihm als Vater geschlagen« erlebt. Das kann ich nur langsam revidieren.

Der Doktor scheint mir zu trauen, dass ich an die verschiedenen Teile herangehen werde, wenn ich es nach meinen Kräften kann.

Sprechen über ihn, das kann ich, und es kamen eine Menge neuer Bilder hoch in den letzten Tagen: versunkene Prügelszenen. Ja, sage ich, als der Doktor meine ersten Sätze in der Stunde noch einmal aufgreift: meine Angst, überhaupt mit meinen Gedanken und Gefühlen aus mir herauszugehen, könne sehr wohl mit diesen immer drohenden grausamen Schlägen zusammenhängen, die über meine Geschwister niedergingen. Ich wurde einfach fügsam und freundlich, aus Angst, etwas abzubekommen, wenn ich eigene Konturen zeigte.

Noch etwas fällt mir ein: Ich weiß, dass er immer wieder weg war, zu kurzen Kriegseinsätzen, aber nach ein paar Wochen oder Monaten auch wiederkam. Als Chauffeur kann er ja nicht so unentbehrlich gewesen sein! Und doch war er immer nur für kurze Zeit eingezogen. Ich wollte das im Archiv der Firma herausbekommen. Aber es finden sich dort keine genauen Daten für seine Abwesenheiten, und erst recht keine Gründe.

Auf einmal, es mögen noch zehn Minuten Zeit sein in der Stunde, fragt mich der Doktor, ob auch Erfreuliches in der nächsten Woche auf mich zukäme. Wir dürften ruhig auch einmal nach vorne schauen, und ich hätte auch gute Stunden verdient. Und so, wie es mir manchmal das Gesicht zerreißt, wenn mir unvermittelt die Tränen kommen und ich dann das Gesicht zu verbergen suche, so zerreißt es mir jetzt das Gesicht vor Freude, wenn ich spüre, er denkt auch über eine frohere Zukunft für mich nach. Wir haben einen strahlenden Novembertag, das habe ich wohl bemerkt, und mich auch bedankt, dass er neulich mit seinem Auto vor mir hielt und winkte, als ich in der Stadt mit einer schweren Einkaufstasche die Straße überqueren wollte. Das Einkaufen, ja, das wird mühsam, und ein ganz tiefer Wunsch ist, dass ich etwas von der täglichen Mühsal loswerde. Zwei Kinder sind abgenabelt, aber zwei wollen noch immer Einsatz von mir fordern, als ob ich ihnen noch etwas schuldig wäre. Ich will diese Pflichten, die mir immer so selbstverständlich waren, langsam loswerden. Fast meine ich manchmal, ich hätte nicht gelebt, sondern nur gedient, und auch heute schwanke ich, ob meine neuen Wünsche nicht bloß egoistisch sind: dass ich freie Zeit habe, nicht täglich nach den Enkeln sehen muss.

Da fragt er noch einmal nach, was mir Freude machen könnte in der kommenden Woche, und wieder zerreißt mir ein Strahlen das Gesicht: Mein vierjähriger Enkel, der im gleichen Haus wohnt, der will mich manchmal ganz für sich haben, schickt Mutter und Schwester hinaus, die Mutter ist manchmal zu streng zu ihm. Ich muss mich zwingen, ihm nicht eine zu gute Oma zu sein. Er ist hinreißend, zutraulich, ja, fast verliebt, und ich nicht weniger. Und doch, ich muss es begrenzen, sonst binde ich ihn mehr an mich, als für ihn und die Mutter gut ist. Und da fragt mich der Doktor, indem er auf den blauen Himmel zeigt, ob ich schon einmal mit der Gondelbahn auf den Hausberg gefahren sei. Natürlich bin ich das, und so sage ich noch zum Schluss, dass die Natur mir gelegentlich das Geschenk einer tröstenden Geborgenheit mache, und gehe.

VIII

Regelrecht zusammengefallen bin ich am Tag vor dieser Stunde, aber ich formuliere es vorsichtig, wie aus Angst, ihn zu enttäuschen, und sage: »Ich hatte einen kleinen Einbruch, ich war wieder so unsicher, ob ich mich je verständlich machen kann und ob ich auf dem richtigen Weg bin.«

Der Doktor fragt nach, ob ich wieder so unsicher sei, ob die Arbeit sich lohne, und wie viel wir von der Vergangenheit wieder heraufholen können, aber es ist nicht das, was ich meine. Ich verstehe es ja selbst noch nicht genau, wie dieser Einbruch zustande kam.

Vielleicht hängt es mit dem Besuch meines Bruders zusammen, über den ich mich ja freute. Er erzählte ganz munter von einem Treffen mit alten Soldatenkameraden seiner Kompanie aus dem letzten Kriegsjahr, denen er einmal im Jahr begegnet. Sie hätten gestichelt gegen ihn – vielleicht wegen seiner hohen Stellung, die er erreicht habe; sie arbeiten ja bei der gleichen Firma. Und da sagte er auf einmal: Er habe eben am längeren Hebel gesessen, und das bezog sich auf eine dienstliche Beurteilung, die er über sie abgeben musste; und da habe er eben ins Zeugnis seines Kriegskameraden hineingeschrieben, dass er sich über zwanzigmal krankgemeldet habe im Dienst, und das sagte er mit einem Triumph in der Stimme, so, als sei er völlig überzeugt von seinem Recht und seiner Pflicht, ihm einen Aufstieg zu verbauen. Da habe ich mich richtig moralisch geekelt vor ihm und war froh, als er ging. Es erinnert mich an eine Eigenschaft meiner Mutter: Die konnte so unbarmherzig und gekränkt sagen: »Denen zahle ich das heim!« Er kommt mir dann so grausam und unerbittlich vor. Der Doktor fragt, ob ich das Gefühl hätte, es gehe dabei ums Prinzip, bis zur Unmenschlichkeit, ich sage dankbar Ja, und mir fällt wieder die Geschichte mit den unverzollten Zigaretten ein und dem von ihm erzwungenen Verrat an meinen Arbeitskolleginnen. »Ja, er war so dreihundertprozentig«, sage ich und denke: Fast wie mein Vater, fanatisch für die Partei und unerbittlich gegen die Feinde, und schäme mich doch gleich wieder, auch dass ich diese Ähnlichkeit meinem Bruder anhänge, und bin froh, als der Doktor fragt, wie denn der innere Abgrund des Bruders aussehen möge, gegen den er diese starren Mauern setzt, um nicht abzustürzen. »Der Abgrund, das Chaos«, bricht es aus mir heraus; er lehnt ja jeden Blick zurück ab, wenn ich nach der Vergangenheit frage. »Schau in die Geschichtsbücher«, sagt er, »die Juden wurden zu allen Zeiten verfolgt, was grübelst du ewig darüber nach.« So kommen wir nie ins Gespräch; er hat ja einige Jahre mehr erlebt von der Nazizeit als ich.

Und zum Chaos meiner Familie, so fällt mir ein, gehört ja auch der Hass der Mutter auf die Franzosen. Wir wohnten zwei Jahre gegenüber einer Kaserne, sie wusch, mit meiner Hilfe, zwei Jahre deren Wäsche, aber so voller Hass; wir kriegten ja bis Ende der fünfziger Jahre als SS-ler keine Rente, weil die Todesursache nie amtlich festgestellt wurde.

Nach zwei Jahren, 1947, flogen wir auch aus der Werkswohnung raus, die brauchten die ja, und wurden zusammen mit einer anderen Nazifamilie in eine Dreizimmerwohnung gesteckt. Das gab natürlich laufend Krach. Für die Mutter verklärte sich das Bild des Vaters immer mehr, er bekam einen richtigen Glorienschein, und die Franzosen wurden die Verbrecher, die ihr Lebensglück zerstört hatten. Ich war dabei, als eine Tante einmal zu ihr sagte: Ganz so rosig könne es doch nicht gewesen sein früher, sie erinnere sich doch an die mörderischen Kämpfe. Und auch ich versuchte ihr manchmal zu sagen, die Franzosen seien doch nicht an allem Elend dieser Welt schuld. Aber sie war da eisern, wusch weiter mit grimmigem Hass, was sollte sie auch anders machen.

Es beruhigt mich, dass er Doktor sagt, es sei nicht ungewöhnlich, dass sich ein solcher Hass verschiebe auf neue Schuldige, wenn es keine Hilfe bei der Reifung gebe. Und da falle ich mitten in der Stunde erneut in einen Abgrund, der mich traurig stimmt und mich erschaudern lässt, wenn ich an die Ähnlichkeiten zwischen meinem Mann und meinem Vater denke. Wie man die Wiederholungen weiterträgt! Als ich einmal zum Elterngespräch in die Klinik gefahren bin, wo meine Tochter sich vom Alkohol auskurierte, da konnte ich auf die Frage des Arztes, wie ich das alles sähe, nur antworten: »Ich habe doch alles falsch gemacht mit meinen Kindern« und konnte die Tränen nicht mehr halten. Später sollte und wollte ich dann in die gleiche Klinik, er hat es sehr befürwortet, aber als ich hörte, ich müsse mich für vier Monate verpflichten, wurde ich unsicher und schaffte es nicht, die Familie allein zu lassen. Es ging um mein Pflichtgefühl, aber ich hatte sicher auch Angst.

Wenn ich mich gebraucht fühle, kann ich kaum Nein sagen. So war es ja auch, als ich mich scheiden lassen wollte, als das volle Ausmaß der Untreue meines Mannes deutlich wurde. Ich hätte auskommen können mit dem Geld, das mir zustand, aber mein Mann hätte sich so einschränken müssen, dass er mir leid tat. Er sollte nicht wegen mir darben, und so habe ich mich entschlossen zu bleiben. Das würde mir heute nicht mehr passieren, wenn eine ähnliche, schon eine geringere Kränkung noch einmal vorkäme. Ich habe mich rumkriegen lassen, als er mich bei einer Kur besuchte. Ich habe noch die Liebesbriefe, die er mir schrieb, als er schon die andere hatte. Ich versteh es nicht, ich versteh es nicht. Bin ich denn blind, warum merke ich nichts? Es ist zum Verzweifeln. Aber da fällt mir das Buch ein, das der Doktor mir empfohlen hatte, *Du sollst nicht merken*, es passt fast in allem auf mich.

Der Doktor erklärt mir, dass ich ja fast nur die Wahl hatte als Kind zwischen Nicht-Merken oder dem Heraufbeschwören einer Familienkatastrophe; es war ja mit Händen zu greifen mit der Freundin des Vaters, aber die Mutter hat es lange auch nicht gemerkt. Nur hat sie mir später den Kontakt verboten mit der Frau, die ganz in unserer Nähe wohnte. Nein, es war nicht die Köchin im Haushalt des Chefs. Aber wer weiß, ob er mit der nicht auch was gehabt hat. Ich laufe ja wie eine Blinde durch die Welt, weil das, was ich sehe, unerträglich ist oder weil ich nicht die Wahrheit sehen darf.

Der Doktor fragt, wann ich mich denn zum ersten Mal dem Gedanken an Therapie genähert habe; da wird mir das ganze Elend klar bei der Strecke, die ich zurücklegen musste bis zum Beginn dieser Arbeit. Ich hatte vor Jahren ein paar Gespräche mit dem Oberarzt in der Psychiatrie, in die ich kam, als alles aufflog. Er bot mir an, ich könne anrufen, wenn ich es nicht mehr aushalte, aber das war ja keine Therapie. Langsam aufgewacht bin ich, als meine Tochter mir sagte, sie wolle nicht mehr mit mir reden, solange ich unter Psychopharmaka stehe, aber was sollte ich machen? Meine Nervenärztin, das habe ich ja schon erzählt, hielt mich zu alt für eine Therapie. Erst mit dem anderen, dem homöopathischen Arzt – das war eine richtige kleine Verschwörung gegen die Nervenärztin –, gelang es, die starken Mittel abzusetzen. Das ging ein Jahr gut, dann kam der Rückfall in die Depression, als die Familie wieder an mir zerrte und ich meine eigene Person wieder verloren habe. »Das kommt davon, wenn Sie mir nicht vertrauen«, hat sie gesagt, und ich kam mir böse und schuldig vor. Das weiß er ja schon. Und eines Tages las ich dann den Artikel von ihm über die NS-Zeit und die späten seelischen Folgen in der Zeitung. Da nahm ich meinen ganzen Mut zusammen und rief an, und jetzt sitze ich hier, die Kasse bezahlt erst einmal, und ich kann es immer noch nicht recht fassen, dass einer pünktlich da ist, mir zuhört, sich vieles merkt und ab und zu etwas so klar zusammenfasst, dass ich mich gesehen und nicht verurteilt fühle.

Exkurs: Vom Herzklopfen des therapeutischen NS-Forschers

Bis hierher stimmte die literarische Form der Wiedergabe der Therapie. Ich war vor allem ermutigender Zuhörer bei ihrer Geschichte, auch, so weit mir möglich, einfühlsamer »Zuschauer« und Mit-Erlebender ihrer Gefühle. Aber dann wuchs ein inneres Dilemma: Wann und in welcher Form würde ich ihr mitteilen können, dass ich abends aufschrieb, was ich verstand, indem ich es ihr in den Mund legte? Ich geriet in eine innere Spannung, vermischt mit leichten Schuldgefühlen. Sie ist eine Patientin, die ich längst adoptiert habe, mit wachsender Sympathie und Achtung vor ihrer Arbeit, auch vor ihrer nach außen nahezu unsichtbaren Lebensleistung, an der sie in Zeiten der Niedergeschlagenheit doch so intensiv zweifelte; andererseits ist sie nun Forschungsgegenstand. Und obwohl ich vertraut bin mit diesen Zuständen des Bangens, ob ich manche Patienten auch forschend und schreibend begleiten darf, hat der wachsende Konflikt bei ihr eine neue Färbung. Sie scheint mir ein so umfassendes Vertrauen entgegenzubringen, und sie schildert so eindringlich ihre lebenslängliche Not: etwas für sie Wichtiges nicht zu bemerken und sich hereingelegt zu fühlen, dass es mich schaudert, sie könnte dieses bis heute heimliche, schreibende »Hintergehen« wie einen Absturz erleben, wenn es ans Licht kommt.

Deshalb habe ich nach dieser achten Stunde einem befreundeten Kollegen meine Unsicherheit vorgetragen, und wäh-

rend des Gesprächs wurde ich so aufgeregt, so durch Herzklopfen beunruhigt, dass er vorschlug, doch diese Erregung ins Zentrum des Fragens zu stellen. Denn eine konkrete Mitteilung an die Patientin hielt er in diesem Augenblick für verfrüht, sei sie doch gerade erst dabei, den Raum der Therapie zu erkunden und ihre und meine Fähigkeit abschätzen zu lernen, mit dem »SS-Sprengstoff« in ihr umzugehen.

Wir versuchten herauszufinden, was mich an dieser Biographie so tief berührte und meine eigenen NS-Deponien aktivierte. Die Faszination an ihrer Geschichte ist offenkundig. Die Disziplin, mich abends hinzusetzen oder nach kurzen Notizen nach der Stunde am folgenden Tag zu schreiben, hatte ich nur einmal: während der zwei Jahre der Gespräche mit Eingeschlossenen. *Das* Erste Jahr *hatte ich in einem Zug aus der Erinnerung niedergeschrieben. Bei den späteren Fallgeschichten half mir ein Assistent, dem ich diktierte, oder das Tonband, Wichtiges zu notieren und Transkripte zu strukturieren.*

Die Patientin erscheint mir zugleich als Person wie als ein Medium, in dem sich so vieles spiegelt oder bricht. Ein Grundgefühl beim Zuhören, neben dem des empathischen Verstehens, ist eine fast kriminalistische Wachsamkeit für unbewusste Zusammenhänge, für die unterirdische Tradition von Symptomen, deformierten Lebensskripten, unheilvollen Auswirkungen der NS-Zeit auf die zweite Generation, zu der auch ich gehöre. Parallel dazu las ich gerade die Arbeit Die Suche nach dem Selbst *von Ilany Kogan (1995), der Bericht über die dritte Psychoanalyse einer Angehörigen der zweiten Generation von Holocaust-Opfern, die nach ihrer zweiten Analyse in den USA zu einer neuen Identität in Israel aufbrach und dort noch einmal therapeutische Hilfe suchte. Nach vorsichtiger Schätzung war sie fast zwanzig Jahre in Therapie, bis die inneren Deponien des Schreckens ausgeräumt waren. Mit meiner Patientin werde ich vermutlich zunächst einmal nur fünfundzwanzig von der Kasse bewilligte Stunden für eine Kurztherapie haben. Der Vertrag, den sie mit mir eingeht, lautet denn auch, scheinbar begrenzt: Ich will mit meinem Vaterbild zurechtkommen.*

Darin gleichen sich die Patientinnen, meine und die von Ilany Kogan und vielen anderen: Der Lebenslauf ist geprägt von bewussten und unbewussten Phantasien über Schrecken, Gewalt und Tod, über Mitschuld und Sühne, Identifikation und Befreiung.

Manchmal gleicht die wachsende Einsicht einem fluoreszierenden Netz von Zusammenhängen, die für kurze Augenblicke sichtbar werden, wieder verschwinden und doch ein Nachbild hinterlassen, das allmählich fassbar wird. Die Wucht der Nachinszenierungen ist gewaltig: als müsse das »Geheimnis« durch qualvolle reale Lebensgestaltung ausgelotet werden, bevor es erkannt und »bearbeitet«, vielleicht sogar durchgearbeitet werden kann.

Hinter meiner Faszination kommt natürlich die Geschichte meines Mitläufervaters zum Vorschein. Er könnte der Assistent beim Chef des väterlichen SS-Chauffeurs meiner Patientin gewesen sein, denn beide waren in der gleichen Branche beschäftigt. Im Familienhintergrund vermischen sich auf ähnliche Weise Christentum und Führer- oder Partei-Kult. Mein einziger Onkel, ein begeisterter Jungnazi, fiel als junger Soldat auf der Krim.

Das Herzklopfen verweist also auf die Analogien, auf die Erregung, die schlummernden Geheimnisse meiner wie so vieler Familien zu berühren. Es fühlt sich an, als kämen Archäologie und Kriminalistik zusammen, um die Fernwirkung längst begangener Verbrechen und fanatischen Irrglaubens zu ergründen. Die Taten sind begangen, der Mörder steht fest, auch die verbrecherischen Auftraggeber, seien sie nun außen als NS-Führer, seien sie bereits verinnerlicht wirksam als »dämonische

Introjekte«, die zuerst innerseelisch, dann in der Außenwelt Anbetung und Schrecken verbreiten. Sie setzen das Gewissen partiell außer Kraft, um dann wieder, nach dem »Zusammenbruch« 1945, in langsamem Zersetzungsprozess zu verrotten, ohne doch ihre giftige Wirksamkeit zu verlieren.

Es ist das Hantieren mit vergrabenem Sprengstoff, das mir Herzklopfen bereitet. Die Patientin hat ein Wissen über scheinbare psychische Endlagerstätten gesammelt, die wir nun nach fünfzig Jahren kartographieren. Wie manche Pilzarten nach Tschernobyl akkumulierte sie radioaktive Ablagerungen, während viele andere in ihrer nächsten Umgebung offensichtlich unbeschadet lebten. Was ist das Geheimnis ihrer sie überwältigenden Offenheit für das »Unerledigte« in der deutschen Geschichte, auf Seiten des Tätervolkes? Eine nach außen unscheinbare Frau, um die herum fast alle Bindungen aufleuchten wie infiziert von einem gefährlichen oder heilsamen Isotop, das je nach Ladung als zerstörerisch oder kurativ angesehen werden kann. Mich beunruhigt noch etwas anderes, das meine Identität als Analytiker in der Gemeinschaft der Analytiker betrifft. Sie sind ja oft, auch in Bezug auf die NS-Zeit, bestimmten Denkschulen verhaftet, eine Tatsache, die ich in Dämonische Figuren *(1996) untersucht habe: Der Vergleich von Täter- und Opferkindern erscheint vielen noch immer als Sakrileg, als amoralische Nivellierung der deutschen Schuld. Während ich aber staunend oder entsetzt vor der Biographie meiner Patientin stehe, nivelliert sich nicht Schuld, sondern die Leiden der zweiten Generation gleichen sich an. Es geht um die Vermessung und die Würdigung der Schäden an Täter- und Mitläuferkindern, die sich uns als Patienten anvertrauen. Unser Instrumentarium hat sich gebildet bei der Erforschung der Schäden bei den Opfern und Opferkindern. Die frühe, mutige und ergreifende Arbeit von Anna Maria Jokl,* Zwei Fälle zum Thema ›Bewältigung der Vergangenheit‹, *1965 als Vortrag in Jerusa-*

lem gehalten und erst 1988 auf Deutsch im Bulletin des Leo Baeck Instituts *erschienen, blieb bisher fast unbemerkt. Im Frühjahr 1997 ist sie allerdings im Jüdischen Verlag in Frankfurt unter dem gleichen Titel neu erschienen.*

Die Autorin stellt darin wohl als erste zwei parallele Analysen vor: eine mit einem Opfer- die andere mit einem Täterkind, und gelangt schon früh zur These analoger seelischer Störungen.

Meine bange Frage ist: Wie wird meine Patientin damit umgehen, dass ich, ihr Leiden dokumentierend, sie ins Licht des Allgemeinen zerre? Sie kann sich missbraucht fühlen. Die Empathie kann ihr vergiftet vorkommen, wenn sie mir gleichzeitig Zugang zu allgemeineren Gesetzen der psychischen Vererbung verschafft, nicht nur zur Linderung ihrer Zerrissenheit. Es hilft mir nicht viel, mich auf Freud oder andere zu berufen, die Therapie und Forschung zu verknüpfen versuchten. Die Bangigkeit wie die Schuldgefühle scheinen jedesmal neu. Und das Paradox bleibt unauflöslich, dass sich meine Sympathie um den Betrag vermehrt, der mein Wissen mehrt und der ihr das Gefühl des Betruges geben könnte, oder des geminderten Interesses an ihrer schlichten Person. Wohl bin ich hoffnungsvoll, dass sie mir eines Tages die Erlaubnis geben wird, ihre Geschichte darzustellen. Aber bis dahin muss ihre Fähigkeit, das Allgemeine der Geschichte im Besonderen ihrer individuellen Existenz zu ertragen, erst noch erarbeitet werden. Mein Freund nannte es die Fähigkeit zum Humor. Das Wort erschreckte mich zunächst, weil wir davon in der therapeutischen Arbeit noch weit entfernt sind. Schicht um Schicht wird das Ausmaß der Verstrickung allmählich erst deutlich. Wir reduzierten im Gespräch dann den Humor auf die »Fähigkeit zur Distanz der eigenen Geschichte gegenüber«.

Sicher mag bei manchem Patienten noch das Gefühl der Aufwertung locken, wenn die eigene Geschichte dargestellt wird. Nur: das verlagert das Gefühl des Verrats nur auf ihre Schultern. Denn so gut wir die Geschichte, hoffentlich gemeinsam, verschlüsseln oder legendieren werden: Frau F. hat ja Einblicke auch in das Leben anderer Menschen preisgegeben, mit denen ich keinerlei Kontrakt und Kontakt habe und deren Schicksale sie mir anvertraut im Vertrauen auf mein Schweigen. In den Akten der Gauck-Stasi-Behörde werden die Namen anderer Betroffener geschwärzt. Aber Rückschlüsse und plötzliche Selbsterkenntnis sind immer möglich. Ist dieser Verrat im zunächst privaten Raum der Therapie Teil einer langsamen Individuation, nach der sich die Patientin sehnt? Wohin gehört das Bild ihres Mannes, das sich dem des Vaters in vielem so sehr angleicht? Wohin das des Bruders, der den NS-Geist in manchen Charaktereigenschaften konserviert, mag er über vieles auch tapfer und verbissen schweigend hinausgewachsen sein? Repräsentiert die Nervenärztin, die die Patientin für eine Therapie als zu alt erklärte, ein Stück deutscher Nachkriegspsychiatrie, oder hätte sie den Vertrauensschutz der Nicht-Erwähnung verdient, so wie sie selbst Vertrauen forderte, weil sie doch nur das Beste für die Patientin wollte? Es sind eben fast alle Mit-Personen dieses Stücks eingefärbt von den NS-Zusammenhängen oder ihrer Wiederkehr in entstellter Form, auch in der einer gut gemeinten oder verzweifelten Abwehr.

Mein Herzklopfen hat auch seine kindliche Seite: an Geheimnisse rühren, vor denen auch die Erwachsenen Angst hatten. Es ist viel nachholende Neugier im Spiel, nur zum Teil aufs Schlüsselloch zum Elternschlafzimmer bezogen. Denn das haben Sammy Speier (1992) und andere gültig gezeigt: Es gibt auf der einen Seite nach Auschwitz eine Urszene, die sich in den Gaskammern abspielt; folglich muss es auch eine geben, die sich im Morden und also auch in den Seelen der Mörder und ihrer Angehörigen abspielt. Wie sehr sich die sexuelle und die mörderische Urszene vermischen können, zeigt auf erschütternde Weise Ilany Kogan (1995) im bereits erwähnten Text auf.

In einem unveröffentlichten Manuskript über meinen Vater schien es mir auf einmal evident, dass ich meine Entstehung, angesichts vieler neurotischer Hemmungen meiner Eltern gegenüber der Sexualität, vielleicht seiner kräftigenden Identifikation mit dem Führer verdanke. All dies kommt jedenfalls hoch, wenn ich mich tiefer auf mein Herzklopfen einlasse in der frühen Morgenstunde, als ich mich in meiner Verwirrung und kriminologischen Erregung meinem Freund offenbarte.

IX

Ich, der Therapeut, kann nicht mehr der Patientin alles in den Mund legen. Ich bin zu sehr beteiligt mit meinen Gefühlen. Dadurch beginnt die Behandlung bipolar zu werden, nachdem ich lange nur ermutigender Zuhörer war, natürlich mit oft starken Gefühlen, aber doch mehr wie ein »Sprech-Raum«, den eine Person gibt, der man vertraut: als Gestalter, Träger, Anbieter eines seelischen Raumes, in dem eine Biographie sichtbar wird. Ich habe natürlich manches erfragt, verdeutlicht, in Zusammenhänge gebracht. Aber noch nicht mit der stillen Bewunderung, die mich heute erfasst hat. Ich nannte sie für mich eine exemplarische Deutsche, von der ich wünschte, dass sie sichtbar wird. Warum? Fast hätte sie noch Trümmerfrau sein können, wanderte als junges Mädchen durch die zerbombte Stadt zu ihrem Arbeitsplatz. Und dann dieses Auf-sich-Nehmen von Scham, Schuld und Sühne, fast fünf Jahrzehnte lang. Soll man das neurotisch nennen, wenn jemand für einen anderen Täter büßt, wo doch zu wenige sich schämten und zu wenige an Sühne, nur ans Überleben dachten? Also werde ich dazwischen reden in ihren inneren Text, soweit mir der meine als wichtig erscheint.

Sie gräbt ihr Selbstsein aus, und auf einmal wird ihre Subjektivität leuchtend, beschämt mich; aus etwas Grauem, Jammerndem, Verzagtem, durch Pillen und Entwertung Niedergehaltenem wachsen Form und Würde; das Leidensmedium tritt aus der Passivität heraus. Das imponiert mir, und ich lasse gerne s i e *wieder reden, wische Tränen weg, die sie jetzt noch nicht zu sehen braucht. Außerdem ist es, als hätte eine Saite in ihr auf meine Gedanken, Skrupel und Zweifel der vergangenen Woche geantwortet, aber ganz anders, als ich es mir hätte vorstellen können. Jedenfalls habe ich wieder mehr Mut, Zeugnis für sie abzulegen.*

Es geht mir wieder besser. Ich hatte ja so stark auf eine Ungeschicklichkeit meines Mannes reagiert. Das hatte die Ohnmacht vor dem Vater wieder hochgebracht, auch den Hass. Was mich wieder zu mir selbst gebracht hat, waren einige Seiten aus *Die Kinder der Täter* von Dörte von Westernhagen. Ich brauche ja gar nicht so rasch verzeihen, hatte mich aber unter Druck gesetzt. Mein christliches Gewissen, meine Pflicht zum Verzeihen waren wieder stark geworden, wie als Antwort auf die hochschießenden Bilder des Vaters. Sieben mal siebzigmal sollen wir verzeihen! Was habe ich mich gequält, das zu erfüllen. Ich durfte ja nie wütend sein. Jetzt fühle ich manchmal meine Wut und weiß: Das bin ich, sie gehört mir! Wenn ich sie nur besser dosieren könnte und mich nicht so peinlich fragen müsste nach einem lauten Satz: »Was habe ich jetzt wieder angerichtet?«

Meinen Mann habe ich angefaucht, als er mich auf den Arm nehmen wollte wegen der Ungeduld, die ich manchmal spüre, wenn mir etwas nicht gelingt. Er spöttelte: Geduld ist eine Haupttugend des Heiligen Geistes. Der ist ganz schön zusammengezuckt, als ich zischte: »Ja, mit dir habe ich viel zu viel Geduld gehabt!«

Der Doktor meint: »Das wäre auch ein Wunder, wenn Sie jetzt am Anfang der Therapie, wo alles noch einmal hochkommt, gleich wieder verzeihen könnten.« Und dann sagt er einen Satz, der mir beweist, dass er manchmal über mich nachdenkt, auch wenn ich nicht da bin. Er meinte nämlich, und da hat es mich gleich überrieselt: Er habe plötzlich während der Woche gedacht, ich sei vielleicht auch in eine Beziehung eingetreten zum Opfer, das mein Vater umgebracht hat. Der Tote sei ja fast ein Bruder von mir geworden, wo ich doch Zeuge der Gewalttätigkeit meines Vaters gewesen sei gegen den eigenen Bruder. »Den Ermordeten kenne ich ja nicht«, antworte ich, habe plötzlich Mühe mit dem Reden, und ich weiß nicht, ob ich nach seinem Namen suchen soll; ob es etwas bringt, wenn ich nach fast sechzig Jahren Angehörige finde und ihnen sage ... da kann ich nicht weitersprechen und schüttle den Kopf: »Nein, Bruder ist mir zu stark für den Verfolgten und Ermordeten, aber er ist mein Nächster, und ich habe mir oft vorstellen müssen, wie er niedergeschlagen wurde.«

Der Doktor sagt: Diese Beziehung zum Verfolgten und vom Vater Erschlagenen mache verständlich, warum ich mich um das Schicksal der Juden kümmerte, viel las, spendete, auch zur Synagoge ging. Er spricht meinen aus der Kindheit geschulten Blick für die Leidenden an, und auf einmal strömen die Bilder. Ich war achtzehn und hatte gerade die Lehre beendet; eine ältere, unansehnliche Mitarbeiterin machte immer wieder Fehler, die jüngeren lästerten, man begann über ihre Kündigung offen zu sprechen; ich glaube, heute würde man es Mobbing nennen. Ich ging zum Buchhalter im Vorzimmer des Chefs und sagte: »Das geht so nicht, Sie können sie nicht einfach rausschmeißen.« Er wollte mich schon anschnauzen und mich rotzfrech nennen, da kam der Chef heraus, und ich sagte ihm das Gleiche. Er: »Halten Sie sich da raus, das geht Sie nichts an!« Aber sie wurde nicht entlassen.

Und ein paar Monate später fuhr ein Meister eine ungeschickte Kollegin an mit: »Sie blöde Kuh!«, es war demütigend und entwürdigend, sie konnte sich nicht wehren und hat nur geheult. Aber mir hat es gereicht, ich habe protestiert und gekündigt und eine andere Stelle angenommen.

Der Doktor schweigt, ich kann aber nicht hinschauen, spüre nur, dass sein Blick auf mir ruht, und dann fragt er, ob ich den Stolz, den ich gewiss haben dürfe auf dieses Eintreten für Gedemütigte, je mit jemandem teilen konnte? Natürlich nicht! »Außer mit Gott«, meint er, das stimmt, sonst hänge ich so was ja nicht an die große Glocke. Und er darauf nennt sich einen Zeugen, der das würdigen und bewundern könne, bis es mich wieder erschauert und ich erröte.

Die Vergangenheit will ich nicht mehr zum alleinigen Hauptthema machen, und er scheint es in der Mitte der Stunde auch so zu spüren, denn er fragt, was die kommende Weihnachtszeit für mich bedeute. Ich habe keine Angst davor, brauche nicht tagelang in der Küche zu stehen, und kirchlich ist mir eh nicht mehr zumute. Durch viele Kerzen bringe ich Licht in die Wohnung. Und wissen Sie was: Mein Mann steht tagelang in der Küche und backt Plätzchen, ich muss kichern, als ich von seinem Erstaunen erzähle, dass er mich nicht mehr einfach zum Einkaufen losschicken kann, wenn ihm ein bestimmtes Gewürz fehlt. »Das musst du dir selbst besorgen«, sage ich, und er schaut ein wenig verstört. Er kapiert nicht, was mit mir vorgeht.

Der Doktor sagt, ich rede von meinem Mann wie von einem wunderlichen Sohn, und ich muss schallend lachen; genau so ist es. Früher ließ er sich verwöhnen wie bei seiner Mutter, die eine perfekte Hausfrau war. Das ewige Vergleichen! Zwei Tage putzen vor dem Termin, wenn sie mal zu Besuch kam! Und sie war nicht berufstätig, hatte halb so viel Kinder wie ich durchzubringen, und ihr Mann hat ihr viel abgenommen. Ich konnte auch nie seine Mitarbeit fordern, dachte, er muss es doch sehen, aber er sah es nicht. Ich immer gehetzt, immer unter Druck, manchmal mit heimlichen inneren Bildern, in denen ich Teller an die Wand schmeiße, aber in Wirklichkeit blieb es bei runtergewürgter Wut, wenn ich sie überhaupt noch wahrgenommen habe.

Der Doktor fragt, wann und wie der Körper mir das übel genommen hätte, und aus mir platzt es heraus: Magen und Darm! Morgens vor den fünf Stunden Arbeit im Vorzimmer des Chefs immer die bange Frage: Werde ich's heute schaffen oder nicht? Oft nahe am Mich-Übergeben, meist mit Magenschmerzen. Später, als ich mal untersucht wurde, auch mit Darmspiegelung, sagte der Arzt, einen so verdrehten und verkrampften Darm habe er noch nie gesehen.

Der Doktor erinnert an meine letzte Depression, als ich mich aus Pflichtgefühl wieder einspannen ließ für die Familie, die Enkel, die Schwiegertöchter in Not, und meint, ihm falle ein: Man könne ja auch mal auf die ewige Pflicht scheißen, und auf die steuernden, kontrollierenden Ansichten der Nachbarn. Da wird es mir leicht, als hätte ich mich, wie man sagt, auf einmal erleichtert, und wir lachen wie Verschworene. Das drastische Wort vom »auf die Pflicht scheißen« schwebt durch den Raum und stimmt mich frech und aufmüpfig.

Sachte bringt er mich, obwohl es noch zwei Wochen sind bis dahin, wieder auf das Thema Weihnachten, und ich erzähle glücklich, dass mein ältester Sohn mit Familie zu Besuch kam, er ist ja Abteilungsleiter in einem halböffentlichen Betrieb bei Stuttgart, und während die Eltern einkaufen gingen, spielte ich mit den pubertierenden Kindern einen geschlagenen Nachmittag lang Brettspiele. Sie küssten mich zum Abschied, obwohl ich es ihnen nicht verdenken würde, wenn sie der alten Oma nur noch die Hand schütteln würden.

Hier muss ich wieder dazwischenreden, weil ich ihr ja nicht in den Mund legen kann, wie sie leuchtete vor scheuem Glück über diesen Spiel-Nachmittag, denn sie hat es vermutlich nicht gewusst.

Wissen Sie, ich habe lange geglaubt, ich hätte als Mutter alles falsch gemacht, die zwei jüngeren Kinder hatten es ja auch schwer, als die Familie sozusagen auseinanderbrach und ich alle allein durchbringen musste. Und dann die ewigen Depressionen. Die Kinder wollten nicht mehr gerne kommen in den letzten Jahren: Jahrelang kein Zeichen der Hoffnung bei mir! Aber jetzt schauen sie herein und sagen: »Mutter, mit dir wird es anders seit einigen Wochen«, und da muss ich schon wieder weinen, »und schau doch, wir sind alle etwas geworden«, und ich bin dankbar, während ich am Weinen würge, dass der Doktor sagt: »Nicht wegdrücken, es ist kostbar«; er sieht wohl meine Erleichterung, dass meine Kinder mich anerkennen. Neulich kam mein jüngerer Sohn und sagte, er habe Angst vor dem nächsten ihm angebotenen Laufbahnschritt; der Psychologe auf dem Schulungsseminar habe ihn gemahnt, etwas zu tun gegen seine Ängste, und ich habe ihm gesagt: Ich habe Hilfe gesucht und gefunden, und wenn du es willst, wirst du sie auch finden. Aber er sagte: »Ich kann es noch nicht, obwohl ich weiß, an was für dicke innere Brocken ich mich heranwagen sollte.«

Manchmal wird mir elend, wenn ich an mein Alter denke. Zehn Jahre könnte ich noch haben, aber es mag auch sein, weniger. Werde ich meinen Weg zu Ende gehen können, frei werden, zu mir selber stehen, Nein sagen, wenn es nötig wird? An mein Leben nach dem Tod denke ich oft, aber es gibt hier unten noch so viel zu verstehen und zu klären. Ich verschweige die vorüberhuschenden Bilder der Personen, denen ich drüben wieder begegnen werde. Der Mörder und der Ermordete erscheinen wie ineinander geblendet. Schon wieder verschwunden.

Der Vater musste sich nie über mich schämen. Ich war pflegeleicht. Stellen Sie sich vor: Ich, stundenlang auf seinen Schultern, beim Autorennen in der Schweiz; in der Villa des Chefs. Meine Gedanken gehen durcheinander. Er war verblendet. Aber wie konnte ein ganzes Volk so verblendet werden, dass kaum einer mehr widerstanden hat? Und ich bin Teil dieses Volkes, so voller Scham.

X

Ich komme und bin aufgeregt: Es ist die letzte Stunde vor Weihnachten. Er bittet mich ins Zimmer, obwohl ich fünf Minuten zu früh da bin. So kann ich meinen Stichwortzettel nicht noch einmal überfliegen, und bei der Übergabe meines Geschenkes bin ich eine Spur verlegen. (Es war Hannah Arendts Buch *Eichmann in Jerusalem*.)

Außerdem: Er weiß ja noch nicht, wie nahe ich mich ihm fühle, weil ich ihn vor einigen Tagen bei einer Veranstaltung in der Stadt gesehen habe, ein Vortrag über Trauerarbeit von Jorgos Canakakis. Aber das kann ich noch nicht gleich sagen, sondern berichte von dem vorweihnachtlichen Auf und Ab meiner Stimmungen und den Seelenkämpfen mit meinem Mann und dem Wohnungsverwalter. Aber der Reihe nach: Eine kleine Grippe hatte mich (beinahe) niedergestreckt, aber es geht schon wieder besser. Ich bin ein wenig zur Ruhe gekommen dabei. Ich will mehr loslassen können im nächsten Jahr, nicht so in die Vergangenheit verkrallt bleiben, weniger dem Druck ausgesetzt sein. Ich war wieder so tief unsicher, ob ich »richtig fühle«, wahrnehme und denke und handle.

Eine Enttäuschung, dass mein Mann nicht wirklich hinter mir steht. Ich fühle mich, als ich darüber spreche, ganz matt vor Resignation. Wir haben in unserer Wohnung, in der wir seit vierzig Jahren wohnen, eine neue Gasetagenheizung bekommen. Der Verwalter war da, um die erhöhte Miete anzumahnen und sich die Arbeit der Handwerker anzusehen. Ich versuchte ihm zu erklären, dass ich die andere Farbe und die lieblose Ausbesserung des Parketts um die Heizung schwer akzeptieren kann. Im Wohnzimmer zwei verschiedene Parkettfarben! Und das ist nicht durch einen Teppich zu überdecken. Dann das Loch in der Balkontür, ich weiß nicht, wie man so was anrichten kann, aber der Gipser meinte, da müsse der Maler noch einmal kommen. Und außerdem: Es war versprochen, dass die Vermieterin die Kosten für meine Putzfrau übernimmt, soweit es um den Handwerkerdreck geht. Der war gewaltig. Der Doktor scheint mich verstehen zu wollen, anders als der Verwalter. Er fragt: Ist denn das neue Parkett schon versiegelt, oder kann man noch mit Farbe nachhelfen? Nein, zu spät. Mit dieser riesigen Schleifmaschine haben sie einfach einen unregelmäßigen hellen Fleck hineingesetzt. Das dunkelt nicht nach. Am zwanzigsten Oktober funktionierte endlich die neue Heizung, aber die Vermieterin wollte die neue Miete, 250 Mark mehr, schon für den ganzen Oktober. Von dem Putzgeld keine Rede mehr. Nein, in diesem Haus hat seit vierzig Jahren niemand aufgemuckt gegen die Besitzerin, immerhin acht Parteien. Einmal wollte eine junge Mieterin Widerspruch einlegen. Da sagte sie bloß: Sie können ja ausziehen. Damit war es erledigt. Trotzdem sitzt sie verbittert über uns allen in der oberen Etage. Während die Handwerker da waren, schaute sie ab und zu herein, um zu kontrollieren, was sie machen. Und dann jammerte sie und sagte, das sei der teuerste Heizungseinbau ihres Lebens. Wir waren die letzten, die dran waren. Als wir einzogen, hat mein Mann, mit Hilfe der Stadt, alles renoviert, Parkett gelegt, das hat ja auch den Wert der Wohnung erhöht. Als ich sagte, mein Mann habe ihr doch mit seinen Werkzeugen und dem vielen Telefonieren auch Kosten erspart, ist sie wortlos gegangen und kam nicht wieder.

Der Verwalter wollte von den Mängeln nichts wissen. Als dann mein Mann nach Hause kam, sagte er zu ihm: »Ich weiß nicht, worüber Ihre Frau redet. Es ist doch alles in Ordnung.« Und mein Mann lenkt ein und stimmt ihm zu! Da konnte ich nicht mehr vor Wut und Verzweiflung und bin in die Küche gegangen. Wenig später kamen sie mir dann nach, und der Verwalter sagte ein wenig schleimig, er könne ja in der Küche die Heizungsrohre noch mit einem Kasten verkleiden. Aber ich brauche keinen Rohrkasten in der Küche, ich brauche eine heile Balkontür und das versprochene Putzgeld, und ich will anerkannt haben, dass ich nicht spinne mit dem hingepfuschten Parkett.

An der Stärke meiner Wut und Verzweiflung kann ich sehen, dass die Gefühle zurückreichen bis in die Kindheit: niemals aufmucken dürfen, immer alles schlucken müssen und in tiefe Zweifel stürzen, ob ich richtig handle, wenn ich nicht kusche.

Der Doktor fragt, von welchen Personen diese Gefahr früher ausging; es ist am ehesten meine Mutter, die so hart und fordernd sein konnte und mir sagte: Das bildest du dir nur ein! Der Doktor macht sich an ein Suchspiel, das mir zuerst künstlich vorkommt, aber dann entsteht doch plötzlich eine frühe Szene, in der das ganze Drehbuch neu besetzt scheint. Der Chef meines Vaters taucht auf, vor dem dieser dienert und buckelt. Sie wissen ja, nach oben buckeln, nach unten treten, und die Frau des Chefs, die meinen Vater um den Finger wickelte, so dass er sich wie ein Familienmitglied fühlte und den Chef noch lange nach Dienstschluss kutschierte. Der Verwalter war wie der Chef, und die Vermieterin die Firma, der Brötchengeber, in deren Dienst er steht. Der Vater stand stramm vor der Obrigkeit, und bei meinem Mann ist das fast noch schlimmer, ich würde sagen, er ist unfähig zum geringsten Konflikt. Als der Doktor fragt, ob ich ihn als feige bezeichnen würde, zucke ich zusammen, das Wort ist wie ein Peitschenhieb, es trifft so tief, aber ich habe es ja selbst immer im Stillen gedacht. Wie erschrocken fragt der Doktor nach, ob mein Mann vielleicht auch wegen seiner Haftstrafe so ängstlich sei, und in der Tat habe ich vor Jahren lange gefürchtet, wir würden die Wohnung verlieren. Darüber kann ich, so hoffe ich, mit ihm sprechen: »Du brauchst dich nach den langen Jahren nicht mehr wegen damals zu fürchten und mich verraten aus lauter Angst vor den Autoritäten.«

Darf ich denn das alles fühlen, darf ich auf den Mängeln bestehen? Spüre ich es richtig, dass mich der Verwalter zur Zustimmung drängen wollte, indem er mich zur komischen Figur machte? Dass er mich und meinen Mann gegeneinander ausspielte? Hinterher hat mein Mann überhaupt erst genau hingeschaut, und da verstand er mich und will über Weihnachten einen Brief an die Besitzerin aufsetzen. Da bin ich gespannt. Heute hat er noch Aufschub, weil er die Krippe für die Enkel herrichtet.

An diesem Punkt gerate ich in eine kleine Krise, deren Hintergrund ich nicht i h r *in den Mund legen kann. Ich fühlte mich plötzlich gespalten: Ein größerer Teil blieb mit ihr identifiziert und konnte die Verzweiflung nachfühlen, ihr Mut machen, zu den eigenen Wahrnehmungen und Wünschen zu stehen; ein anderer Teil fand sie jammernd und anklägerisch. Ihr Mann hatte nicht eingegriffen, als der Handwerker das farblich ungleiche Parkett zu versiegeln begann, er hatte nicht einmal genau hingeschaut, obwohl er ihm noch zur Hand ging mit Werkzeug und kleinen Hilfestellungen und Telefonaten, so dass er nicht mehrmals den teuren Fahrweg zur Werkstatt außerhalb der Stadt machen musste. Ich konnte auch den Verwalter verstehen, dass er die jammernde Alte innerlich verfluchte und nur noch, und sei es mit psychologischen Tricks, ihre Zustimmung wollte. Trotzdem spürte ich: Es geht um eine so elementare Auflehnung gegen eben diese Mischung aus Druck-Machen und Nicht-Ernst-Nehmen, dass ich begann, das Kind in ihr in einem verzweifelten Kampf zu sehen, das sich nicht rechtzeitig, als die Handwerker noch da waren, meldete. Aber was geht es den Verwalter an, dass das Kind sich in einem therapeutischen Prozess befindet, in dem die Wehrlosigkeit und das späte, noch ungeübte Aufbegehren sich mühsam die Waage halten und die Frau ihm wie eine ihn quälende Nörglerin erschien, die er, vielleicht gerade noch unbewusst, in die Irrenanstalt wünschte. Wie tief mag er schon, demagogisch und böse, unbewusst im Kontakt mit ihren Aufenthalten in der Psychiatrie aus Zeiten noch schlimmerer Verwirrung gewesen sein?*

Auf einmal dachte ich an einen gerade gelesenen Aufsatz über japanische Bräuche zwischen Vermieter und Mieter. Die Mieter machen auf unterwürfigste Weise kostbare Geschenke, wie um den Tyrannen gnädig zu stimmen. Die Enge des Inselreichs, die Macht der Besitzenden und die kulturell abgesichterte Würde der Besitzenden führen zu diesem verwunderlichen, wenn nicht gar empörenden Ungleichgewicht. Das Bild half mir, die Balance wiederzufinden. Ich spürte die langjährige Angst um die preiswerte Wohnung, die Abhängigkeitsgefühle als abgearbeitete Rentner; dazu die Angst des Mädchens über ihr minderes Recht vor den Männern in der Welt und die Angst vor Lautstärke und möglichen Prozessdrohungen des Verwalters. Und auf einmal konnte ich mich wieder ausreichend mit ihrer Situation identifizieren und sagte ungefähr: Von außen könnte das aussehen, als wären Sie eine Querulantin, weil der Verwalter vielleicht eben durch Ihre ängstliche Zähigkeit und ihr Wegrennen irritiert war; auch weil der Protest so spät komme, und er könne auch nicht wissen, dass Sie zur Zeit nicht mit der Besitzerin selbst sich zu sprechen trauen. Aber der sei ja auch im Dienst der Hausbesitzerin tätig und wolle sich vielleicht durch seine Art der Einschüchterung und der Beseitigung von Schwierigkeiten durch aufmüpfige Mieter andienen. Doch ich sähe auch, wie sehr sie um ein Lebensrecht kämpfe: ihrer Wahrnehmung und ihren nicht übertriebenen Ansprüchen zu trauen, statt wieder einmal zu kuschen. Da wurde das Klima, auch mein eigenes inneres Klima, wieder besser, und wie um mir zu helfen, fuhr sie fort:

Ich habe unsere Nachbarn um Rat gefragt, die sind auch Hausbesitzer und haben den gleichen Verwalter, und die sagten mir, ich solle mich in Acht nehmen vor ihm, er sei »link«. Nur weil ihr Haus ihnen nicht allein gehöre, hätten sie ihn mit übernehmen müssen. Das hat mich erleichtert, ich weiß nicht, warum mir das erst jetzt einfällt.

Der Doktor fragt mich, ob nicht doch ein Gespräch mit der Vermieterin denkbar sei, und obwohl ich Angst davor habe, scheint es mir plötzlich eine Möglichkeit. Ich müsste das Gespräch halt mit meinem Mann zusammen vorbereiten, einüben, dass er mir nicht wieder in den Rücken fällt. Als die Besitzerin ihre Heizung einbauen ließ, hat sie natürlich das gesamte Parkett in ihrem Wohnzimmer abschleifen und neu versiegeln lassen, das will ich ja gar nicht. Aber jemand soll verstehen, dass ich verletzt bin durch diesen Pfusch und ihn nun im Wohnzimmer täglich vor Augen haben soll. Warum fällt mir auch jetzt erst ein, dass mein Großvater ein Fachmann in Holzböden war und mich als Kind mitnahm auf die Baustellen. Ich weiß, wie das aussehen kann, auch bei Reparaturen, und dass er sich geschämt hätte über diese Arbeit.

Der Doktor meint, da käme ja auch noch ein Stück Loyalität zum Großvater und Stolz auf ihn zum Vorschein, und eine wenigstens in diesem Fall stimmige frühe Gewissheit über handwerkliche Maßstäbe. Und als der Doktor sagt, das alles gleiche einer Art später Reifeprüfung in Wahrnehmung und

Konfliktfähigkeit, da muss ich lachen und bereite mich schon auf das Gespräch mit meinem Mann vor, den ich dafür gewinnen will, einmal zu mir zu stehen.

Nun kann ich auch sagen, dass ich sein ganzes Backwerk auf dem großen Tisch ausgebreitet habe, um ihn zu loben und ihm zu danken, dass er mir die Weihnachtsbäckerei abgenommen hat, und da kann ich auf einmal wieder die Tränen nicht halten. Ich habe vierzig Jahre unter Druck gekocht und gebakken, er hat es nie gewürdigt, es war immer ein wenig schlechter als die Leistungen seiner Mutter, wenigstens in seinen Augen. Mich hat nie jemand gelobt.

Als es schon auf das Ende der Stunde zugeht, fast im Gehen, sage ich ihm: »Ich habe Sie gut verstanden, dass Sie vor dem Ende weggegangen sind bei diesem Trauerseminar vor einem Massenpublikum mit Gong und Conférencier-Späßen, ich habe auch nicht bis zum Ende durchgehalten. Ich habe mich richtig einig gefühlt mit Ihnen.« Und als er nickt, spüre ich, ich hatte diesmal wenigstens Recht mit meinem Gefühl und meinem Mut, aufzustehen und wegzugehen.

XI

Diese Stunde habe ich nicht protokolliert, weil in den Tagen danach keine ruhige Zeit war. Im Mittelpunkt standen Hitlerjugend und BDM (Bund deutscher Mädchen): Die Patientin erinnert sich mit Schrecken an die BDM-Zeit und nennt zwei Gründe, die es ihr unmöglich machten, sich dort zu engagieren:

1. das Ausmaß an Sport und die für sie damit verbundenen Demütigungen: sie war etwas dick und hatte schwache Gelenke, musste sich ohne Erfolg sehr quälen an den Geräten in der Turnhalle;

2. der Partei- und SS-Fanatismus des Vaters, der ihr ein NS-Engagement unmöglich machte. Sie sah zu deutlich, wie sehr die Familie unter seinem Macht- und Zugehörigkeitsrausch litt.

Sie erzählte auch, wie sehr ihr eine szenische Konfrontation mit dem Vater, auch im Schutz der Therapie, noch Angst mache. Sie fürchtet, ihn zu zerstören in ihrer Wut, die getränkt ist von Verachtung wie von heimlicher Liebe, die ihr Schuldgefühle macht. Sie spürt zu deutlich, in welchem Ausmaß er Quelle der Scham für ihr Leben war.

Sie spricht weiter über ihren Mann: Sie habe vor wenigen Tagen ungehalten auf ihn reagiert, weil er trotz ihrer Bronchitis in der Wohnung stark rauchte. Es ist verabredet, dass er nur in seinem Arbeitszimmer raucht und dann lüftet, bevor er in die Wohnung kommt. Nun hatte er die Tür zur Wohnung geöffnet, ohne am Abend gelüftet zu haben, so dass der kalte Rauch morgens ins Wohnzimmer strömte. Sie erlebt es als große Lieblosigkeit und Provokation, während er sich wie ein ertapptes Kind herausreden will; am Nachmittag habe er dann so stark gelüftet, dass die Wohnung kalt wurde. Sie beklagt sich, dass er mit Kränkung und Rückzug reagiert, wenn sie um ihre Belange kämpft.

Zu ihrer Angst vor der Zerstörung des Vaters durch Wut und Verachtung gab ich ihr eine längere Erklärung: Ich würde aus ihren Angriffen kein vorschnelles Gesamturteil ziehen. Es handle sich um die negativen Seiten des Vaters, gegen die sich ihr Zorn richte, nicht gegen seine Gesamtperson. Wichtig sei, dass sie ihre lange aufgestauten Gefühle zeigen und aus ihr heraustreten lassen könne; denn diese niederzuhalten verbrauche viel Kraft. Dahinter kämen dann auch wieder die positiven Seiten und vielleicht Verständnis für die Lebenssituation des Vaters zum Vorschein, trotz einer klaren Verurteilung seiner Taten wie seines Fanatismus.

Ich darf ihn also auch hassen, ohne ihn zu zerstören? Der Doktor will mir helfen, die Teile zusammenzufügen. Ich muss den Vater nicht durch Schonung am Leben erhalten. Meine Wut muss nicht ein Unheil anrichten. Wenn ich zornig bin, werde ich nicht gleich wie mein Vater. Wenn ich ihn verachte, lande ich nicht endgültig im Lager der Mutter. Wenn ich ihn anschreie, vernichte ich nicht den Großvater meiner Kinder.

XII

Die Figur meines Vaters treibt mich noch immer um. Aber sie war ein wenig in den Hintergrund getreten, weil meine Schwiegertochter und mein Enkel krank waren. Da bin ich halt als Oma eingesprungen. Recht war mir's nicht. Ich hatte mir so viel vorgenommen. Das musste ich aufschieben.

Je deutlicher ich meinen Vater sehe, desto schlagender werden die Parallelen zu meinem Mann. Und dahinter taucht dann schon mein zweiter Sohn auf. Ich habe eine solche Angst vor dieser Tradition: ein kriminelles Element durchzieht die Familie. Ich habe meine ganze Kraft darauf verwendet, das aufzuhalten; vielleicht umsonst. Ich war erleichtert, dass der Doktor meinte, mein Hass werde nicht alles zerstören. Aber ansprechen kann ich den Vater noch nicht, auch wenn die kommende Szene mir immer wieder vor Augen steht. Ich nähere mich der Begegnung. Sie wird mir vorstellbar. An meinem Schaudern kann ich messen, wie weit ich noch davon entfernt bin.

Mein kleiner Enkel klagt: Der Vati kommt abends so spät nach Hause, dass ich ihn nicht mehr zu sehen kriege. Das dreht mir das Herz um. Ich sehe sein Auto immer öfter vor der Kneipe seines Freundes stehen. Mich widert die Gesellschaft seiner Freunde an. Neulich habe ich ihn vorsichtig auf seine

Kneipenbesuche vor der Heimkehr aufmerksam gemacht, da sagte er nur kalt: »Mutter, lass mich in Ruhe, ich brauche abends mein Bierchen.«

Ich bin froh und erschrocken, als der Doktor fragt, ob ich zu meinem Sohn sprechen könne. Als ich nicke, stellt er ihn vor mir auf, und sofort verstumme ich, und dann ist sie wieder da, die weinerliche, klagsame Stimme. Ich sehe ihn vor mir und wage nicht, ihm etwas anderes als sorgendes Leid zu zeigen, aber auch dies noch gebremst: »Ich mache mir Sorgen, wenn ich dein Auto vor der Kneipe sehe«, und ein paar ähnliche Sätze.

Dann muss ich dem Doktor direkt etwas erzählen: Einmal habe ich meinen Mann angeschrien, vor vielen Jahren, als er spät nach Hause kam und sagte, er habe seine Sekretärin nach einem Betriebsausflug heimgebracht, weil sie stark betrunken war; er und ein Kollege hätten die Frau bei ihr zu Hause auf die Treppe gesetzt. Da schrie ich, ich wollte überhaupt nicht, dass er diese Frau betrunken nach Hause bringt – es war ja seine spätere langjährige Freundin –, da trat mein Sohn ins Zimmer und sah und hörte mich und machte so ein verdutztes oder erschrockenes Gesicht – er hatte mich noch nie so laut und wütend erlebt –, dass ich mich sofort wieder fasste und mich sehr, sehr schämte über meinen Ausbruch.

Der Doktor sagt etwas Überraschendes: »Könnten Sie Ihrem Sohn heute sagen, dass Sie zu Ihrem Wutausbruch stehen?« Das versuche ich, aber es klingt immer noch so kläglich, dass mich der Doktor bittet aufzustehen, um mehr Energie zu haben; er meint, ich sei jetzt im ersten Gang gefahren, im Klagegang, und ob ich auch die Wut meinem Sohn gegenüber spüren könne, wenn ich im zweiten Gang rede. Und prompt kann ich lauter und klarer sprechen, die Erinnerungen kommen, und ich sage ihm freier heraus: »Ich hatte ja Recht, wütend zu sein, ich hab was gerochen. Aber ich schämte mich sofort über das Lautsein, und ich wollte dir nicht den Vater zerstören, er war ja so schnell eingeschnappt und wirkte dann kläglich. Ich wusste ja nicht, bin ich verrückt mit meiner Eifersucht oder ist was dran.«

Der Doktor fragt weiter, ob da noch mehr Wut gegen den Sohn sei, die Bilder fließen, und ich sage ihm: »Du hast ja schon früh Dinge gedreht, wo ich Angst kriegte um dich und um uns. Mit zwanzig hast du ein Auto deiner Firma heimlich genommen und zu Schrott gefahren. Entlassung drohte; ich habe das dann bezahlt, ein paar Tausend Mark.« Der Doktor fragt: »Warum?« und ich sage schnell: »Fragen Sie mich etwas Leichteres!« Ganz verwundert fragt er, ob mein Sohn damals denn nicht gearbeitet habe. Doch, er hat ja verdient, mehr als ich, aber ich wollte die Scham wegkriegen, ich war ja schon voll mit Scham über meinen Vater, dann über meinen Mann und jetzt über den Sohn. »Du hast es einfach angenommen, dass ich das kaputte Auto bezahle«, ja, und ich kam gar nicht auf die Idee, es mir von ihm zurückbezahlen zu lassen. Die Angst vor der Scham machte mich ganz blind.

Der Doktor deutet wieder auf den Stuhl mit meinem Sohn, und ich sage ihm endlich, dass ich doch nicht – wegen meiner Tochter – umsonst jahrelang ins Alanon ging, zu den Angehörigen von Alkoholikern, ich weiß ja, dass man vielleicht nichts machen kann, aber ich will es dir einmal sagen: Ich sehe dich auf der schiefen Bahn und bin wütend und habe Angst. Ich sehe doch die Tabletten in deinem Auto, mit denen du versuchst, deine Fahne zu überdecken; deine Frau scheint noch nichts zu merken, und ich weiß wieder nicht, ob ich alles richtig spüre oder ob ich spinne, ob ich warnen soll oder warten muss, bis die Katastrophe da ist.«

Der Doktor fragt, ob nicht mein Mann ihm das sagen könnte. Ach, ich hab's ja schon öfter angemahnt. Seither schaut er manchmal selbst, ob abends der Wagen vor der Kneipe steht statt zu Hause, es ist, wie wenn er einen Anlauf nähme, aber dann traut er sich nicht. Ich bin erleichtert, als der Doktor meint, ob nicht beide Eltern, samt der Tochter, die seit Jahren trocken ist, ihm einmal ins Gewissen reden. Drei Generationen sehe ich nun: das Trinken des Vaters und seine Weibergeschichten; ich liebte ihn ja, aber das ewige Weinen der Mutter, wenn er nicht nach Hause kam, und die Streitereien in der Nacht! Und dann das Trinken bei meinem Mann. Wie er zehn Jahre seine Schuldgefühle saufend zum Schweigen brachte. Und wenn ich meinen Sohn dann sehe, wie er spät nach Hause kommt, wir wohnen ja in der Nähe, dann könnte ich ihn sofort auf der Straße anschreien, es wäre mir egal, wenn alle es hörten. Aber ich habe Angst vor meiner Wut, wissen Sie, die Wut meines Vaters ist ja mit einem Mord verbunden. Wut und Zerstörung, das ist in meinem Kopf eins. Deshalb traue ich mich ja noch nicht an den Vater heran. Ich hasse ihn doch auch dafür, dass er sich mit seinem Fanatismus die Zukunft verbaut hat, und ich musste mich abrackern, um an seiner Stelle die Familie zu ernähren. Aber warum soll ich weiter die Schuld tragen? Ich habe doch nicht die Juden gehasst, sondern er.

XIII

Meine Blässe und mein langsames Sprechen muss ich erklären: Ich hatte eine komplizierte Zahnoperation. Da war etwas vereitert, und eine Brücke musste erneuert werden. Ich bin ein bisschen geschwächt. Aber trotzdem: Ich will an den Vater heran, es ist überfällig. Mein homöopathischer Arzt, Dr. W., der Sie grüßen lässt, hat mir Mut gemacht, ja, fast von seiner Seite die Erlaubnis gegeben. Es sagte: »Sie wollen ihn ja nicht vernichten oder endgültig verurteilen. Ihre Gefühle sind wichtig, die sollen herauskommen, auch die Wut.« Nur, mit dem Wort Wut habe ich Probleme. Ich bin einen spirituellen Weg gegangen in den letzten Jahren, und da sind Worte wichtig wie Loslassen, Versöhnung, Vergebung. Immer wieder überfällt mich die Angst, ich könnte etwas Böses tun, wenn ich wütend bin, auch gegen ihn. Dr. W. sagte: »Es kann auch wichtig für meinen Vater sein, für sein Karma, wenn ich alles loswerde. Meine Gefühle könnten ihn noch erreichen auf seinem Weg.« Es ist ein ähnlicher Zusammenhang und doch anders, wie ich ihn früher über die Fürbitte angenommen habe: dass das Wirkung haben kann. Und trotzdem: was er getan, war schlimm, und ich stehe dazu. Es beruhigt mich, dass Dr. W. und Dr. M. etwas Ähnliches über meine Gefühle sagen.

Ich habe meinen zweiten Sohn, den Markus, ja auch geschlagen, als ich nicht mehr aus noch ein wusste. Ich fürchtete, er könnte abgleiten in schlimme Dinge. Einmal, da war er fünfzehn, als ich ihn mit aller Inständigkeit bat, abends da zu bleiben, hat er mich einfach roh zur Seite geschoben. Da habe ich ihn geschlagen. Später, viel später haben wir darüber geredet und uns ausgesöhnt. Er sagte: »Mutter, dir sind die Nerven durchgegangen, und ich kann es heute verstehen.« Ich hatte, nach meinen eigenen Erfahrungen in der Jugend, so sehr gehofft, meinen Kindern ein Nest zu geben, Geborgenheit und Halt. Manches habe ich erreicht, vieles nicht. Und das schmerzt.

Mein kleiner Enkel war am Sonntag zu Besuch, er ist viereinhalb. Er nahm ungefragt etwas von meinem Teller. Das hat mir nicht gefallen, doch ich wollte ihm nicht gleich pädagogisch kommen. Aber der Blick meines Mannes hat mich erschreckt: streng, vorwurfsvoll. Dann nahm er noch einmal etwas weg, und ich sagte: »Du kannst das kriegen, aber ich möchte, dass du fragst.« Dann traf ihn ein zweiter Blick meines Mannes: unerbittlich, einschüchternd, fast vernichtend; er erschrak und zog sich in sich zurück. Es hätte der Blick meines Vaters sein können, vor dem wir alle Angst hatten.

Der Doktor fragt mich, ob es nicht ein Schritt sein könnte, zuerst mit meinem Mann auf dem leeren Stuhl zu sprechen, weil es vielleicht leichter sei als mit dem Vater. Aber nun habe ich mich seelisch so vorbereitet, bin den langen Weg gegangen, ich will es wagen. Er fragt, wie wir den bösen Teil des Vaters darstellen, und ich bin einverstanden, dass er zwei mächtige Sitzsäcke aufeinanderstellt. Auch die Entfernung, vielleicht drei Meter, finde ich gut. Ich möchte das grüne Polster als Schutzmauer, nein, nicht zwei, eines muss genügen. Und dann wende ich mich ihm zu und kriege sofort Angst.

Ich sehe, wie die Patientin die Hände im Schoß verkrampft, sobald sie vor ihm sitzt: Die rechte Hand greift über die linke, und die oberen Finger krallen sich über und zwischen die unteren Finger wie eine Raubtierpranke. Seit ich es bei Albert Pesso zum ersten Mal gesehen habe, ist es mir in den Gruppen unzählige Male aufgefallen. Die Geste signalisiert ein Besessen- oder Überwältigt-Werden durch ein Introjekt, eine mächtige innere Figur, die noch einen Teil unserer Persönlichkeit unter Kontrolle hat und sie einschüchtern kann.

Die Stimme beginnt vorsichtig, klagend-anklagend, und wird allmählich freier, bis sie später in lautes und ergreifendes Weinen übergeht. Später fällt mir für die ganze, immer wieder unterbrochene Rede an den Vater der Ausdruck »langsamer Erdrutsch« ein. Bedächtig folgt ein wuchtiges Wort auf das andere, unterbrochen von tiefen Seufzern, einem kurzen Aufflammen von Wut und dann wieder schwerem Atmen.

»Du hast einen Schatten über mein Leben geworfen: deinen Fanatismus und deine Härte. Du hast kaum Zeit für uns gehabt. Für den Hitler, für die Partei und für den Wagen, den Horch des Chefs, hast du Zeit gehabt, viel Zeit. Das Auto war dein Gott. Du hast es gewienert und geputzt, die Kissen gebürstet, zärtlich und eifrig ... Was hast du der Mutter angetan, dass sie so viel geweint hat! Du warst ein Tyrann. Ich habe deinen Blick gefürchtet, die Einschüchterung durch deinen Schritt, wenn du in Stiefeln nach Hause gekommen bist. Was wird jetzt wieder passieren, habe ich immer gedacht.

Du hast gemordet, ich kann es noch immer nicht fassen. Und ich verachte dich dafür. Ja, einmal muss ich dir das sagen: Wut und Verachtung. Nein, Ekel nicht, dafür warst du zu proper, zu eitel. Ich habe nicht mehr denken können in deiner Nähe und unter deinem Blick. Wie streng hast du die zugewiesenen Aufgaben überwacht! Ich konnte mich nicht wehren, gegen dich nicht, und in meinem späteren Leben nicht. Ich habe meine Wünsche vergessen über dem Zwang, brav zu sein. Ja, zusammenzucken und brav sein, das hast du ausgelöst.«

Und das sage ich dann dem Doktor direkt: Mein Mann brauchte nur ein bisschen lieb sein zu mir, dann habe ich allen Groll vergessen und war wieder die dienende Hausfrau.

Der Doktor entschuldigt sich etwas verlegen für das, was ihm eingefallen ist, und ich bin gespannt. Oft benutzt er Worte, die mir schon auf der Zunge lagen, und doch habe ich sie nicht gefunden. Er sagt: »Sie waren lange Zeit fromm und gläubig. Dachten Sie nicht manchmal, der Vater sei in der Hölle?«

Ja, dass er verdammt ist, habe ich oft gedacht ... »Aber ich möchte nicht mehr, dass du leidest.« Als der Doktor nachfragt, ob ich ihn in mein Gebet aufgenommen hätte oder es in Zukunft können möchte, weiche ich ein wenig aus, die Frage führt in zu große Tiefen, Zweifel und Schwanken. Ich hoffe ja auf ein Wiedersehen, drüben, und auf Versöhnung. Nicht die Hölle. »Es soll dir gut gehen jetzt. Aber einmal sollst du wissen, was du in mir angerichtet hast!« Und da überrollen mich die Tränen, ich verhülle mein Gesicht, weil ich mich schäme.

Aber der Doktor sagt, als ich mich wieder gefasst habe und so müde bin und zusammengesunken: »Sie sehen traurig aus.« Ja, sage ich, unendlich traurig. Über ihn und über mein Leben. Es kommt alles so spät, alles war so verworren bis heute. Und trotzdem scheint es mir manchmal wie eine Fügung: Früher hätte ich vieles noch gar nicht verstanden. Es lief so vieles nebeneinander her. Erst in der Rückschau scheint es mir fassbar, kriegt es Konturen. Und dass ich den Mut hatte, Sie anzurufen!

Dr. W. nimmt mich als Mensch an, so wie ich bin. Frau Dr. H., der ich vieles verdanke, hat vieles nicht verstanden, und da muss ich wieder weinen. Sie konnte sagen: »Jeder muss halt sein Päckchen tragen« oder: »Ihr Leben war ja auch hart.« Ich fühlte mich manchmal abgespeist durch diese Alltagssprüche. (Jetzt muss ich aufpassen, dass ich zum Weinen nicht auch noch schreie.) Ich will nie mehr Tabletten nehmen gegen die Erinnerung. Ich fühle mich schlecht, weil ich undankbar scheine, wenn ich sie kritisiere. Die Tabletten haben mir in der schlimmsten Depression ja geholfen, so was wünsche ich meinem ärgsten Feind nicht, aber sie haben auch so vieles zugedeckt.

Der Doktor nickt und schweigt, er braucht gar nichts zu sagen, ich weiß, dass er zuhört und versteht.

Da fragt er auf einmal: »Sie haben vor vierzehn Tagen geseufzt und gesagt: › Ach, wenn ich nur schreiben könnte.‹ Was würden Sie aufschreiben?« Mein Leben, sage ich, ein einfaches Leben, aber so durchdrungen von Leid! Wie das alles kam, das würde ich gerne aufschreiben.

Da sagt er: »Ich schreibe manches auf von dem, was Sie berichten und erleben, soweit ich es eben verstehe. Und eines Tages werde ich es Ihnen zeigen.« Ich sage erleichtert: »Sie dürfen es gerne tun« und verscheuche ein winziges Gefühl von Unbehagen, ich will darüber jetzt nicht nachdenken und vertraue ihm viel zu sehr.

Ich will leben, sage ich wieder laut, endlich leben, auch wenn es fast zu spät ist. Ein spätes Erwachen. Und ich will nie wieder in die Psychiatrie, nie. Da ist man gestempelt, gezeichnet. Ich hoffe, ich schaffe es.

Er sieht mir an, dass ich erschöpft bin, fragt, ob ich mich hinlegen will. Das lehne ich ab, wer weiß, ob ich je wieder auf die Beine käme. Nur abwenden will ich mich von den zwei Säcken, dem Vaterturm, aber er muss sie nicht sofort abräumen. Ich will mich nur wieder ganz dem Doktor zuwenden, auch wenn er sieht, oder weil er sieht, wie müde ich bin.

»Wissen Sie, wie ich mir geholfen habe? Ich las wieder viel in *Die Kinder der Täter* von Dörte von Westernhagen. Sie ist durchgegangen durch alles, und sie lässt Gut und Böse nebeneinander bestehen. Vom Zentralarchiv in Berlin habe ich einen Fragebogen bekommen, ich hatte es schon gar nicht mehr erwartet. Sie wollen die Motive meiner Anfrage wissen. Das ist ja über Frau von Westernhagen gelaufen, also hat sie meinen Brief weitergeleitet.«

Das war viel heute, sage ich, ganz vieles ist herausgekommen, ich fühle mich erleichtert, müde und leer.

Ich bin froh, dass ich nicht beim Aufräumen der Säcke helfen muss, obwohl ich es anbiete. Und als ich schon unter der Tür bin, sagt er: »Abliegen, wenn's geht. Das war anstrengend.« Ich verspreche es ihm und mir. Mein Weg ist ja nicht weit bis nach Hause.

XIV

Es hat mich hinabgezogen, die Begegnung mit dem Vater, und was da hochkam. Trotzdem, ich bin erleichtert, ein großes Gewicht ist weg von der Brust. Obwohl ich nicht geschrien habe, war es wie eine Explosion. Aber ich stimme dem Doktor zu: Es kann noch einiges kommen, man wird das nicht auf einmal los.

Die Scham muss weg. Ich habe mich schon zu lange für ihn geschämt. Es hilft niemandem mehr. Es bleibt ein düsterer Untergrund, und die Trauer über die Ermordeten. Ich kannte ja nicht viele. Nur: Es kommt immer wieder, die Scham. Heute ist der Gedenktag für die Befreiung von Auschwitz. Dass die Deutschen ein ganzes Volk ermorden wollten, und es fast vollständig getan haben!

Der Doktor sagt: »So viel Scham braucht Zeugen, Partner. Vor wem schämen Sie sich? Man schämt sich immer vor jemand, es kann auch Gott sein, oder man selbst; die anderen Völker, Israel.«

Er stellt Sitzsäcke auf, die drei grauen für die ermordeten Juden. Die Couch für das heutige Israel. Als er mich fragt, ob ich zu den toten Juden sprechen kann, bin ich zuerst starr, aber dann kann ich doch sprechen, zögernd und leise: »Es macht euch nicht wieder lebendig, aber ich schäme mich. Ich habe versucht zu sühnen. Aber jetzt geht es nicht mehr. Ich bitte euch um Vergebung. Ich kann euch nicht helfen damit.« Ich sitze still und starr. Die Worte kommen wie ein Gebet.

Und dann soll ich selbst auf einen der Plätze von den toten Juden sitzen. Ich gehe hinüber wie in einem Ritus. Der Doktor ist ernst, und alles Theatralische verschwindet. Er hat gesagt: »Ich mute Ihnen etwas Schweres zu, Sie können es versuchen.« Er hilft mir mit dem ersten Satz, und plötzlich fühlt es sich an, als hätten wenigstens einige Juden etwas von meiner Sühne angenommen, so dass sie nicht nur ins Leere ging, als manche meiner Verwandten sich fast lustig machten über meine Scham und meinen Schmerz. Ich sage als eine unbekannte ermordete Jüdin: »Wir haben dein Leben gesehen, und was du an Sühne auf dich genommen hast. Stellvertretend für den Vater und für viele. Wir brauchen es nicht mehr, dass du dich für schuldig hältst. Wir wissen, dass du uns nicht vergisst. Wir spüren, dass du an uns denkst, auch wenn du wieder fröhlich werden willst.«

Ich sitze fast atemlos, obwohl ich zwischendurch etwas fragen oder vorschlagen kann. Ich fühle mich andächtig vor einer Deutschen, die sich schämen und trauern kann, eine einfache Frau, und es ist ihr wie selbstverständlich. Sie hat sich in keinem Taumel des Vergessens und Verdrängens beirren lassen. Sie hat ihr Gewissen dem Vater und den Deutschen zur Verfügung gestellt, und die Geschichte hat in diesem Gewissen gewütet. Man könnte es auch eine Schicksalsneurose nennen, die zu einem Leben der Sühne geführt hat. Nur: Wer will diagnostizieren, ihre Gefühlen seien neurotisch. Dann wäre auch Antigone als neurotisch zu disqualifizieren. Sie hat nicht gewusst, dass es Hilfe gibt für sie, außer Tabletten. Das hat sie entwürdigt, aber dass dies so war, darf erst deutlich werden, indem darüber gesprochen wird und indem ich ein anerkennender Zeuge bin für das Funktionieren ihres Gewissens, das wie stellvertretend für viele gearbeitet hat. Natürlich weiß ich, dass nur die Toten vergeben können, aber ich habe plötzlich das sichere Gefühl, ich dürfte ihnen für diese Person eine Stimme verleihen. Deshalb frage ich auch immer, ob die Sätze für sie stimmten, die sie bedächtig nachspricht, wenn sie stecken bleibt und wie vor einer Leere zu stehen scheint. Ich bin ihr dankbar, dass sie den rituellen Ernst spürt, und sie scheint mir dankbar, dass ich in rituellen Kategorien fühle. Ich bin stolz auf sie.

Der Doktor sagt mir einen Satz, der mich aufatmen lässt, aber es ist wieder so, als hätte er ihn auf meiner Zunge gefunden. Ich sage auf der Seite der toten Juden und höre meiner ruhigen Stimme zu: »Du bist nicht schuld, du warst noch ein Kind. Viele damals Erwachsene können nicht trauern, und sie haben auch keine Scham. Sie fühlten sich nicht so betroffen wie du.« Dieser letzte Satz ist ganz von mir. Er nimmt mir ein Stück der Verachtung, ja auch den heimlichen Hochmut vor denen, die das Entsetzliche nichts anzugehen scheint, die es verkleinern oder leugnen wollen. Und zum ersten Mal sehe ich, dass die Geschichte mit meinem Vater einen mehr als persönlichen Sinn für mich hat und danke es dem Doktor: »Ich bin froh, dass Sie mich begleitet haben. Durch Sie erkenne ich etwas, das über mich hinausgeht.«

Dann sage ich noch, auf der Seite der Juden: »Da war vielleicht eine höhere Macht im Spiel.« Da wird der Doktor unruhig, und ich merke, das habe ich als ich selbst gesagt, deshalb sollte ich auf meinen eigenen Stuhl zurückgehen. Denn so habe ich mich als junge Frau getröstet, ich habe das alles nur fassen können, als ich dachte, unser Christengott habe es so gelenkt nach seiner höheren Weisheit, und auf einmal erschrecke ich, dass ich die ganze Geschichte einem Lenker der Geschichte anvertrauen wollte, denn das hätte unsere Schuld gemildert, und wir wären nur seine Helfer gewesen. Sie wissen ja, wie weit ich mich von der Kirche entfernt habe, aus vielen Gründen. Und ich kann Gott nicht mehr danken, dass ich im Krieg davongekommen bin, als wäre es ein Verdienst oder als hätte er sich etwas gedacht bei denen, die davongekommen sind, und als sei sein Wirken gerecht bei denen, die ermordet wurden.

Ich wende mich schnell wieder den Ermordeten zu und gelobe: »Ich werde euch nie vergessen, auch wenn ich im siebten, nein, am Ende des siebten Lebensjahrzehnts, wieder fröhlich werden könnte.«

Auf einmal fallen mir meine Kinder ein, ich wollte ihnen einen sicheren Halt geben, Geborgenheit. Es ist mir längst nicht immer geglückt. Vielleicht, weil Gottes Aufgaben auch nicht lösbar waren, denke ich an ein Gebet von Karl Barth, das mich lange begleitet hat. Er sagt nämlich zu Gott: »Ich habe versucht, meine Aufgabe auf Erden zu lösen. Was ich trotz aller Mühe nicht geschafft habe, gebe ich dir zurück. Es war zu schwer für mich. Hilf du!« Die Kinder müssen gelitten haben an meiner

Ausstrahlung, an meiner Schwermut, ich weiß ja selbst nicht, was seelische Krankheit und was wirkliche Trauer war.

Der Doktor fragt, ob es auch mit Gott eine offene Rechnung gebe und ob ich mich traute, mit ihm zu reden. Er sei vielleicht hinter dem Vorhang zum anderen Zimmer, durch den ein wenig Licht strahlt. Als ich mich ihm zuwende, falte ich unwillkürlich die Hände, und etwas verändert sich in meinem Gesicht, das spüre ich. Aber ich kann ihn ansprechen:

»Ich habe manchmal gedacht, dass es zu schwer war, was du von mir verlangt hast. Es war ja nie zu erfüllen. Aber da geht es schon durcheinander mit Gott und Kirche. Das musste ich lernen zu trennen. Ich konnte nicht so sein, wie ich dachte, du willst mich. Was die Kirche verlangte, führte immer in die Sünde. Heute kann ich glauben, dass du mich so liebst, wie ich bin, nicht mit dem Krampf, mich dauernd ändern zu sollen. Aber das ewige Sollen hat mich doch geprägt.« Dann schweige ich eine Weile. Wir schweigen beide.

Dann sagt der Doktor, als ob er sich anschleichen würde, also scheu und mit ein paar Verrenkungen und Entschuldigungen, nachdem er mich längere Zeit angeschaut hat: »Sie haben einen sehr fein gestrickten Pullover an. Aber das wird fast nicht sichtbar, weil er so mausgrau ist. Hängt das auch mit der Trauer und der Sühne zusammen?« Ich bin überhaupt nicht verletzt, sondern muss lachen wie ertappt und meine auch, ich werde ein bisschen rot. Ja, sage ich, das kann sein. Aber es wäre zu einfach. In diesem Pullover sieht man mein Dicksein nicht so gut. Meine Maltherapeutin sagte vor kurzem auch etwas über meine graue Kleidung. Als hätten Sie beide sich abgesprochen. Sie sagt sogar ganz direkt, es gefiele ihr besser, wenn ich in etwas Heiterem, Buntem käme.

Immer wollte ich meinem Mann gefallen, seine Liebe erwerben. Ihm gefällt Dicksein nicht. Es war ein ewiges Hinterher-Laufen hinter seinen Wünschen; manchmal habe ich gehungert, weil es schon als Kind so schlimm war, dick zu sein. Ich wünschte mir Anerkennung, als könnte ich sie erzwingen. Da kann oder konnte ich etwas Fanatisches haben.

Der Doktor fragt, welche Menschen mich am meisten so akzeptieren, wie ich bin, und da fällt mir sofort die Freundin aus dem Nazi-Internat ein. Wir schreiben uns noch immer. Sie hat alles viel unbeschwerter überstanden. Ich habe mein altes Album gefunden. Sie hat mir damals ein sehr schönes Gedicht hineingeschrieben. Und unten drunter steht, als könnte es gar nicht anders sein: »Heil Hitler!« In einem Poesiealbum für Mädchen, in dem sie gerade, entweder echt oder in fertigen Gedichten, ihre Gefühle, ihre Seele lernen zu entfalten!

Der Doktor fragt mich, ob ich mir vorstellen könnte, irgendwann zu Hitler zu sprechen; ob er noch eine Figur in meiner Seele sei, eine potentielle Ansprechperson oder vergessen oder tot oder ein Gespenst oder noch zu bedrohlich. Und da schießt es aus mir heraus: »Ja, da ist reiner Hass!«, und es zuckt um meinen Mund und ich meine, ich hätte plötzlich ein hässliches, weil verzerrtes Gesicht. »Er erzeugt Schrecken«, sage ich, »wenn ich nur an ihn denke, zieht sich alles zusammen.« Ich habe ja die Stimme noch im Ohr aus dem Radio, und ich sehe die Veränderung an meinem Vater, wenn er seine Stimme hörte, und ich weiß, wie alles in seinem Namen, ja auf seinen Befehl geschehen ist.

XV

Meine Leberwerte sind auf einmal durcheinander, erhöht, bedrohlich, der Arzt sagt, ich soll Ihnen das mitteilen. Ich bin erschöpft, vielleicht sollte ich Therapiepause machen, aber ich wollte es heute mit Ihnen besprechen. Ich bin so unzufrieden mit mir, mache mir Druck, ich wollte das alles längst bewältigt haben, die dunkle Geschichte. Und jetzt bleibe ich stecken und fühle mich krank.

Aber danken wollte ich Ihnen für den Tip, das Buch *Als unsichtbare Mauern wuchsen* von Ingeborg Hecht zu lesen. Obwohl es mich aufgewühlt hat, fand ich es tröstlich, versöhnlich, hilfreich. Sie schreibt so gelassen, und ich musste nicht alles als Vorwurf gegen mich auffassen. Ich war weniger erschüttert und durcheinander als vor ein paar Monaten nach der Lektüre der *Kinder der Täter*. Warum komme ich bloß nicht schneller weiter?

Der Doktor antwortet mit Sätzen, die mich beruhigen:

»Denken Sie an das große Maß von Seelenarbeit, das Sie schon hinter sich gebracht haben! Ich bin so zufrieden mit Ihnen, bewundere Ihren Mut, und Sie quälen sich mit dem Tempo! Wir arbeiten noch kein halbes Jahr zusammen und sind an die tiefsten Dinge gekommen: die Vatergeschichte, die Familienspannungen, andere Themen. Und denken Sie an den langen Weg in Ihrem Leben. Sie mussten sich von der Kirche trennen, weil Sie sich nicht gehalten fühlten.« »Ja«, sage ich, »das war eine lange Qual von Zweifel und Hoffnung, ich fühlte mich ja auch böse bei dieser langsamen Abwendung, als ob ich auch zugrunde gehen könnte dabei.« Und der Doktor fährt fort: »Ihre jahrelange Sorge um die Kinder, die Ehe, die Arbeit, das Überleben«, und da wird mir ein wenig leichter. Ich war ja nicht nur schwach. Ich glaube, die Kinder, das hat am meisten gezehrt. Und jetzt nehme ich mir die Erschöpfung übel.

Der Doktor fragt, welche Medikamente auf die Leber schlagen. Es ist das Tolvin, das ich nehmen soll, in einer »Erhaltungsdosis«. Aber ich habe ja einen Termin bei dem neuen Nervenarzt, der auch diese Therapie delegiert. Ich bin froh, dass der Doktor das gut findet. Die Ärztin wollte ursprünglich gar nichts wissen von den Medikamenten, die ich in und nach der Klinik nehmen sollte. Jeder sagt etwas anderes, und ich weiß nicht, wie lange jetzt die Umstellung wieder dauert. Ich habe Angst, es könnte eine neue Depression kommen. Der Jahreszeit nach. Heute hatte ich keine Lust zu kochen, und das ist immer ein schlimmes Zeichen.

Ich kann die Gedanken an früher zur Zeit nicht abstellen, auch die Lektüre nicht. Aber das Buch von Frau Hecht hat mir doch gut getan. Es überfällt mich immer wieder: Wie konnte ein ganzes Volk so verblendet sein? Ich komme nicht dahinter.

Der Doktor meint: »Darüber forschen und grübeln in der ganzen Welt Tausende von Forschern, und sie wissen es auch noch nicht endgültig.« Das entlastet mich. Und dann sagt er etwas, was mich überrascht: »Bedenken Sie, wie stark Sie letzte Woche auf meine Frage reagiert haben, ob Hitler in Ihrer Seele, und als möglicher Ansprech-Koloss hier, noch eine Rolle spielt. Ihr Gesicht hat sich sofort verzerrt.« Ich höre ganz genau hin, ob er meint, das könne auch zu meiner Schwächung in der vergangenen Woche geführt haben. Kann die NS-Zeit auf die Leber schlagen, mich noch einmal abstürzen lassen? Mir schien, der Arzt hätte so etwas andeuten wollen, als er sagte, ich solle das dem Therapeuten sagen. Und weit im Hinterkopf schwingt ja noch immer das Urteil: »Sie sind zu alt für eine Therapie.« Jedenfalls, wenn Hitler im Fernsehen kommt, muss ich wegschauen, er kommt mir vor wie ein Dämon, ein Teufel, mit unfassbarer Macht.

Der Doktor meint: »Sie brauchen wirklich eine Pause im ›Bewältigen‹. Und wir sollten uns heute zusammen anschauen, was gut war in Ihrem Leben, welche Begegnungen, Personen, Tätigkeiten.« Er fragt mich nach der Schule. In die Volksschule bin ich gern gegangen, aber es kommt schon wieder eine Welle von Zorn in mir hoch. Der Vater hat sich nie darum gekümmert, ob wir einen Beruf bekommen. Alle meine Kinder sind etwas geworden. Nein, dass ich auf das Erzieherinternat kam, ging nicht von den Eltern aus. Der Lehrer kam nach Hause, hat auf meine Eltern eingeredet, sie umgestimmt. Der Vater hat nur um einen einzigen Menschen gekämpft: um den ältesten Sohn seines Bruders, den er in die SS bringen wollte.

Aber zurück zum Guten in meinem Leben. Die Volksschule war gut. Und später das gemeinsame Singen in dem Internat, trotz aller Nazi-Schikanen. Dreißig Jahre nach dem Krieg haben wir uns mal getroffen mit der Musiklehrerin, sie war so froh, dass wir noch alle Lieder konnten. Nur, der Zwang, Geige zu lernen, war schlimm, mir krampfen sich noch heute die Finger zusammen. Ich brachte ja nicht, wie manche anderen, Grundkenntnisse in einem Instrument von zu Hause mit. Die durften ihre Instrumente weiterspielen. Die anderen mussten Geige spielen lernen. Verrückt.

Wieso fällt mir auf einmal unser Haus der Kindheit ein, das dem Betrieb meines Vaters gehörte? Grade gegenüber war die Russenbaracke: Kriegsgefangene. Abends hörte ich ihre Lieder. Die Mutter hörte auch gern zu, sie hatte Mitleid mit ihnen. Sie kochte mittags ja für die deutschen Soldaten, so dass sie gleich zu Hause war, wenn meine Schwester aus der Schule kam. Wegen einem Küchenrussen riskierte sie einen Krach mit dem deutschen Koch. Sie schrie ihn an: »Das sind doch auch Menschen!« Sie wusste vielleicht nicht einmal, wie gefährlich das war. Aber sie tat noch mehr. Ein wenig weiter oben stand die Baracke der russischen Zwangsarbeiterinnen, in der Nähe eines provisorischen Bunkers, fast nur ein Unterstand in Form einer Tonne, in den wir bei Fliegeralarm rennen mussten. Der hatte nach hinten eine kleine Türe. Einer jungen Russin, einer Studentin, brachte sie manchmal was zu essen. Und spätabends, in der Dunkelheit, ließ sie sie sogar einige Male ins Haus, wenn der Vater sicher nicht zu Hause war. Sie konnte ein paar Brocken Deutsch. Mutter ließ sie sogar an die Nähmaschine. Fast wahnsinnig will mir das heute erscheinen, der Vater hätte durchgedreht. Ich weiß nicht mehr, war es mutig oder unwissend oder trotzig. Auf jeden Fall heimlich, auch gegen ihn. Immer die Heimlichkeit! Und er war so eifersüchtig auf alle Menschen, die zu ihr kamen. Manchmal hat sie welche einfach versteckt, wenn er unvermutet nach Hause kam.

Der Doktor sagt: »Das ist ein ganz anderer Teil Ihrer Mutter, den Sie mir heute zeigen. Eine Seite, auf die Sie stolz sein können.« Etwas in mir atmet auf. Ja, dafür habe ich sie heimlich bewundert. Aber ich spürte immer die Spaltung in der Familie. Seine Eifersucht war grotesk! Die Mutter hätte nie im Leben an einen Seitensprung gedacht.

Der Doktor überrascht mich mit der These, der Vater könnte eine »politische« Eifersucht, ein Gespür für ihre ideologische Untreue, in eine erotische Eifersucht verdreht haben. Das leuchtet mir ein, auch wenn es mich verwirrt. Genauso wie ich verwirrt war vor fünf Jahren, als ich, nach den Gesprächen mit dem Therapeuten in der Psychiatrie, eine Therapie mit einer Frau anfing. Nach vier Stunden bin ich weggeblieben. Ich konnte nicht mehr. Sie sagte, ich solle doch Verständnis haben für die Freundin meines Mannes, wenn die nachts anrief. Die habe doch auch Sehnsucht gehabt!

Als der Doktor sagt und sich dabei an die Stirn tippt: »Und damals konnten Sie ihr noch nicht den Vogel zeigen!«, da schüttelt es mich so vor Lachen, dass ich mich kaum wieder einkriege. Nein, das ist so überraschend, so weit weg von meinen damaligen Kräften. Aber es wäre richtig gewesen. Wie könnte ich einer Ärztin und Therapeutin den Vogel zeigen!

Erst nach einem Jahr konnte ich sie anrufen und sagen, warum ich weggeblieben bin. Sie meinte, ein wenig entschuldigend: Sie habe mich wohl überfordert. Und als der Doktor meint: »Sie waren wegen der Ehekrise in der Klinik. Und die Therapeutin meint, Sie sollten für die Rivalin, die Geliebte Ihres Mannes, die nachts Terror macht, Verständnis haben. Das finde ich zunächst mal Quatsch!«, da verreißt es mir wieder das

Gesicht vor Lachen und später Erleichterung. Denn ich fühlte mich als Versager und wusste doch: Die verlangt etwas, was ich nicht kann. Später hörte ich, dass sie grade in Scheidung lebte, oder schon geschieden war. Irgendwas hat die da reinverwikkelt.

»Sie haben nach dem Guten in meinem Leben gefragt, ich muss mich dranhalten, obwohl das Belastende sich immer wieder vorschiebt«, sage ich. An Weihnachten oder Neujahr hat mich eine Tante früher ins Theater mitgenommen, in die Kindervorstellung. Die Bilder sind mir unvergesslich. Aber bei Tante fällt mir sofort wieder die Schwägerin meines Vaters ein. Der Sohn wollte nicht in die SS, trotz dem Drängen meines Vaters. Als sie einmal am Bahnhof war, oder hat sie den Sohn hinbegleitet, ich weiß es nicht mehr, da wurden Soldaten für die Front eingeladen, und einer wollte fliehen, da hat ihn die SS erschossen, vor aller Augen. Daraufhin hat die Tante den Sohn auf Knien angefleht, er soll zur SS gehen, sonst würden sie ihn auch erschießen. Da hat er nachgegeben. Wie er gestorben ist, wissen wir bis heute nicht. Sie ist überzeugt, sie haben ihn schließlich doch noch erschossen; vorher, im Elsass, war er im Lazarett, aber er ist nicht an einer Verwundung gestorben. Die Todesanzeige war sehr komisch, nicht wie die von Gefallenen. Sie meint, er habe vielleicht doch noch fliehen wollen oder etwas anderes gemacht, was die aufbrachte. Es gab ja noch keine Kriegsdienstverweigerung. Ich komme nicht auf das andere Wort. Ja, Fahnenflucht, Deserteur. Vielleicht.

Ausruhen, sagt der Doktor am Ende, Dinge unternehmen, die mir gut tun. An meine Grenzen denken. Pause machen mit der NS- und Vater-Seelenarbeit, wenn ich es schaffe.

XVI

Es geht mir nicht gut, jetzt seit zwei oder drei Wochen. Dr. P., der Nervenarzt, meint, ich solle die Dosis des Mittels, das die Leberwerte verändert hat, erhöhen, zur Abwendung einer Depression. Solange die Blutwerte nicht verändert sind, sieht er keine Gefahr. Das beruhigt mich und doch ist es eine Niederlage: wieder Psychopharmaka. Ich bin erschöpft. Seit vierzehn Tagen habe ich eine merkwürdige Angst, ich hätte etwas Falsches gesagt, vielleicht sogar eine Lüge. Ich habe Angst, ich könnte bestraft werden. Dass ich dies so offen sage, kostet mich Überwindung, es ist wie ein Geständnis, aber ich verstehe nicht, warum. Nicht einmal, wer mich bestrafen könnte. Habe ich jemand falsch beschuldigt? Stimmt alles, was ich hier geäußert habe? Ich bin so unruhig. Ich habe einen Satz des Friedenspreisträgers des Deutschen Buchhandels, Jorge Semprun, gelesen, der selbst im KZ war: »Ich grolle Hitler nicht mehr.« Das fand ich schön, und ich habe es auf meinen Vater übertragen: Er soll jetzt Ruhe vor mir haben. Aber woher kommt dann meine Unruhe?

Der Doktor spricht das Familiengewissen an, das sich in mir vielleicht regt: »Nichts nach außen tragen! Keine Nestbeschmutzung!« Eine drohende Stimme. Und er nennt auch die Stimme der Nervenärztin: »Sie sind zu alt, Sie können das nicht mehr leisten, was in einer Therapie verlangt wird.« Habe ich mir zuviel zugemutet? Aber es war doch freiwillig. Und Sie haben mich nie zu rascherem Tempo gedrängt. Im Gegenteil. *Ich war immer unzufrieden mit mir*. Der Doktor sagt weiter: Er kenne solche Rückschläge, Zweifel, Schuldgefühle bei diesem Thema auch von anderen Patienten, auch von sich selbst. Es berührt mich seltsam, dass er noch andere Patienten hat mit NS-Vätern. Und sie geraten auch in diese Zweifel, ob sie weitergehen dürfen?

Dann schweigt er eine Weile und fragt, ob nicht auch seine Andeutung vor ein paar Wochen, dass er manches aufschreibe über unsere Arbeit, mich beunruhigt habe. Und da fällt mir mein kurzer Schrecken damals auf dem Heimweg ein, die Angst, es könnte etwas öffentlich werden. Ich habe es weggeschoben, versucht, nicht mehr daran zu denken, aber jetzt bin ich froh, dass er es anspricht. Es wäre mir unerträglich, wenn etwas nach außen dränge. Er verspricht mir, nichts ohne meine Zustimmung zu verwenden. Ich hätte den Mut nicht gehabt, ihn danach zu fragen, ihm mein Misstrauen mitzuteilen. Er meint zwar, es könnte auch für andere hilfreich sein, was wir hier erarbeiten, aber ich höre nur meinen inneren Schrecken und brauche die Beruhigung durch ihn.

Ich erzähle von meinem inneren Kino: die unentwegte Produktion von Bildern, Erinnerungen, Zweifeln, Gedanken, die sich wie Grübeln anfühlten. Wörter aus der Zeitung, dem Fernsehen oder dem Radio lösen Bilderfluten und Gedanken aus.

Meine Tante begann, ohne jede Nachfrage von mir, vom Leben meiner Mutter zu erzählen. Sie habe es schwer gehabt. Der Mann, mein Vater, habe sich verändert. »Als das anfing«, so sagte sie immer, »als das anfing, die Nazi-Zeit.« Aber vielleicht war er ja schon lange vor 33 dabei, darüber weiß ich nichts. Vorher sei er eigentlich ein anständiger Kerl gewesen. Aber eines habe ihr die Mutter anvertraut: Als mein Bruder geboren wurde, damals waren beide zweiundzwanzig Jahre alt, da habe sie ihn oft enttäuscht gefragt: »Warum schaust du denn nie ins Körbchen, es ist doch auch dein Sohn?« Hat er uns gar nicht gemocht?

Der Doktor spricht das jugendliche Alter beider Eltern an. Mit zweiundzwanzig seien viele Männer noch wie Kinder, die selbst eine Mutter suchen und sie zum Teil in der Frau gefunden zu haben glauben, unbewusst. Das kann ich von meinem Vater sicher bestätigen. Und der Doktor fährt fort: Er hatte vielleicht Angst um die privilegierte Beziehung zur Mutter, fühlte sich bedroht durch ihre Zuwendung zum Kind, vielleicht hat sie ihm ja auch gezeigt, dass er nicht mehr der Wichtigste ist. Und da fällt mir sofort ein – mein Mann und ich waren ja auch noch keine fünfundzwanzig, als das erste Kind kam –, als ich einmal so staunend in die Wiege schaue, stupft er mich an und sagt: »He, ich bin auch noch da!«, als ob er ganz im Schatten stünde. Aber ich bin froh, dass der Doktor sagt, damit würden wir kein Charakterurteil über den Vater fällen. Ja, muss ich schnell sagen, er war ja nicht der einzige, der sich durch Hitler verändert hat, es waren doch Tausende, Hunderttausende, die vorher vielleicht normal waren.

Die Atmosphäre der Stunde ist eigenartig: einerseits ähnlich wie frühere, abgesehen von den Zweifeln, dem Bedürfnis nach Ruhe, Erholung, Pause; andererseits erfasst mich so etwas wie ein Druckabfall: Ihre Zweifel, die Erschöpfung, die latenten Schuldgefühle, ein Stück Misstrauen, vor allem aber die massive Angst, ich könnte etwas schreiben. Zwar bin ich froh, dass ich es angesprochen habe, ein geheimes Schuldgefühl schwindet, ich spüre das Opfer, das ich vielleicht zu bringen habe; frage mich auch, ob sie mir noch genauso interessant ist, wenn ich nichts verwenden darf, wenn der Anteil der Forschung wegfällt. Es ist fast wie ein stiller Abschied von meiner Nacharbeit, der Phantasie eines gemeinsamen Berichts über eine spät angetretene Exkursion, die nun, wie wir sehen, an die Grenzen ihrer Kräfte geht. Ich spüre eine leise Kränkung über die in ihrem Innern wieder stärker werdende Stimme der Nervenärztin, mit ihrem latenten Drohgehalt: »Sie werden schon sehen!« Ich überlege, ob zusätzlich noch eine Bedrohung von Hitler ausgeht, der als gehasste Figur, als böser Dämon noch vor ihr steht, in ihr haust. Denn Kritik an ihm konnte tödlich sein. Jetzt, wo ich es auf-

schreibe, scheint mir dieser Anteil der resignierten Erschöpfung und Schwächung, der schleichenden Angst bedeutsam: Er hat einen inneren Rächer geweckt und laut werden lassen. Noch haben wir nicht über Geheimhaltung gesprochen, über die Atmosphäre von Komplizenschaft, die Schweigegebote, den Widerstand der Mutter, die Strafandrohungen bei Verrat oder Abweichung, die Angst vor Denunziation, die nach Kriegsende den Vater traf.

Ich habe wieder etwas von einer nahen Grenze zur Verrücktheit gespürt wie in den Monaten nach der Entdeckung, dass mein Mann eine Freundin hat. In meinen Händen drehe ich schon lange das Kuvert mit den Familienfotos, nach denen der Doktor vor einer Woche gefragt hat. Auch in einem großen Karton, den ich von der Tante habe, war keine einzige SS-Uniform zu sehen. Aber das muss nichts heißen: Die Bilder unterlagen ja seiner Kontrolle, sie stammen aus unserer Wohnung, und solche Bilder scheinen sorgfältig getilgt, als ob alles nicht wahr gewesen wäre. Jetzt bin ich froh, sie dem Doktor zu zeigen, ich setze mich neben ihn auf die Couch, bin gespannt, wie er reagiert. Der Vater schaut streng, der Sprung im Ausdruck von 1939 bis 1943 ist groß. Auf einem Urlaubsfoto in Soldatenuniform sieht er wie ein Beschützer von allen aus. Tausende Bilder von deutschen Familien mögen so aussehen. Aber dann kommt das Bild als Motorrad-Meldefahrer in Saloniki, Sommer 1943. Von da an bis zum Schluss war er eingezogen bei der Wehrmacht. Ich sehe, wie der Doktor nachdenkt: Saloniki, Saloniki ..., Partisanen, Judendeportation durch die Wehrmacht, er muss vieles gesehen haben, vielleicht mitgemacht haben, meint er, die Wehrmacht war in Griechenland in vieles verstrickt, und ich muss nicken, habe bisher nicht darüber gesprochen.

Und dann das unendlich verhärmte Bild der Mutter nach seinem Tod. Noch drei Jahre vorher, auf dem Familienbild, und alleine im Garten: eine Frau, die auch strahlen kann. Aber trotzdem, Liebe gab es nicht viel. Ich bin nicht als Kraftpaket in die Jugend eingetreten.

Und jetzt hat es mit der Tablettensucht noch eine nahe Verwandte erwischt. Sie hat mich gebeten, sie zum Tag der offenen Tür in eine Klinik zu begleiten, wo sie im Sommer einen Behandlungsplatz bekommt. Es war zu viel für mich; so viel Krankes habe ich dort gespürt; auch in ihr. Aber sie hatte solche Angst, allein zu fahren, dass ich nicht Nein sagen konnte.

Am Schluss danke ich dem Doktor, dass er es für »normal«, für verständlich hält, wenn ich Schuldgefühle spüre, erschöpft bin, Pause will. Das Wort »normal« kann ich ja kaum noch hören. Zu viel Angst, nicht normal zu sein, lag über meinem Leben. Hans Küng sagte bei seiner Abschiedsrede in der Universität Tübingen, die ich im Fernsehen sah, als er auf Ratzinger zu sprechen kam: »Der ist in die Macht gegangen.« Das habe er nie tun können. Mein Vater ist auch »in die Macht« gegangen und hat sich unglückselig verändert.

Klaus Theweleit gab einem seiner Bände vom buch der könige *den Untertitel* orpheus am machtpol, *zu dem Dichter gingen (Benn, Pound, Céline, Hamsun), um sich heil und vollständig zu fühlen.*

Ich bin froh, dass der Doktor zunächst einmal drei Wochen Pause vorschlägt, die verlängert werden kann, wenn ich noch nicht wieder die Kraft spüre, an den schlimmen Themen weiterzuarbeiten.

XVII

Es werden jetzt vier Wochen Pause. Nach vierzehn Tagen kam ein verzweifelter Anruf: Sie sei in tiefe Schuldgefühle gestürzt, habe den Eindruck, gelogen, etwas Schlimmes behauptet zu haben, was vielleicht gar nicht stimmt, weiß aber nicht, worum es sich handelt. Sie habe die Dosierung der Psychopharmaka erhöhen müssen, fühle sich am Rande einer Depression und sehr erschöpft. Außerdem fürchte sie, dass ich die Behandlung aufgrund ihrer »Schlimmheit«, die mit dieser Lüge in Verbindung stehe, abbrechen werde, sie also fallen lasse.

Ich sage ihr meine Vermutung, auf die mich ihr kindlich-ängstlicher Ton bringt: Es könne die Angst sein, »falsch Zeugnis« geredet zu haben, indem sie so viel preisgab über die Familie. Und: Sie komme mir vor wie ein Kind vor oder nach der Beichte, das nicht wisse, ob die Beichte richtig und die Absolution gültig sei. Dem stimmt sie erleichtert zu. Das Beichten sei überhaupt schlimm gewesen, nie habe man gewusst, ob man nicht doch »verworfen« sei, sie hätte ja nicht einmal die Bedeutung mancher Sünden gekannt. Ich erkläre ihr noch einmal, dass es in den Stunden um ihre Gefühle gehe, nicht um objektive Beschuldigungen; und dass ihr Vater inzwischen seelisch an einem anderen Ort sei, wo er vielleicht ihre Not sehe, Einblick in sein Unrecht habe und darunter leide, dass sie noch immer für ihn büße und sich quäle. Dafür dankt sie mir.

Einige Tage vor der nächsten Stunde bringt die Zeitung, die sie auch liest, einen Bericht über die Tagung »Alibi Auschwitz« der Katholischen Akademie, bei der ich mich auch zu Wort gemeldet habe und einige offene therapeutische Fragen bei Behandlungen von Täterkindern anführte, dabei auch indirekt die Patientin erwähne, die seit fünf Jahrzehnten büße für die Sünden der Väter.

Als ich dann den Bericht lese, erschrecke ich doch, wie mein verkürzt dargestelltes Votum sie berühren wird, das ich hier in der Wiedergabe des Berichterstatters zitiere, der zunächst die Forschungen des israelischen Psychologen Dan Bar-On zusammenfasst, der dort vortrug:

»Dabei stößt, wie sogar der einschlägig engagierte Tilmann Moser in der Diskussion zugab, die traditionelle Psychotherapie an ihre Grenzen: Was soll er einer Patientin sagen, die sich – moralisch ehrenwert, aber doch in gewissem Sinne neurotisch – stellvertretend schämt? Neurotische Schuldbesessenheit kann ein ›kostbares Gefäß‹ sein; man muss es nur ›putzen‹. Andererseits hält Moser Verdrängen und Vergessen in gewissen Situationen für überlebensnotwendig. Hätten sich in der Nachkriegszeit mehr als ein paar Prozent der Mitläufer zur Trauer fähig gezeigt, wäre das Land in einen Zustand kollektiver Depression und ›biologischer Lähmung‹ verfallen. Auch heute erwiesen sich ›offizielle Bewältigungsrituale‹ oft als kontraproduktiv.«

Inzwischen ist mir deutlich, dass das Erschrecken der Patientin auf dem Heimweg, als sie hörte, dass ich manches aufschriebe, ganz in den globalen Zusammenhang von Scham gehört, in den die NS-Zeit getaucht ist. Erlebt wird sie aber in brennender Weise vorwiegend individuell. Eine alte Kinderangst, sich auf gefährliche Weise zu exponieren, die Familie zu gefährden, mischt sich, fast unverändert erhalten, aus der Zeit der Diktatur in das heutige Erleben. Für das kindliche Gewissen scheint die Gefahr der Isolierung, der Ausgrenzung, der extremen Beschämung, ja des Todes, fortzubestehen.

XVIII

Mühsam schleppe ich mich in die Stunde, bin beim Eintreten ins Haus verwirrt, weil viele junge Leute im Flur herumlaufen – offensichtlich eine Gruppe bei einer Kollegin des Doktors.

Mir ist elend, ich platze heraus: »Es geht mir schlecht, die Depression steigt, die Angst auch, ich fürchte, die Medikamente helfen nichts mehr. Ich schlafe schlecht, wache in der Nacht auf, fürchte, ich habe alles falsch gemacht; es war verkehrt, alles noch einmal aufzuwühlen, ich schaffe es nicht, es übersteigt meine Kräfte, die Schuldgefühle sind unerträglich, ich habe vielleicht gelogen, weiß doch alles nur vom Hörensagen! Wenn ich den Vater nun zu Unrecht beschuldigt habe? Er erscheint mir im Traum, bedroht mich, macht mir Vorwürfe, sagt: Ich hätte seine Totenruhe gestört. O hätte ich nie begonnen, das, was in mir ruhte, wieder auszugraben! Doch, sage ich, als der Doktor fragt, ob ich solche Depressionen früher schon gehabt hätte, doch, doch, immer wieder, aber noch nie so deutlich im Zusammenhang mit meinem Vater und dem Gedanken der Lüge, der falschen Beschuldigung. Ich kann es nicht mehr tragen, fühle mich an einem Abgrund.

Ich erschrecke, rede viel zunächst, lasse mir kaum Zeit zu ruhigem Nachdenken. Ihre Angst will mich anstecken, ich rede gegen ihre Angst an, und meine vielleicht auch. Ich sehe die Nervenärztin, viele Psychiater und Gerontologen den Kopf schütteln, höhnen, die Achseln zucken, stürze in einen leichten, noch nicht Schwindel machenden Abgrund, fühle mich fast kriminell, dass ich ihr diesen Absturz zugemutet habe. Dann höre ich mir beim Reden, ja beim Beschwören zu und finde erst allmählich meine Sätze nicht mehr nur falsch und hektisch; sondern sie nehmen eine argumentierende, auch sicherer werdende Form an; nur das Tempo war von der Angst bestimmt, nicht der Inhalt. Ich sage unter anderem:

Ich wüsste, dass wir immer unterschieden hätten zwischen ihren Gefühlen und der objektiven Schuld, der inneren Wut und Scham und der unbarmherzigen Anklage. Ich erinnere sie an die bösen Aspekte des Vaters und an seine guten Seiten. Und dann sage ich weiter: Es sei von missbrauchten Kindern bekannt, dass sie, wenn sie, vom Zuhörenden allmählich ermutigt, Einzelheiten über den Missbrauch preisgäben, in Zustände der Angst fielen, ob ihres Verrats, ob der oft ausgesprochenen Drohung, dass, verrieten sie auch nur ein Wort, sie vom Tode bedroht seien; erinnere sie an die Angst von aus dem KZ Entlassenen, denen eingebleut wurde, nichts zu berichten, wenn sie dann in Versuchung gerieten zu sprechen: vor dem langen Arm von Gestapo und SS.

Mein Herzschlag wird ruhiger. Ich spüre zwar, dass der Doktor so viel am Stück redet wie noch nie, und für einen Augenblick habe ich Angst, er könne sich herausreden wollen, aber dann vermag ich langsam zuzuhören, wage auch, ihn zu unterbrechen und zurückzufragen. Manchmal merkt er es selbst, wenn ich einen Satz nicht ganz erfasse, dann wiederholt er ihn. Ich fühle mich allmählich gehalten von seinem Reden. Er scheint, was ich nur gequält herausbringe, einordnen zu können in ein Allgemeineres, und so frage ich erleichtert, aber noch ängstlich: So ist es also normal, was ich erlebe? »Ja«, meint er. »Wenn man Dinge aufdeckt, die aufzudecken und auszusprechen dem Kind bei Strafe verboten waren, dann kann es Angst vor schwerer Strafe haben bis ins hohe Alter. Denn das Kindergewissen kann stehen bleiben, es kann die alten Verbote vergessen, aber wenn man sie übertritt, dann heulen die alten Stimmen auf und schreien: Verfolgung, Vergehen, Strafe!«

Vom letzten Telefonat erinnere ich mich, dass Frau F. sich in ihrer Angst an die Beichtsituation erinnert fühlte: sowohl an die Angst, was sie nun beichten sollte, wie an die Angst, ob sie falsch gebeichtet hätte, etwas vergaß oder Unrichtiges hinzufügte. Sie ist erleichtert, als ich das Gebot zitiere: »Du sollst kein falsches Zeugnis reden wider deinen Nächsten.«

Ja, sagt sie, genau das ist es. Das ist die Sünde, die ich jetzt erkenne. Ich glaube, ich habe sie begangen.

Vom Bundesarchiv, dem früheren alliierten Document Center, habe ich leere Bögen bekommen. Es liegt nichts Schriftliches vor gegen ihn. Das hat mich erleichtert, vielleicht war er nie in ein KZ abkommandiert – aber warum dann die Angst vor Post aus Dachau – weg mit dem Gedanken. Die vier Papierbögen sind leer, und ich bezahlte gerne die geforderte Gebühr. Aber mit seiner Unschuld steigt meine Schuld: Ich habe es ihm zugetraut und es Ihnen berichtet. Vielleicht war wirklich alles viel harmloser, sonst wüssten die das doch. Hunderttausende haben mitgemacht. Dort ist doch alles Wichtige verzeichnet!

Ich bin angesteckt vom Gedankenstrom der Entlastung und der Verharmlosung. Sie scheint ihr Leben zu verharmlosen: »Vielleicht war er, mein Vater, nicht schlimm! Dann wäre ich noch einmal davongekommen.« Ich berichte von meinem Vater und was ich vom Druck des SA-Chefs in seiner Firma weiß auf die Meister und die Angestellten: in die Partei einzutreten, die SA oder SS, weil sonst kein Fortkommen mehr sei. Und wenn ihr Vater Chauffeur war eines Direktors mit hohem SS-Rang, dann musste er als zuverlässig gelten. Sie geht innerlich mit, aber lässt sich nicht korrumpieren, und ich bin ihr dankbar, dass sie mir die verharmlosende Entlastung nicht durchgehen lässt. »Er ist doch viel früher eingetreten, lange vor 1933! Da gab es noch keinen Druck!« Ich spüre, dass ich nur Dinge sagen darf, die ich in der Tiefe selbst glaube, auch wenn ich ganz neuen Gedankengängen folge. Ich sage: »Er ist jetzt nicht mehr der gleiche wie vor mehr als fünfzig Jahren. Wenn seine Seele noch lebt, ist er weiter gewachsen. Er ist nicht mehr der Fanatiker und Verblendete, er ist gereift, weiß mehr. Er hat nicht mehr Angst vor Ihrer Forschung und Anklage. Er weiß, dass Sie nach Verstehen suchen, auch wenn Sie seine Taten verurteilen. Er weiß, wie Sie leiden, wenn Sie meinen, Sie hätten ihn falsch beschuldigt.« Sie fängt an zu weinen, und mir kommen ebenfalls die Tränen bei diesem aufatmenden Nachlassen einer unerträglichen Spannung. Sie schluchzt: »Ich wollte immer einen Vater zum Gernhaben ohne Scham, und als er mich im Traum erschreckte und bedrohte, hätte ich am liebsten geschrien: »Nimm mich in deine Arme und tröste mich über dich und mich.«

Noch verstehe ich nicht, was passiert und warum ich so schmerzlich und gleichzeitig erleichtert weine. Fast meine ich, der Doktor hätte gezaubert. Aber ich bin seinen Worten gefolgt und begann Boden unter den Füßen zu spüren. Der Doktor stellt zwei Säcke auf: einen für den fanatisierten, jähzornigen Vater, an den ich mich erinnere und von dem ich gehört habe, von vielen, aber eben nur gehört, er habe auch gemordet; und einen anderen Sack, dem er einen kleinen roten Teppich überhängt, für den anderen, den nicht mehr verblendeten, den Vater, der vielleicht im Anblick Gottes zu sich kam, bereute, eine Vision ohne Hass und Vernichtung sah. Ungefähr sagt der Doktor und lässt mich manche Sätze zu ihm hin, dem Vater, nachsprechen, nach meiner Version: »Ich suche dich, will nicht Vernichtung, sondern Verstehen. Wenn du nicht mehr verblendet bist, brauchst du mich nicht zu fürchten und musst mich nicht bedrohen.«

Und der Doktor antwortet für den Vater: »Ich kann deine Wahrheit ertragen. Du bist meine Tochter. Ich hatte dich verloren. Jetzt bin ich stolz auf dich.« Und dann sagt der Doktor: »Erst Sie beide bilden Deutschland. Sein zerstörerischer Fanatismus, seine Verblendung und Ihre lebenslange Scham und Übernahme von Schuld. Sie dürfen ihm nachts auch sagen: Behalte du deine Angst. Überschwemme mich nicht auch damit. Es hilft dir nichts, wenn ich weiter schweige und leide. Du brauchst mich nicht zu fürchten. Wir können zusammenarbeiten, wenn du die Wahrheit nicht mehr fürchtest.«

Und dann umgeben mich neue Gedanken. Mir fällt ein,

dass der französische Soldat in der Kaserne, wo er starb, sagte, er habe, als er sein Ende kommen fühlte, Bruchstücke des Vaterunsers durcheinander geworfen, weil er es nicht mehr richtig konnte. Er muss etwas wie Reue gespürt haben, und dann ist auch Gnade möglich. Und er war voller Angst, die Monate nach dem Krieg. Gut, Angst haben viele gehabt. Ich hoffe, es war Gewissensangst, und nicht nur Angst vor Strafe. Und als der Doktor fragt, ob ich mir vorstellen könne, näher zum geläuterten Vater zu sitzen, rücke ich gerne zu ihm hin, er verdeckt mir jetzt ein wenig das Erinnerungsbild des Fanatikers – den ich nicht vergessen will –, mein Blick liegt auf dem alten roten Teppich über seinen Schultern, und die Linien wollen mir vorkommen wie ein vergessenes Muster eines Gewissens bei ihm, das sich wieder geregt und vielleicht entfaltet hat, vielleicht sogar mithilfe meines angesammelten Wissens, meiner Scham und meiner gepeinigten Liebe zu ihm. Als hätte ich ihm helfen können, sich ein wenig zu verwandeln.

Ich komme ins Grübeln, ob ich so viel Entlastung ersinnen darf. Aber ihre Panik und Angst sind so groß, dass es mir gleichzeitig wie erste Hilfe nach einem Absturz vorkommt und wie der Beginn einer Trennung aus der Symbiose mit einem stehen gebliebenen bösen Vaterbild, mit verfaulender vergrabener Zuneigung und ihrer Wehrlosigkeit, mit der sie zu ihrer eigenen Angst die latente und immer gefühlte Angst des Vaters in sich aufnimmt und aus der von ihm übernommenen Angst unbewusst auf die Größe ihrer Schuld ihm gegenüber schließt. Sein nächtliches Drohbild erscheint mir wie die immer noch funktionierende Kraft- und Umwälzpumpe für Schuld, Scham und Angst, gegen die sie sich nicht wehren konnte. Aus vermeintlicher neurotischer Pathologie des Einzelnen wird ein intergenerationaler, historischer Sinngehalt, der freilich ein neurotisches System bleibt, wenn der progressive Sinn nicht enthüllt wird.

Das meinte ich mit dem verkürzten Satz: Das neurotische Gefäß ihrer parentifizierten und mit übernommener Scham und Schuld belasteten Seele gehört »geputzt« und vielleicht neu geeicht. Denn Neurose und stellvertretende Bewältigung von Vergangenheit gehen hier unmerklich ineinander über. Die Diagnostik tappt im Dunkeln, wenn das Ineinandergreifen der Wirklichkeitssysteme nicht mitgedacht wird.

Ich bin erschöpft und erleichtert. Aber zwei Dinge muss ich doch noch sagen: Ich bin nicht mehr sicher bei der Geschichte mit dem Fahrrad der Mutter, das er von der Brücke geworfen hat. Manchmal habe ich wohl den Bericht der Mutter mir so ausgemalt, dass ich meinte, ich hätte es selbst erlebt. Ich nehme das zurück, ich habe es nicht selbst gesehen. Sie hat mich nicht mitgenommen dabei. Sie hat ihn in ihrer Wut vielleicht schlimmer gezeichnet, als er war. Ich will ihn nicht verurteilen nach etwas, das wie »Gerüchte« klingt.

Und dann frage ich: »Stehen Sie in Verbindung mit meinem jetzigen Nervenarzt? Er hat mir in dem kurzen Gespräch gesagt: › Ach, Ihre Eltern sind doch lange tot.‹ Das klang wie: Lassen Sie das doch endlich ruhen. Ich möchte, dass er weiß, wovon wir hier reden und warum es wichtig ist.« Der Doktor verspricht mir, ihn anzurufen. Und er bittet mich, in einer Woche wiederzukommen. Das Wichtigste sei jetzt, aus der Angst herauszukommen. Und dabei fällt mir ein: Ich war ja so dankbar für sein Zuhören. Ich bin richtig hineingesegelt in meine Vatergeschichte. Ich war versucht, mich und ihn für schuldig zu halten, des Leichtsinns, der Überschätzung meiner Kräfte. Aber jetzt fühle ich mich wieder verstanden und gehalten. Der Doktor sagt für den Vater: »Ich habe meine Verblendung und meinen Fanatismus für die Wahrheit gehalten. Ich weiß es heute besser. Du darfst deiner Wahrheit folgen, und sie kommt auch mir zugute.«

XIX

Eine erschütternde Stunde: Frau F. wirkt benommen, depressiv, in sich zusammengesunken. Sie habe einen Anlauf nehmen müssen, um mir ihre Gedanken überhaupt mitzuteilen. Sie ist von Angst überschwemmt, und ich spüre bei mir selbst Zeichen der Ansteckung.

Ich war beim Nervenarzt, kann nicht mehr schlafen. Wäre ich doch nie meinem Wunsch gefolgt, Klarheit in der Beziehung zu meinem Vater zu finden. Er ist mir im Traum erschienen und hat mir angedroht, mich durch Vergewaltigung zu strafen. Real war so etwas ja undenkbar. Ich bin verwirrt. Der Nervenarzt sagte, ich solle doch nicht mehr über meinen Vater sprechen. Aber deshalb bin ich ja zum Dr. M. gekommen. Ich muss es ihm einfach gestehen: Ich habe Dinge dramatisiert, übertrieben, um mich wichtig zu machen. Es war ja alles gar nicht so schlimm. Und vieles weiß ich ja nur vom Hörensagen. Selbst den Mord. Wie konnte ich nur so schlecht von ihm reden? Und ich habe Angst, den Doktor zu verlieren. Was wird er denken, wenn ich sagen muss: Vieles von dem, was ich erzählte, ist vielleicht Lüge?

Der Doktor sagt, ich käme ihm vor wie ein Kind, das schlimme, aber im ganzen zutreffende Dinge über seine Familie, etwa den Missbrauch, erzählt hat, und dann überkommt es die Angst, und in der Angst fängt es an zu zweifeln, ob es nicht vieles erfunden oder aufgebauscht hat. Aber der Vergleich entlastet mich nicht. Ich kann keine Deutungen vertragen, ich will nur, dass er sieht, wie elend es mir geht. Ich habe mir vom Arzt eine Einweisung in eine psychosomatische Klinik geben lassen, er weiß aber nicht, wann ein Platz frei sein wird.

Meine Angst ist gestiegen, als ich mich bei solchen Bildern ertappte: Ich gehe aus dem Leben, und meinen geliebten Enkel nehme ich mit. Wenn es nicht Selbstmorde in meiner nächsten Umgebung gegeben hätte, wäre die Panik nicht so groß, dass ich es wirklich tun könnte.

Wie konnte ich meine Depressionen nur meinem Vater anlasten? Sie sind häufig in unserer Verwandtschaft, vielleicht erblich, ja, meine Schwermut wird erblich sein, und ich habe mich schuldig gemacht durch das, was ich über meine Familie dachte. Ich habe mit einer Freundin gesprochen, die weiß, dass ich zu Ihnen gehe. Sie weiß, was Depressionen sind, und sagt: »Ach Gott, jeder tut doch einmal wichtig, wir alle leben mit einem Stück Lüge.« Das war wie ein neuer Schlag, denn ich kann nicht ertragen, wenn ich lüge. Deshalb erzähle ich auch dem Doktor eine Erinnerung, die mir kam: In der entsetzlichen Erzieherschule habe ich eines Tages behauptet, ich sei krank, obwohl ich gar nicht krank war. Sie haben es mir geglaubt, und einen ganzen Tag durfte ich im Bett bleiben.

Als der Doktor sagt: »Darauf wären manche, bei so viel Drill und Unterwerfung, stolz: die Schule einmal beschwindelt zu haben«, da muss ich lachen, so lachen, dass es mir das Gesicht zerreißt. Ich war sonst immer brav. Aber das Lachen, das Lachen? Wie ein später und unverschämter Triumph.

Es hat nichts geholfen, dass der Doktor zwei Vatergestalten aufstellte: den, den ich erinnere, und einen, der heute anders denken soll. Dass das, obwohl es mir zuerst einleuchtete, so gar nicht mehr zugänglich war in meinen Nächten, hat Zweifel in mir geweckt. Ich konnte mir den zweiten Vater nicht einmal mehr ins Gedächtnis rufen. Mein Mann ist hilflos, aber wenigstens chauffiert er mich, wenn ich eine Besorgung machen muss. Auch hierher hat er mich mit dem Auto gebracht. Und wissen Sie was: Ich habe gedacht, ich gehe zur Nervenärztin zurück, zwar mit unendlicher Scham, aber sie erschien mir wie eine Zuflucht. Sie wird triumphieren und mich tadeln, aber ich bin an ihrem Ufer gerettet. Und trotzdem will ich mich nicht mehr mit den starken Tabletten zuknallen lassen. Ich habe mich erbrochen in den letzten Tagen, als ich die Dosis erhöhen wollte, die der Dr. P. mir gab. Alles in mir sträubt sich. Was halten Sie von der genannten Klinik?

Es ist eine anthroposophische Klinik, beruhigend, zudeckend, mit Malen, Sport, Handarbeit, Garten und Natur, soweit ich es weiß, bergend und entspannend, zum Positiven gewendet. Ich bin ambivalent, bringe die Wahl durch den Hausarzt aber in Zusammenhang mit dem Gedanken der Pause. Es revoltiert in ihr: Sie müsste ihre Seelenarbeit beiseite legen und dem Gefühl, dass sich die Zwangsgedanken über die Schuld des Verrats unablässig in ihrem Kopf drehen, nachgeben. Diesem Teil scheint die nicht-aufdeckende Klinik wie eine Zuflucht. Der andere Teil wehrt sich: So viel Arbeit ist geleistet, sie übt Verrat an dem eingeschlagenen Weg. Habe ich ihre Kräfte falsch eingeschätzt? Und die Wucht eines in der Angst gelebten Lebens, dessen terroristische Instanzen sich jetzt nur klarer zeigen? Fehlt mir psychiatrische und gerontologische Erfahrung? Ich schaue hilflos einem Widerruf zu; sie gleicht einem Zeugen, der viel erlebt, viel gesehen und erlitten hat und bereit war zu sprechen über die Macht der Mafia; dann kommt ein Anruf von dort, und sein Gedächtnis wie sein Mut schwinden, er weiß von einem Augenblick zum anderen nicht mehr, was wahr ist. Ja, die Wahrheit selbst wird zur Hauptgefahr, weil sie innerhalb des Systems getilgt werden muss.

Sie ist in diesem Zustand nicht mehr ansprechbar mit Deutungen. Es geht nur noch um Einfühlung: wie schlimm der Zustand sei, wenn überall bedrohliche Stimmen auftauchen, die sie warnen.

Ich schäme mich doppelt und dreifach, weil ich vielleicht aus Wichtigtuerei, und um Mitleid zu erwecken, übertrieben habe;

und ich schäme mich, dass ich so vieles, was mir wahr erschien, zurücknehme; ich schäme mich vor der Nervenärztin, die mich ja gewarnt hat, und ich war wie ein unfolgsames Kind, das auf die schützenden Gebote der Mutter nicht hört. Ich bin dankbar, dass der Doktor mich in dieser Zerrissenheit sieht. Er spricht von Magnetfeldern, in denen es mich hin und her reißt, so dass es keinen Halt mehr gibt.

Ich sehe ihre Not, und sofort fühle ich mich angesteckt durch das Klima der phantasierten Verdächtigungen. Habe ich sie wirklich ermutigt, mehr zu berichten, als sie wollte und konnte? War ich der aktive Teil in einer Kollusion, begierig auf Einsichten in qualvolle Zusammenhänge zwischen Geschichte und Einzelseele? Hat sie mich gefüttert, weil sie Angst hatte, mein Interesse würde erlahmen? Dazwischen dankt sie mir wieder, dass sie so spät jemanden gefunden habe, der ihre Lebensgeschichte zu verstehen sucht, einschließlich des von ihr zu tragenden Anteils an innerem und äußerem Terror, an gewalttätiger Geschichte. Es ist, als ob alle Aussicht auf Wahrheit entschwinde, ja, die Hoffnung auf ein Ich, das fähig ist, der Wahrheit standzuhalten. Frau F. ist wie überspült von Angst und einer Bereitschaft, nur noch das eigene Leben zu retten. Ich tauche ein in ein Klima, wie ich es noch nie gespürt habe: Alles, was ich bisher als sicher und begründet berichtet wähnte, ist vielleicht nicht nur falsch, sondern böse und lebensgefährlich. Nur langsam werde ich gelassener und betrachte ihren Zustand als vielleicht notwendigen Rückschlag, nicht als ein Ende unserer Arbeit. Meine Kollegin, der ich am Ende der Stunde von der Lähmung berichte, meint: »Das Berichten über ihren Vater war nur ein Anlass. Du erhältst Einblick in die gesamte Struktur ihres Lebens. Die Terrorinstanzen müssen ja immer da gewesen sein.« Sie lächelt über meine alternative Vaterfigur: Die sei unglaubwürdig, weil aus einem negativen Vater heraus kon-

struiert. Einen idealen Gott hätte ich einführen sollen, der sagt: ›Man darf die Wahrheit erforschen, und der Vater darf Ihnen nichts tun.‹ Er müsste Macht haben gegen diese Bedrohung. Den musst du einführen, nicht aber aus einem bösen Vater einen guten herbeizaubern.«

Frau F. wiederholt in ihrer Person, was mit der Aufarbeitung auf der kollektiven Ebene geschehen ist: Wiederverdrängung, Entwirklichung, Preisgabe des Wissens und die Angst, als Nestbeschmutzer isoliert und vernichtet zu werden. Und was fange ich mit dem Vergewaltigungstraum an, der wie ein drohender Felsbrocken in der Seele der Patientin liegt?

Ich bin froh, dass der Doktor die Idee mit der Klinik akzeptiert. Als ich noch einmal die Vergewaltigung erwähne, zeigt er mit vorsichtigen Worten »mögliche« Zusammenhänge auf. Er spricht wie mit einem verstörten Kind, dem man die Wahrheit in kleinen Häppchen reicht. Ich sei ja die Lieblingstochter gewesen und habe die Spannungen zwischen den Eltern gespürt. Das ist richtig. Mal stand ich auf Seiten der Mutter, wenn er sie quälte, mal dachte ich, sie muss eine furchtbare Frau für ihn sein und ich könnte ihn besser verstehen und begleiten. Und ich war ja in ihrer beider Heimlichkeiten einbezogen, verstrickt von beiden Seiten: Beim Radiohören fast verschworen mit ihr; bei Dienstfahrten mit ihm, manchmal in dem herrlichen Auto wie eine Prinzessin neben ihm, oder gar zusammen mit seiner Freundin, was ich damals ja noch nicht wusste. Ja, er war schön und ich bewunderte ihn, manchmal fast hingerissen.

Als der Doktor fragt, was ich von den Vergewaltigungen nach dem Kriege gehört hätte, strömen die Erinnerungen. Ein Mädchen in meinem Alter wurde von einem Marokkaner vergewaltigt, grad nebenan in der Nachbarschaft. Sie hat sich davon nie erholt, war immer wieder krank, blieb unverheiratet, ist längst gestorben. Die Mutter hat uns nach Kriegsende einige

Monate nicht mehr in den Garten oder auf die Straße gelassen. Auch früher schon, wenn die Zigeuner in der Nähe unseres Hauses vorbeizogen, sagte sie: »Kommt ins Haus, die nehmen die Kinder mit.«

Der Doktor setzt seine Worte vorsichtig, und ich lauere, als ob ich beschuldigt werden sollte, lasse es mir aber nicht anmerken: »Sie haben vielleicht manchmal gedacht, Sie wären die bessere Frau für ihn. Und die Mutter hat Sie gehasst dafür, dass er Sie so sichtbar vorzog, vor ihr und den anderen Kindern.« Er gebraucht Worte, vor denen mich ein wenig graut: Erotisierung, gar Sexualisierung. Zwischen Vätern und Töchtern gäbe es solche atmosphärischen Dinge. Ja, einmal hat er mich geschlagen, als ich ihm eine freche Antwort gab, und ich war oft angstvoll erregt, wenn er meinen Bruder schlug.

Ich will eigentlich nichts wissen über das Thema Sexualität in der Familie. Die Frau meines Bruders ist früh an Krebs gestorben. Er war verstört nach den fünf Jahren Gefangenschaft in Russland, brachte Krankheiten mit nach Hause, die nicht mehr weggingen. Neulich erzählte er mir, dass der Arzt ihm Saroten verschreibe, ein Medikament, das ich in schweren Depressionen nehmen musste. Nein, sagt er, nichts Schlimmes, es gebe eben gelegentlich Schatten im Leben. Mehr würde er nie preisgeben. Ich hoffe, dass mich die Gedanken des Doktors wegen der Vergewaltigung nicht verfolgen. Gott sei Dank meinte er, das sage er mit drei Fragezeichen. Mich wundert es, dass er manchmal so vorsichtig oder unsicher ist. Es wäre mir fast lieber, er wüsste alles genauer. Sonst komme ich wieder ins Grübeln.

Fast fürchte ich, ich könnte ein Seelenmörder sein. Darf man zustechen mit Deutungen, gleich Injektionen, die ihr so weit hergeholt erscheinen müssen? Wie weit trägt unser Arbeitsbündnis? Es liegt etwas von Torschlusspanik kurz in der Luft, meiner

Luft: Werde ich sie schon bald für lange nicht mehr sehen? Geht alles verloren, was wir herausgefunden haben? Und als ich merke, dass die Deutungen m e i n Problem sind – ich kann meine Ahnungen nicht im Hinterkopf behalten –, weiß ich wieder: Heute sollte ich nur stützen, Mut machen. Und natürlich habe ich körpertherapeutische Bilder: Ich halte einfach nur ihre Hand, um sie zu beruhigen, ihr Mut zu machen; oder ich sehe sie liegen, ich sitze mit meinem Rücken gegen ihren Rücken, um ihr Rückhalt zu geben. Aber älteren Menschen gegenüber bin ich scheu, dabei bräuchten sie es vielleicht mehr als jüngere.

Ich verschweige meine Bilder und schlucke mein Angebot hinunter. Warum? fragt mich meine Kollegin, es hätte sie vielleicht beruhigt. Frau F. will in einer Woche wiederkommen. Ich hätte am liebsten heute zwei Stunden mit ihr gemacht, will vermeiden, dass die Angst sie wieder verschluckt. Es war ein Gefühl, als ob man ein Kind, nein, eine Seele ertrinken sähe und kann nichts dagegen tun.

Kommentar zu dieser letzten Passage, nach Abschluss der Therapie

Inzwischen habe ich mich in den Aufsatz »Zwei Fälle zum Thema ›Bewältigung der Vergangenheit‹« von Anna Maria Jokl vertieft. Beschämt lese ich dort, dass Frau Jokl bei der Ahnung einer Krise in der Behandlung mit einem Täterkind dem Patienten wie selbstverständlich am gleichen Tag eine zweite Behandlungsstunde anbot, die dann den heilsamen Durchbruch brachte. Vielleicht hätte ich mit mehr Mut Frau F. die nachfolgende Krise und den Zusammenbruch ersparen können.

Eine Woche später

Zwei Stunden vor der nächsten Sitzung, eine Woche später, ruft ihr Mann an: Sie sei im psychiatrischen Landeskrankenhaus, es sei zu schlimm geworden mit der Depression und der Unruhe. Sie lasse mich grüßen und werde sich melden, wenn es ihr wieder besser gehe. Ich bin geschockt über die Nachricht, stürze in tiefe Selbstzweifel, beschließe, sie in den nächsten Tagen zu besuchen, wenn sie es will und der Arzt einverstanden ist.

Zwei Monate später

Frau F. war sechs Wochen im Landeskrankenhaus. Ein zugesagter Platz in der psychosomatischen Klinik war in letzter Minute abgesagt worden, weil ein anderer Patient nicht zum vorgesehenen Zeitpunkt entlassen werden konnte. Auch in der Universitätspsychiatrie war trotz des großen Einsatzes ihres Hausarztes kein Unterkommen möglich. Doch während ich dies niederschreibe, kommen mir Zweifel: Sie würde dort vielleicht einfach als »verwirrte Alte« angesehen, nachdem sie vor gut sieben Jahren dort schon einmal für einige Wochen war.

Ich hatte in der Zwischenzeit einige Male mit ihr telefoniert, in den ersten beiden Wochen einen Besuch angeboten, aber es erschien ihr zu früh. Sie war auf einer sehr unruhigen Aufnahmestation. Ihr Mann besuchte sie täglich, an den Wochenenden durfte sie, wenn sie wollte, nach Hause.

Dann kamen meine Osterferien, sie wechselte auf eine therapeutische Station und sollte dort Einzelgespräche bekommen. Aus meinem Besuch wurde nichts. Am Telefon konnte ich ihr wenigstens ihre Angst nehmen, ich sei jetzt so enttäuscht, dass ich mich abwenden würde. Sie war ohne Vorwurf, bezichtigte sich vielmehr selbst, dass sie das Tempo ihrer Auseinandersetzung so forciert habe durch übermäßige Eile. Als sie entlassen wurde, bat sie sich noch »Erholungszeit« aus: Sie sei noch sehr depressiv. Nachdem mir das einige Tage im Kopf herumgegan-

gen war, rief ich wieder an: Sie müsse mich nicht verschonen mit ihrer Depression, so sei es mir nämlich fast vorgekommen; ich möchte sie auch bei ihrem »Rückfall« begleiten. Sie verstand das gut, war auch dankbar, gab sich aber noch eine weitere Woche Pause. Sie schien sich ihrer Depression zu schämen; so als hätte sie mich und sich enttäuscht.

Inzwischen waren auch für mich, fast beiläufig, einige für ihre Behandlung wichtige Dinge passiert: die Vorbereitung für eine öffentliche Diskussion mit Bert Hellinger, auf die ich mich mit der Lektüre seines zusammen mit Gabriele ten Hövel verfassten Buches Anerkennen, was ist. Gespräche über Verstrickung und Lösung *(1996) vorbereitete; und der Erhalt eines Briefes, in der eine »Tätertochter« auf die Lektüre meiner* Dämonischen Figuren *reagierte. Aus beiden möchte ich nach dem nächsten Stundenprotokoll einige wichtige Passagen zitieren, die mich wie eine Herausforderung, auch eine klärende Antwort, einige Wochen begleiteten.*

Die Stunde nach der großen Pause

Frau F. sieht »geordnet«, zugewandt, klar aus, nur blass, und ich sage es ihr auch. Ja, sagt sie, die Depression sei noch nicht vorüber, aber die Angstanfälle. Und vor dem Vater habe sie keine Panik mehr. Er erscheine ihr nachts nicht mehr in so bedrohlicher Form. Sie sei ja wochenlang aufgeschreckt, wenn die Dielen knarrten, und habe ihn vor sich gesehen. Das Schlimmste sei gewesen, dass er ihr vorwarf, seine Totenruhe gestört zu haben.

Ich versuche, ihn ruhen zu lassen. Abends, wenn ich mit meinem Mann zusammen bete, dann schließe ich einfach ›alle Verstorbenen‹ in das Gebet ein. Da ist er ja dabei. Ich wollte ihn nicht verurteilen, nur verstehen. Auch seine Totenruhe nicht stören. Das hat mich am meisten gequält. Ich habe in der letzten Woche meinen Bruder getroffen, der von einem Gespräch mit einem entfernten Verwandten im Ausland berichtete. Der sei noch immer ein fanatischer Deutschenhasser. Als ich sagte: »Unser Vater war ja auch so ein Fanatischer«, hat er sofort gesagt, ich solle das ruhen lassen, und fing von etwas anderem an. Das zeigte mir wieder, wie sehr ich allein bin mit dem NS-Thema. Nur meine Tochter, die ja eine Therapie mitgemacht hat, drängte mich unbedingt, hier bei Ihnen wieder weiterzumachen. Daran sehen Sie, dass ich schon unsicher war. Denn der eine Arzt in der Psychiatrie sagte: »Ja, manchmal kann eine Therapie eine Depression auslösen.« Er sagte es irgendwie warnend und riet mir, ganz auf die Medikamente zu vertrauen. Ich glaube, die haben mich nicht ernst genommen, wenn ich von meinem Vater und der NS-Zeit erzählte. Dabei war ich noch sehr vorsichtig in meinen Andeutungen. Aber das leichte Befremden hat mir ja schon genügt. Der Doktor meint: Ja, eine Therapie könne wohl eine Depression »aufmachen«. Er sagt es so, dass ich verstehe: Sie war wohl da, als unbewältigtes Thema, Trauer, Wut, Verzweiflung, ein vor sich hin gärender Topf, dessen Deckel lange verschlossen war.

Auf einmal sagt der Doktor etwas Überraschendes: Ob ich mit meinem Stuhl näher rücken wolle, damit er meine Hand nehmen könne. Es sind noch keine zehn Minuten vergangen. Ich bin nicht im mindesten befremdet, sondern reagiere wie ein dankbares Kind. Wir rücken etwas umständlich unsere Stühle zurecht, er legt ein Kissen unter seine Lehne, schaut umständlich, ob mein Arm nicht durch die Holzlehnen meines Stuhls gedrückt wird, und dann ruhen unsere Hände auf diesem Kissen ineinander, fast feierlich, und ein Strom von Wärme steigt meinen Arm hoch. Zuerst kann ich nicht weiterreden vor Dankbarkeit und Andacht, und auch, um die Wärme und den Halt ungestört durch Gedanken zu spüren.

Da fragt er mich später, warum ich meinen Vater nicht

namentlich in mein Gebet einschließe, ob es Scheu sei. Und merkwürdigerweise fällt mir keine Antwort ein. Aber er rät mir, den Vater auch namentlich und ausdrücklich Gott anzuvertrauen. Ich bin dem Doktor dankbar, dass er verstanden hat: So ferne ich auch der Kirche stehe, Gott ist mir erhalten geblieben, und er will ihn mir nicht nehmen oder gar an meinem Glauben zweifeln, trotz seiner »Gottesvergiftung«.

Vielleicht konnte ich den Namen des Vaters im Gebet nicht nennen wegen der Schuldgefühle, weil ich seine Totenruhe gestört hatte. Ich wollte ihn nicht noch einmal aufwecken durch die Nennung seines Namens. Aber das geht mir nur undeutlich durch den Kopf.

Dann sagt der Doktor, und das strömt allmählich als große Erleichterung in mich ein: Ich hätte nicht die wirkliche Totenruhe meines Vaters gestört, sondern die meines inneren Bildes von ihm. Das müssten wir unterscheiden: Ich sei noch nicht im Reinen gewesen mit meinen Gefühlen, wenn man das überhaupt je könne bei seiner und meiner Geschichte. Aber ich hätte genug daran gearbeitet. In mir seien Zuneigung, Hass, Misstrauen, Verachtung und Bewunderung durcheinander gestürzt, und die hätte ich versucht zu ordnen. Aber da frage ich doch zweifelnd zurück: Er sei mir im Traum leibhaftig erschienen und habe mich bedroht, wie ein Wesen weit außerhalb von mir. Aber der Doktor meint, auch dies sei mein inneres Schreck- oder Angstbild gewesen, so wie ich auch ein inneres Liebesbild besäße. Da die beiden Bilder im Kampf miteinander lagen, samt meinen jahrzehntelang nie mitgeteilten Gefühlen, sei diese Unruhe, die Angst, die Schuldgefühle entstanden, auch die Überschwemmung mit Hass und Verachtung. Aber es bleibe doch mein inneres Bild vom Vater, das so ins Toben und Schwanken gekommen sei, bis hin zu den nächtlichen Besuchen.

Und da macht der Doktor auf einmal mit dem Finger eine drohende Geste, so wie man einem Kind droht, und ich verstehe: Es ist auch eine Kinderangst in mir gewesen vor dem großen und bedrohlichen frühen Vater, der drinnen und draußen Herr über Leben und Tod zu sein schien und der mich doch mit einer charmanten Geste zu sich winken konnte und mich hinaushob über Mutter und Geschwister. Ich begreife erleichtert diesen Unterschied: der wirkliche Vater, als er noch lebte; seine Seele nach dem Tod, wo immer sie sein mag, und das quälende Durcheinander in meinem Bild von ihm.

Einmal muss ich, bei einer erklärenden Geste von mir, die Hand aus der des Doktors lösen, aber ich versuche, so schnell wie möglich zu ihr zurückzukehren. Die Augen wollen mir zufallen, aber nicht um zu schlafen, sondern um diesen Halt zu genießen. Durch einen kleinen Spalt meiner Augen sehe ich, dass er die Augen auch geschlossen hat. Ich wusste nicht, dass ich zu einer solchen Ruhe fähig bin. Nach ein paar Minuten Pause kommt wieder ein Fetzen Gespräch. Er fragt nach meinem Enkel, der sich natürlich riesig freut, dass ich wieder zurück bin. Er fragt nach meinem Mann, meinem Sohn. Mein Mann hat eine überraschende Wandlung durchgemacht. Er hat sich alleine versorgt. Er fängt an zu verstehen, was eine Depression ist. Jedenfalls hat er eine Sendung im Fernsehen gesehen, wo früher Depressive, oder auch solche, die es immer wieder mal erwischt, berichtet haben. Er hat mich jeden Tag besucht. Er ist rücksichtsvoll, fragt, was er mir abnehmen kann. Ja, es ist ein Stück Wiedergutmachung, für die ich dankbar bin. Er stützt mich.

Und dann fällt mir mein jüngster Sohn ein, der dieses Jahr zum fünften Mal in den Ferien nach Israel fahren will. Es ziehe ihn immer wieder dorthin. Erst als der Doktor fragt, ob es für mich nicht erleichternd sei, dass nun ein Kind von mir auf so ganz andere Weise sich mit den Juden, mit Israel, seiner Geschichte und damit auch mit dem Holocaust beschäftige, wird es mir ganz deutlich: Das Thema geht nicht unter in der Familie, ich bin nicht alleine damit. Er weiß nicht viel von seinem Großvater, das wollte ich den Kindern immer ersparen. Aber wenn ich aus dieser Depression heraus bin, werde ich ihm einiges erzählen. Keines der Kinder hat viel gefragt. Seltsam.

Als die nahen Kirchenglocken läuten, weiß ich, jetzt habe ich noch fünf Minuten, und ich muss seufzen: Ach, wir sind schon wieder am Ende, und bedanke mich. Ich bin ganz ausgefüllt mit Ruhe und bedaure es, dass nun wegen der Pfingstferien wieder eine Pause von zwei Wochen kommt.

Ich bin froh, dass ich den Schritt gewagt habe mit dem Halten der Hand. Dem sind Therapiestunden mit anderen Patienten in den letzten Monaten vorausgegangen, in denen ich die Wirkung und die Funktion der Geste gesehen und überprüft habe. Und ich habe sie in Fortbildungskursen immer wieder »üben« lassen von Psychotherapeuten, die ihre Klienten meist im Sitzen sehen. Es hängt so viel von der Gelassenheit des Angebotes ab. Aber wo es passt, trifft es auf eine tiefe Empfänglichkeit und kommt auf einer ganz scheuen, aber haltbedürftigen Kinderebene an. Durch die Dauer des Halts prägt er sich auch tief ein und bildet so etwas wie einen kleinen Kristallisationskern eines neuen Selbst aus einer wohl meistens vermissten Beziehungsform schützender Nähe.

Die Wochen in der Klinik und meine »lesende« Beziehung zu Frau F. in dieser Zeit

Als Frau F. von ihrem Mann bei mir »abgemeldet« worden war, erschrak ich, und aus vielerlei Gründen intensivierte sich meine Lektüre über die NS-Zeit. Es war, als sei das Thema in mir, in Büchern, Briefen und Diskussionen, eine Form gewesen, das Band nicht abreißen zu lassen. Ich fühlte mich in einem Lese-Sog, sehe es nachträglich als eine Übernahme auch des Parts der Patientin, bei der das Thema zwangsläufig für einige Zeit stillgelegt war. Der weniger theoretisch interessierte Leser mag die folgenden Seiten überschlagen und die Lektüre dort wieder aufnehmen, wo die Stundenberichte erneut einsetzen. Trotz des Rates einiger lektorierender Freunde, die die Einheitlichkeit des Fallberichtes durch den Einschub meiner Lesefrüchte bedroht sehen, will ich sie stehen lassen. Sie enthalten in dieser Form meine plötzlich veränderte Beziehung zu Frau F., die sozusagen in einen anderen Aggregatzustand übergegangen war.

Lektürefunde aus den letzten Wochen

Eine mir unbekannte Historikerin, »Mitläuferkind der zweiten Generation«, schrieb mir in diesen Tagen, »nach Beendigung ihrer dritten Therapie« und nach zwei psychotherapeutischen Klinikaufenthalten, die sie diesem Familienfundus der unverarbeiteten NS-Erfahrung zurechnet: »Ich bin also sicherlich eines jener Familienmitglieder, die – wie Sie schreiben – einzeln auffällig werden, während der Rest der Familie völlig ›normal‹ zu sein scheint ... Das Grauen, das jede Beschäftigung mit dem Nationalsozialismus unweigerlich begleitet, ist letztlich nicht voll erfahrbar, nicht einmal benennbar. Ich habe mich eine Zeitlang aus Sühnegründen wieder und wieder davon überschwemmen lassen, bis ich begriff, dass mich das nur noch mehr zerstörte, ohne etwas zu bessern. Ich glaube, aus anthropologischen Gründen können wir immer nur Fragmente dessen in uns aufnehmen, was damals geschehen ist. Aber ich glaube auch, dass das empfindsame Spüren dieser Fragmente einen mit der Zeit von dem Wunsch heilt, die Strukturen der Täter ›einfühlend‹ rekonstruieren zu wollen.«

Dieser Brief hat mich darin bestätigt, meine Patientin später darin zu bestärken, dass es »genug« sei mit der Vertiefung in die Person ihres Vaters. Ich habe ihr meine Bewunderung ausgedrückt für ihren Mut, auch für ihre Bereitschaft, die Qualen noch einmal zu durchleiden, sagte ihr auch, dass sie stellver-

tretend für viele Deutsche etwas Ungewöhnliches geleistet habe, und stimmte ihr zu, als sie meinte: »Ich brauche ja gar nicht alles zu verstehen.«

Ein schwerer zu verdauender Brocken, an dem ich noch immer kaue, sind Aussagen von Bert Hellinger zu diesem Thema, die, wie immer, auch durch die mit prophetischer Sicherheit vorgetragene Bestimmtheit irritieren. Das Nichtwissen der Kinder über die Taten der Eltern oder ihr Mitläufertum bedeutet ja immer auch gleichzeitig ein Nichtwissen über ihre affektive Lebensgeschichte, eine riesige Leerstelle ihrer Biographie, die sich mit bedrohlichen oder beschönigenden Phantasien füllt oder die, da eine Auseinandersetzung unmöglich ist, zu undurchschauten oder gar undurchschaubaren Identifizierungen führt.

Bert Hellinger ist durch seine Bücher Zweierlei Glück *und* Ordnungen der Liebe *ebenso berühmt geworden wie umstritten geblieben. Er geht von der Notwendigkeit eines seelischen Ausgleichs zwischen allen Mitgliedern eines Familiensystems aus, vor allem mit solchen, die aus dem System herausgefallen sind oder herausgedrängt zu werden drohen. Durch Familienaufstellungen, in denen die unbewussten Bindungen sichtbar werden, versucht Hellinger, neue »Ordnungen der Liebe« als heilsame Korrektur einzuführen. Viele Kollegen stören sich an seinem prophetisch-apodiktischen Stil, aber wer ihn arbeiten sieht, kann sich der genialen Intuition kaum entziehen; auch ich verdanke ihm eine hilfreiche Veränderung der Beziehung zu meinem fast unbekannten Großvater. Hellingers dezidierte Meinung über das Recht (oder Unrecht) der Kinder, ihre Eltern politisch zur Verantwortung zu ziehen, hat mich, schon aus Respekt für sein Werk, während dieser Wochen der Trennung von Frau F. sehr beschäftigt. Sie steht in so fundamentalem Kontrast zu Jean Amérys Diktum an die Täter- und Mitläuferkinder: »Brecht mit euren Vätern!«*

Hellinger sagt (1996) über die neue Aufarbeitung der Stasi-Verfolgungen in Ostdeutschland: »Einige, die früher Opfer waren, verfolgen die Täter mit ähnlichem Eifer, mit dem jene es damals mit ihnen taten ... Entrüstung ist ein Impuls, der andere vernichten will ... Sobald einer sein Leid dazu benutzt, um sich anderen gegenüber das Recht anzumaßen, ihnen Schlimmes anzutun, war sein Leid für seine Seele umsonst ... Für mich gelingt das Aufarbeiten der Vergangenheit, wenn man sich neben die Opfer stellt und um sie weint, ohne die Täter anzugreifen ... Für mich sind diese Vorwürfe eine Anmaßung, die nicht gerechtfertigt ist. Vor allem: sie bringt nichts.« (S. 158)

Da muss ich mir, jenseits aller irdischen Gerechtigkeit und des seelischen Rachewunsches, immer wieder sagen, dass Hellinger vom Heilen der Seele, also von therapeutischen oder seelsorgerlichen Situationen spricht, nicht etwa von Handlungsanweisungen an staatliche Stellen.

Auf die Frage: »Das heißt, es gibt keine Möglichkeit, diskursiv mit der Vergangenheit umzugehen?«, heißt es: »Nicht in der Weise des Anklagens und der Entrüstung«, weil viele, »die solche Erörterungen über die Vergangenheit verlangen, sich als die Besseren fühlen. Diesen Gefühlen misstraue ich.« Für ihn steht im Vordergrund »das Gedenken an die Opfer und das sich mit ihnen Solidarisieren im Sinne der Trauer«. (158/59) Und dann, vom zornigen Staatsbürger schwer zu verdauen und vermutlich bezogen auf die Toten der Waffen-SS, die Reagan und Kohl auf dem Friedhof in Bitburg in ihr Gedenken einbezogen: »Die Toten werden geehrt, wer immer sie sind.« (159) Allerdings lässt Hellinger keinen Zweifel daran, dass der Mörder innerhalb der Familie das Recht auf Zugehörigkeit verwirkt. Aber da beginnen bereits die Unklarheiten. Er spricht von der »merkwürdigen Übereinstimmung der Entrüsteten mit den Tätern, über die sie sich erheben. Denn die haben das Gleiche gemacht: Sie haben sich für besser gehalten und aus diesem Gefühl heraus das Recht für sich in Anspruch genommen, andere anzugreifen und zu vernichten.« (160) Deshalb betont er auch, »wie gefährlich es ist, wenn man den therapeutischen und den öffentlichen Raum vermischt«. (144)

Die herausforderndsten Sätze Hellingers stammen aus dem von der Interviewerin berichteten Bruchstück einer Familienaufstellung, in der eine Tochter über ihren forschenden Umgang mit der NS-Vergangenheit ihres Vater spricht: »Also Sinn hat es für mich in der Weise, dass ich loslassen kann und darf, für meinen Vater ... Verantwortung zu tragen ... Das, was er getan hat, war verschwiegen bis vor zwei, drei Jahren. Und ich habe es meinen Geschwistern mitgeteilt.

Hellinger: Das hättest du nie tun dürfen. Nein. Du hättest auch nicht fragen dürfen ... Das Kind darf nicht in die Geheimnisse der Eltern eindringen. Es kann sein, dass ein Teil deines Leidens eine Sühne ist für diese Einmischung.

Publikumsfrage: Hätten unsere Eltern uns nichts über die Nazigeschichte erzählen sollen?

H.: Nein, hätten sie nicht dürfen. Nicht, wenn sie darin verwickelt sind. Was machen sonst die Kinder? Sie sagen: ›Was habt ihr da gemacht!‹ Und dann werden die Kinder genauso schlimm wie die Eltern.

Publikumsfrage: Ich kann von meinen Eltern was erfahren und kann das auch verstehen, warum sie sich so verhalten haben. Und ich kann vergeben.

H.: Ein Kind darf weder verstehen noch vergeben. Welche Anmaßung!« (29)

Oder noch deutlicher, über die nach der Schuld der Eltern forschenden Kinder: »Sie zitieren, vor allem, wenn es um Schuld geht, die Eltern vor ihr eigenes Tribunal und fordern die Eltern auf: ›Rechtfertigt euch vor mir.‹ Eine größere Anmaßung gibt es nicht.« Was Hellinger fordert, ist »spirituelles Vergessen.« (30), auch wenn das grausame Gesetz der Generationenfolge bei solchen verbrecherischen geschichtlichen Katastrophen lautet: »Die eigentlichen Täter kommen oft ungeschoren davon. Erst die Kinder oder Kindeskinder bezahlen die Zeche.« (125)

Frau F. berichtete mir in der letzten Stunde noch, dass sie, nachdem sie die Möglichkeit, Zeitung zu lesen, nach ihrem Klinikaufenthalt wieder gefunden habe: »Wenn ich etwas sehe über NS-Zeit, Krieg und Judenverfolgung, über Schuld und Elterngeneration, dann übergehe ich es«, und ich habe sie darin bestätigt. Dies ist freilich eine therapeutische Entscheidung in einem Einzelfall, doch ich bin sicher, dass im öffentlichen Raum das Wegsehen sich nicht mehr auf drohende Krankheit oder Depression berufen kann, wie es die Mitscherlichs noch für die Situation nach dem Krieg als wahrscheinliche Folge des Zusammenbruchs vermutet hatten ohne die kollektive Derealisierung. Norbert Frei hat in seinem Buch über die Vergangenheitspolitik *(1996) das politisch organisierte Wegsehen gründlich thematisiert. Und die massive Gegenwehr gegen die Wanderausstellung* Verbrechen der Wehrmacht *zeigt, dass die Wahrheit den vielen Einzelnen noch immer nicht zumutbar erscheint, sondern kollektiv und organisiert verdrängt werden soll.*

Der Ankläger auf der Suche nach Hitler in sich selbst

Nur wenige Tage nach der Niederschrift der letzten Stunde vor der Zeit in der Klinik las ich ein Typoskript des Schriftstellers Peter Roos Der Mitläufer und ich. Warum wir Hitler nicht sterben lassen *(1995). Es stellt das Resultat einer mehrjährigen Suche nach seinem Großvater dar, dem Landschaftsmaler Hermann Gradl, einer der Lieblingsmaler Hitlers, der ihn förderte und groß herausstellte.*

Roos durchläuft während der drei Jahre Forschung, Vertiefung, Befragung, Zweifel, Sichtung des Umfelds wie der Entnazifizierungsakten, alle Stadien, von denunziatorischer

Anklage bis zur bangen Frage: Was hätte ich getan in den beschwiegenen zwölf Jahren? Man könnte Roos' Bericht, der in den Schüben der partiellen Vorveröffentlichung auch Pressekampagnen, vor allem aber Diffamierungskampagnen über ihn selbst auslöste, eine konvulsivische Selbsttherapie nennen, die ihn oft an den Rand realer Erkrankung, Verbitterung, Hass, Schuldgefühlen und Verlust aller Kategorien führte. Der 1950 geborene Autor schreibt:

»Die Nazi-Zeit hat mich gehetzt, bedroht und magisch angezogen ...

Warum belastet mich das Alles so? Warum der Drang, es aufzuarbeiten? Warum der Zwang, das abzuarbeiten?

Immer Zweifel, Skrupel, Angst; immer Hass, Ohnmacht, Wut; immer Rache nehmen wollen und den Richter spielen und der bessere Mensch sein.

Zufällig drei, vier Jahrzehnte später geboren.

Immer Sehnsucht nach Entlastung, Selbstreinigung, Distanzierung.

Aber immer wieder der Sog zurück. Aber immer wieder die Verschattung des ganz normalen Lebens.

Dann saß ich in den Archiven und hatte alles vor mir liegen – Briefe, Karteikarten, Reden, Fotos, Aktennotizen, Protokolle. Woher nehme ich das Recht, wer gibt mir das Recht, in anderer Menschen Leben herumzustochern? Das Gefühl, Unrecht zu tun, Grenzen zu verletzen, die Ruhe der Toten zu stören.

Das nicht zu tun hatte man uns immer geboten.

Aber es waren ja genau die Toten, die mir die Unruhe machten. Unruhe machte die verordnete Totenstille, Unruhe machte das allzeit ausbrechende Schweigen, das jedesmal sofort wasserdicht über das Alles gebreitet wurde. Das Recht zu erfahren, was gewesen ist. Wie es wirklich gewesen ist.

Das Recht, zu verstehen, wie es dazu kam.

Und dabei immerzu überfordert. Hilflos: Unberaten.« (S. 12)

Auch Roos stößt auf die unaufhebbare Spannung zwischen »öffentlicher Bewältigung« und dem inneren Zustand der Familien, wie ich ihn in Dämonische Figuren *untersucht habe:*

»Natürlich gibt es die professionelle akademische NS-Forschung, natürlich gibt es die Geschichtswerkstätten und Volkshochschulkurse, die Augenzeugenberichte und die alternativen Stadtführungen zu den Resten der zerstörten jüdischen Kultur; natürlich gibt es Fernsehprogramme, die Zeitungsberichte, die Bücher, Tagungen, Kongresse und die Gedenkfeiern zum 50. Jahrestag der Befreiung. Was aber sagt das?

Nichts.

Nichts helfen die unzählige Male ausgestrahlten, gesendeten, gedruckten Bilder von Auschwitz. Mag sich auch das Thema etablieren, mag sich auch die intellektuelle und die politische Öffentlichkeit erweitern, mag sich auch der Diskussionsstand der Meinungsmacher verändern – aber welche Eindringtiefe hat das medialisierte Grauen in die Binnenpsyche?« (20)

Und stärker bezogen auf die eigene Binnengeschichte der Ahnenforschung:

»Ich spreche vom NS-Tabu.

Wieder und wieder habe ich selbst es bestätigt. Immer wieder die Ängste, Widerstände und Blockaden bei der Arbeit an der Wiederherstellung der politischen Biographie von Hitlers Landschaftsmaler Hermann Gradl, als Ersatz- und Zwangsmuster für meine eigene Biographie. Immer wieder das Gefühl, Verbotenes zu tun; immer wieder die Furcht, bestraft zu werden. Das Tabu holt den ein, der es bricht.« (21)

Ich habe Roos' Text gelesen wie eine Parallelarbeit an einem Großvaterbild, das nicht direkt durch mörderisches Mitmachen, durch kriminelle Pathologie gezeichnet war, sondern nur von bildungsbürgerlichem Sich-zur-Verfügung-Stellen und Profitieren. Und Roos ist ein studierter Mann, tief verwurzelt in der 68er-Bewegung, versehen mit allen Mitteln der Reflexion wie der deutenden Anregung im Freundeskreis. Aber die absolute Einsamkeit hat auch ihn erwischt, wo dann kein Freund mehr hilft. Roos will sich reinigen, aber der Schatten vertieft sich.

Das Ungeheuer, der »Führer«, der düstere Hausgott, der miese Betrüger, der von der Seelensubstanz der Millionen sich nährt und sie erneuert, lässt nicht locker:

»Mein Hitler. Er ist zuverlässig. Er begleitet mich. Er lässt mich nicht im Stich. Er ging mir voraus, er läuft nebenher. Er bestimmt den Gang in die Zukunft. Hitler prägt mein Leben. An ihm messe ich Vergangenheit und Gegenwart, Alltag und Geschichte werden an seinem Gewicht in der Waagschale gemessen.

Hitler gehört dazu. Hitler ist normal ...

Seine Anwesenheit versteht sich von selbst. Er gehört zur Familie, ich weiß ihn in meiner Seele. Er ist mir nah.« (39)

Roos hält sich offen für die religiösen Tönungen der Sprache, wenn er vom untergründigen Hitler in der Familie spricht:

»Hitler war vor mir da. Er gehört zur Familie. Er hat auf meine Geburt gewartet, er war bei meiner Taufe dabei, er hat zugesehen, wie ich gewickelt und gewogen wurde. Hitler ist mein Großvater, Hitler ist der Vater meines Vaters. Ich bin Hitlers Enkel. Ungefragt saß der unsichtbare Gast am Tisch meiner Eltern schon zum Frühstück; er war nicht eingeladen ..., er ist nicht gegangen. Untot. Wiedergänger. Ohne Alter. Ewig.« (39)

Obwohl der Vater, ein verkrüppelt aus dem Krieg heimgekehrter Soldat, blass bleibt, wird doch deutlich, dass das Schweigen des Vaters den »Traumraum« zwischen den Generationen füllt:

»Hat Vater jemals über das Idol seiner Jugend gesprochen?

Nichts. Keine Erinnerung. Ihm hatte er sein Leben übereignet. Nichts weniger.« (40)

Wie unzählige Kriegs- und Nachkriegskinder, wenigstens die, die gesucht haben, fand Peter Roos in einem verborgenen Speicherwinkel das ausrangierte Bild- und Büchergut der gerade erst verschütteten Zeit, unter anderem eine hölzerne Hitlerbüste:

»Immer wieder habe ich Hitler heimlich dort besucht. Ich habe mit Hitler gespielt ... Immer saß die Angst im Genick, nie war es nur Selbstvergessenheit des Spiels; immer war der Spaß verschwitzt, immer die Furcht, erwischt zu werden auf dem Dach ... Hier wurde etwas versteckt. Hier war etwas unsichtbar. Hier war etwas zum Verstummen gebracht worden, von dem die Großen sprachen, wenn ich draußen war. Wie Gottesdienst – unberührbar, unantastbar, unbegreifbar, heilig, verboten.« (41)

Bis das Kind eine Art Wahrheitsausbruch erzwingen will und mit der Hitlerbüste im Arm vom Speicher in eine größere Geburtstagsrunde platzt:

»Die Aufregung war unbeschreiblich. Rufe, Schimpfen, Schreie, ich werde rausgezerrt und reingeführt, ausgefragt, verhört, gescholten und geschlagen.« (41) »Von verstrickten Eltern stamme ich ab, die das Kind in ihre Fesseln verstricken und Hitler leben lassen.« (42)

Wie der deutsch-jüdische Psychoanalytiker Sammy Speyer (1992) es beschrieben hat, verdreht das Dritte Reich den auf sexuelle Neugier und Rivalität aufgebauten Ödipuskonflikt ins Gewalttätige oder in die Neugier auf das unverstanden Monströse. Für Speyer geht der Blick mindestens der Kinder jüdischer Opfer auf die »Urszene« nicht ins Schlafgemach, sondern in die Gaskammern. Ich habe ergänzt: Für die Kinder der Täter geht er ins verbotene Zimmer der Gewalt, nicht so sehr der Sexualität. In diese Sphäre der Durchmischung von Sexualität und Gewalt gehört wohl die Drohung des Vaters von Frau F. in ihrem Alptraum: Er werde sie zur Strafe vergewaltigen. Die Phantasien über Sexualität bei den Täterkindern sind zumindest eingefärbt von der Gewissheit, dass nicht nur Laute der Lust, sondern viel öfter die Schreie aus den Alpträumen der Täter durch die Tür dringen:

»Meine Eltern hatten etwas zu verbergen. Alle Eltern hatten etwas zu verbergen. Natürlich wusste ich nichts. Nichts Genaues. Umso schärfer war mein Argwohn. Früh ging ich an die Schubladen, kaum waren meine Eltern aus dem Haus ...

Ich wollte das Geheimnis lüften. Das Geheimnis meiner Eltern hatte einen Namen: Adolf Hitler.« (43)

Roos schildert die averbalen Veränderungen der Mutter, wenn er mit Worten an das Geheimnis rühren wollte, etwa der Uniformen auf den frühen Familienbildern:

»Was war Vater dann? Ruckartig drehte sich meine (Mutter, T. M.) um und sieht mich an. Sie sieht mich nicht an. Sie sieht mich nicht an, wie eine Mutter ihr Kind ansieht. Mutter mustert mich. Wie sie den Gemeindediener, den Postboten, den Polizisten gemustert hätte, hätte einer von ihnen diese Frage gestellt ... Sie wusste nicht, dass Vater hinten in der untersten Schublade seines Nachttisches Orden liegen hatte. Und Pistolen« (43), statt der nach dem Lehrbuch der Ödipus-orientierten Psychoanalyse zu erwartenden Präservative und bildpornographischen Begattungshilfen: »In meiner Bubenseele hatte fortan ›Gradl‹ und der ›Koitus‹, ›Pg‹ und ›GV‹, ›Penis‹ und ›Canaris‹ den gleichen Status.« (60)

Auch wie wichtig Hitler als eine zwischen Innen und Außen stehende Projektionsfigur ist, wird bei Roos auf bedrängende Weise deutlich:

»Ich möbliere meine Seele mit Hitler. Ich habe ihn psychisch instrumentalisiert: Solange Hitler böse ist, bin ich lieb, solange der Schatten Adolf heißt, stehe ich im Licht. Hitler ist die Projektionsleinwand, mein Dia des Bösen ist seine Visage.

Hitler erleichtert.

Warum sollte ich ihn loslassen?« (45)

Es ist die Fühl-Figur vieler Deutscher: Der Verbrecher, der uns alle schuldlos ins Elend gerissen hat als ein Volk von Opfern und Leidenden.

»Qualvoll, eine Haltung zu finden, die die Haltungsmuster des politischen Masochismus nicht erfüllt, die der Obsession keine neue Nahrung gibt, die die Dämonisierung nicht pflegt.

Hitler ist mehr als ein intellektueller, politischer, ökonomischer und moralischer Erklärungsnotstand.

Hitler ist ein seelischer Zustand.

Und je mehr Bücher ich lese, desto diffuser wird meine Seele.« (46) »Mit Hitler hat das Böse ein Gesicht. Das Böse ist das Gesicht des Anderen. Das Gesicht des Anderen ist nicht mein Gesicht. Also bin ich nicht böse ... Mein untoter Hitler erspart mir die Auseinandersetzung mit ihm. Immer wieder reanimiert, revitalisiert, renaturiert, führt er mich um eine neue Wunde herum. Ich umgehe die Trauer, ich vermeide den Schmerz, das Böse, das Grauen; ...« (48)

»Angst war der ständige Begleiter dieser Arbeit. Kaum Lust. Dafür Zweifel. Dazu schlechtes Gewissen ... Der Verdacht der Anmaßung. Dennoch Trieb, Druck, innerer, zwanghafter Auftrag ... Nichts nimmt die Last. Jeder neue Archiv-Fund bestätigt nur das Grauen und vergrößert die Schuld gegenüber den Schuldigen.« (49)

Aber davor liegt noch die ungetrübte Selbstgerechtigkeit, der Versuch der Ausscheidung des Bösen:

»Am Anfang wollte ich immer nur wissen. Dann kam der Hass, dann die Rolle des Rächers, danach das Urteil des Richters. Lustvoll, Gradls Richter sein zu wollen! Der Richter und sein Henker.« (60)

Ähnlich wie bei Gabriele von Arnims Das große Schweigen *(1989), die Angehörige der ersten Generation interviewt hat, wandelt sich auch bei Peter Roos im Lauf seiner Untersuchung die eigene Haltung, aus Hass und Selbstgerechtigkeit wird Zweifel:*

»Was halte ich aus? Kann ich Hitler ins Gesicht sehen? Halte ich seinem Blick stand?

Wie ertrage ich, was geschehen ist?

Was macht diese Geschichte aus mir?

Macht die Besessenheit der Auseinandersetzung mich zu einem besseren Menschen? ...

Lasse ich mir ein Leben diktieren von der abgewehrten Gegenposition?« (135)

Und dann kommt die Auflehnung gegen die Qual der »entlehnten«, der übernommenen Schuld, die doch mit so viel Reinheit verbunden sein will:

»Wie komme ich überhaupt dazu, mir das Alles aufbürden zu lassen? Wer sagt eigentlich, ich sei schuldig? Warum muss ich Schuld tragen? Abtragen? Wessen Schuld? Welchen Schuldner vertrete ich?« (136)

Es sind auch die Fragen meiner Patientin. Es sind die Fragen all derer, die sich nicht abgrenzen konnten, wollten oder durften; meist nur ein Kind aus einer »betroffenen«, verstrickten oder mörderischen Familie, während es vielen gelang, die Erbschaft scheinbar auszuschlagen; die lieber einen verqueren, nur von den untergründigen Kräften der Erbschaft gesteuerten Lebenslauf in Kauf nahmen, über dessen lenkende Kräfte sie nichts ahnten und nichts wissen wollten. Noch einmal Werner Roos:

»Warum ist das Alles meins?
Das Alles hat Namen.
Endlösung. Shoah, Holocaust.
Es ist mir, als habe ich das alles begangen.
Es ist mir, ich sei zu dem fähig.
Es ist mir, als sei ich an all dem schuldig und für alles verantwortlich.
Ich bin ein Nazi. Ich wäre dazu fähig.
Hitler ist mir manchmal näher als ich mir selbst.
Ist es den Vätern auch so ergangen?« (141/2)

Ich habe diesen Text so ausführlich wiedergegeben, weil es auch in der Therapie von Frau F. darum geht, ob ich sie noch einmal mit dem Introjekt Hitler konfrontieren soll. Roos' Text half mir bei der Entscheidung, Hitler in ihr, oder den vom Vater über-

nommenen Hitler in ihr, oder das von ihm »geerbte« Introjekt, dessen Stimme sie doch selbst immer wieder mit ihm zusammen in faszinierter Verschmelzung gehört hatte, im Radio nämlich, ruhen zu lassen. Wer ist ein Hitler in der Seele eines pubertierenden Mädchens, den man nur von der Radiostimme kennt? Bei dessen Rede aber der Vater der Tochter in eine Art fanatisierter Trance gerät? Bei dessen Rede der Vater ihr die tiefste symbiotische Auserwähltheit anbietet und sie zur miterregten Zeugin seiner politischen Leidenschaft macht?

Einige Wochen später

Frau F. bringt mir, nach zweiwöchiger Pfingstpause, eine gelbe Rose mit, die ich auf das kleine Tischchen seitlich neben uns stelle, so dass wir sie beide sehen können. Auf meine Frage, ob solche Blumen in ihrem Garten wachsen, meint sie etwas bedauernd, der Garten sei nach den letzten Wochen etwas verwahrlost: Klinik und Dauerregen.

Sie selbst sei noch erschöpft, aber es gehe ihr besser.

Sie sei in großer Gefahr, ungeduldig mit sich zu sein: dass sie endlich wieder ganz fit und leistungsfähig werde. Sie müsse sich manchmal einfach noch hinsetzen, statt etwas zu tun. Aber sie könne jetzt am Morgen aufstehen und brauche sich nach dem Frühstück nicht wieder traurig hinzulegen.

»Du musst es schaffen!«, »Reiß dich zusammen!«, das seien noch Sätze, die in ihr widerhallten, ziemlich unbarmherzig und sie zur ständigen Arbeit auffordernd. Dabei wirkt sie gequält und wehrlos diesen inneren Befehlen gegenüber, die sie aber ziemlich gut lokalisieren kann als von beiden Eltern, wenn auch auf verschiedene Weise, ausgehend. Später kommt noch der sechs Jahre ältere Bruder mit einer ganz eigenen, Arbeit als Hilfsmittel zum Vergessen preisenden Stimme hinzu.

Ich schlage ihr vor, die Eltern aufzustellen, tue es selbst, betone aber, dass ich nicht den SS-Vater wieder aufleben lassen möchte, sondern den Pflichterfüller und Pflichtenverteiler, der auch die Kinder schon morgens, wenn er aus dem Haus ging, zu einem bestimmten Arbeitspensum nötigte, das er am Abend dann kontrollierte. Seine Stimme sagt eher: »Das muss sein, das schaffst du, du musst es nur wollen!«, so dass das Versagen immer auf den zurückfällt, der nicht richtig will und sich nicht zusammennimmt. Natürlich steckt darin auch ein Stück NS-Willensethos (*Triumph des Willens*, ein Parteitagsfilm von Leni Riefenstahl), aber dieser innere Antreiber wütet schon seit viel längerer Zeit in den Menschen (»ora et labora«, bete und arbeite).

Ich biete ihr an, sich so neben mich zu setzen, dass wir gemeinsam zu den unablässig mahnenden Eltern hinüberschauen und dass sie wieder meine Hand nehmen kann. Unsere Hände ruhen auf einem Kissen, das ich auf mein Knie gelegt habe. Ich spüre das Zittern ihrer Finger und teile es ihr mit: Ja, wenn sie mit einem anderen Programm als dem der ewigen Arbeit oder mit dem Bedürfnis, sich zu distanzieren, vor ihre Eltern trete, dann sei sie immer noch aufgeregt. Sie bittet mich zunächst auch, ihr zu helfen mit den Sätzen, die sie sagen möchte.

Als ich sie auf ihre Lebensleistung anspreche: Vier Kinder großgezogen, mit einem Mann, der immer wieder ganz ausfiel als stützender Partner, und daneben mehr als einen Halbtagsjob (täglich fünf Stunden, mit entsprechenden Wegezeiten), kann sie einerseits sagen: »Ich habe doch mein Pensum geleistet«, aber es fällt ihr auch ein, dass ihre Mutter, als die vier Kinder schon da waren und sie oft am Rande der Erschöpfung war, immer wieder sagte: »Ihr jungen Frauen heute, ihr wisst ja gar nicht, was Arbeit ist!«, und damit war ihre Leistung natürlich nie genug und jeder Maßstab zerbrochen oder auf eine imaginäre Leistung der Mutter und ihrer Generation bezogen.

Sie hat in den letzten Tagen den Bruder getroffen, und auch von ihm geht Mahnung und Arbeitsmoral aus. Sogar seine frühere Frau hinterließ der Patientin die Botschaft: »Wie kann man denn vier Kinder haben, einen Beruf und dann noch lesen?«, so als ob Lesen unerlaubter Luxus wäre. Seine jetzige Frau überschwemmt der Bruder mit selbstgezogenem Gemüse aus dem Garten, so dass sie gar nicht zur Ruhe kommen kann.

Allen dreien sagt sie: »Ich will nicht beim Arbeiten und an der Arbeit sterben. Ich will es im Alter anders machen als ihr. Ich habe es verdient. Für die Disziplin, mit der ich mein Leben bewältigt habe, danke ich euch. Aber jetzt bin ich fast siebzig, und ich teile mir den Tag ein, wie ich will und wie ich es brauche.«

Sie schöpft Kraft und Ruhe aus meiner Hand, und auch als unsere Hände sich trennen, kann sie vor den versammelten Trägern mahnender Stimmen bei ihrem Entschluss bleiben.

»Einen Rückfall in Schuldgefühle habe ich bekommen, als ich mich fragte – ein Enkel war da, dem ich Pudding kochte: Wie lange habe ich für meinen Mann keinen Pudding mehr gekocht? Er empfing mich an einem freien Wochenende von der Klinik mit einem Pudding. Also, er kann es ja jetzt selbst. Ich glaube, ich schulde es ihm nicht mehr. Und er unterstützt mich jetzt bei vielem, er wandelt sich.«

Ich will noch überprüfen, ob auch Gott zu den inneren Mahnern und Antreibern gehöre, und frage, ob wir ihn noch darstellen sollten. Aber sie verneint:

»Mein Gott, so wie ich ihn jetzt gewonnen habe, akzeptiert mich so, wie ich bin.«

Dann fragt sie, was ich beim ersten Telefonat mit ihr in der Klinik meinte, als ich ihr zum Ausruhen riet: dass wir an die Hitlergeschichte der Familie vielleicht zu einem späteren Zeitpunkt noch dran gehen sollten.

Ich merke, dass sie daraus auf ein Programm geschlossen hat, und ich erschrecke ein wenig nach all meinen inzwischen erfolgten Überlegungen. Nein, sage ich, ich hätte den Eindruck, sie habe genug geleistet, sie dürfe das Thema ruhen lassen, sie habe ihren Vater Gott anvertraut, und ich würde mir nicht anmaßen, ihr ein Programm vorzugeben. Das erleichtert sie, und sie meint:

»Ich glaube, wir haben viel erarbeitet. Heute früh las ich Zeitung, wieder etwas von Massenerschießungen, in der Priebke-Geschichte, der jetzt in Rom wegen der Geiselerschießungen vor Gericht steht. Es hat mich nicht mehr so aufgewühlt, ich habe es überschlagen, es war der ständige Sog nicht mehr da, hin zum Grauen und zur Schuld.«

Ich frage sie, ob wir einen neuen Termin vereinbaren sollten, und sie nimmt dankend an, freut sich, dass ich sage, ich würde sie gerne noch ein wenig begleiten, bis sie mehr Freude habe an ihrem Leben.

Eine Woche später

Es gehe ihr besser, und doch sagt sie: »Ich kann nicht so einfach in den Tag hineinleben.« Wir sprechen über eine Arbeitsteilung mit ihrem Mann: Abwechseln beim Kochen, Einkaufen. Sie könne nicht mit in den Garten, wo er viel arbeitet und wo es ihm überhaupt nichts ausmachen würde, wenn sie lesend dabei sitzt: Erstens die Hitze und zweitens die Enkel und ihre jungen Freunde, die sie dann als Oma beschäftigen; danach ist sie zu erschöpft. Aber als wir über den kochenden Ehemann sprechen, die alternierenden Kochkünste der beiden Ehegatten, die in wenigen Jahren goldene Hochzeit feiern können, müssen wir beide immer wieder lachen. Ich frage ganz vorsichtig, ob er sich wohl auf alternierenden Kochdienst einlassen würde.

Sie meint, manchmal wisse sie nicht einmal, was sie sich wünschen solle, das sei ein besonders bedrückender Zustand.

Wir prüfen zusammen, welche Wünsche durch das Kriegsende und den Zusammenbruch besonders krass abgebrochen oder verschüttet wurden. Sie betont mit trauriger Stimme, wie gerne sie Lehrerin geworden wäre. Sie beneidet eine ehemalige Schulfreundin aus dem Internat darum, dass sie diesen Weg geschafft hat: ein auch beruflich erfülltes Leben, und nicht nur die Familie ernähren als Sekretärin. Hier ist echte Trauer zu spüren, aber auch ein gefasstes Annehmen des Schicksals.

Die Atmosphäre ist so dicht, dass in meinem Geist ganz viele Vorschläge ablaufen, was sie alles machen könnte. Mich überkommt eine Welle von Wünschen nach Förderung, wie ich sie vielleicht früher meiner jüngeren Schwester gegenüber hatte, und ich muss mich mühsam bremsen, auch weil ich gar nicht übersehe, wie ihre Kräfteverhältnisse aussehen, wohin ihre Neugierde geht.

Frau F. betont, dass sie von einer Freundin aus einer gemeinsamen früheren Erfahrung (eine Kur) einen schönen und auch zum Lachen reizenden Brief bekommen habe, und auf einmal wird deutlich, dass sie mit ihr in einem Briefwechsel steht, der sie beglückt. Sie hätten sich auch schon früher, als die Freundin noch näher wohnte, gern im Gespräch ausgetauscht.

Sie freut sich, dass die Kräfte zum Lesen langsam wiederkehren. Und doch passiere es ihr noch manchmal, dass sie das Gelesene weder vom Gefühl noch vom Gedächtnis her aufnehme, daran spüre sie, dass sie noch nicht ganz wiederhergestellt sei.

Gegen die Depression der letzten Monate habe sie sich auch so heftig wie noch nie gewehrt; sie habe sich kaum damit abfinden können, die Erkrankung diesmal als ungerecht empfunden, nach der Mühe des Umgangs mit NS-Zeit und SS-Vater. Sie fragt mich sehr direkt, wie ich jetzt ihren Zustand beurteile.

Ich höre Sorge heraus, ich könnte mehr über sie wissen, als ich mitteile. Es erleichtert sie, als ich sage, ein Teil der Trauer habe wohl auch mit dem nicht-gelebten Leben, den gestoppten Wünschen, der abgebrochenen Ausbildung zu tun. Und ich beruhige sie noch einmal: Sie habe viel geleistet im letzten drei viertel Jahr, und sie möge den Vater Gott anvertrauen. Nicht allzu viele seien wie ihr Vater so rasch und endgültig bestraft worden.

Ich lese grade parallel Der mühselige Aufbruch. Über Psychoanalyse im Alter *von Hartmut Radebold und Ruth Schweizer, einen gemeinsam produzierten Bericht über eine Analyse mit einer Patientin im Alter von Frau F. Auch dort ist viel von Trauer um entgangene Möglichkeiten die Rede und vom mühsamen Finden eines neuen Gleichgewichts und neuer Aktivitäten und Beziehungen, aber auch vom Lernen des Alleinseins. Obwohl Frau Schweizer eine höhere BDM-Führerin war (allerdings später entlassen), ist in dem Bericht erstaunlich wenig von den Erinnerungen an Krieg und ans Dritte Reich die Rede und von der Bedeutung des frühen politischen Engagements, vielleicht sogar eines »fanatischen« Führerglaubens. Das Thema, obwohl eingangs erwähnt, scheint noch beinahe tabu und regelrecht ausgespart.*

Frau F. ist zum Schluss sehr berührt, als ich ihr sage, auch ich hätte Mühe, mir das Faulsein zu erlauben, und sei dabei, es allmählich zu erlernen. So entsteht gegen Ende der Stunde eine vorsichtige Atmosphäre von Solidarität.

Eine Woche später

Frau F. erzählt gleich zu Anfang, wie gut ihr die letzte Stunde getan habe. Vom Vater kämen keine bedrohlichen Träume mehr, eher friedliche, und sie habe Einfluss darauf, was er im Traum tue und sage. Lachend berichtet sie von dem Tag, als sie ihrem Mann das alternierende Kochen vorschlug. Er erinnerte sich sofort, dass ihre Kinder ihnen zu seinem Geburtstag einen Speisegutschein für ein gutbürgerliches Restaurant geschenkt hätten: Den könnten sie doch erst einmal zusammen verbrauchen; was sie auch gleich taten.

Frau F. hatte ja auf meine Frage in einer der letzten Stunden, ob nicht denkbar sei, dass sie einmal in der Woche zusammen essen gingen, ziemlich bestimmt gesagt: »Nein, dafür reichen die beiden kleinen Renten nicht!«

Heute teile ich ihr mit – da ich den Eindruck habe, sie kalkuliere etwa fünfzig Mark für ein Essen zu zweit –, dass ich manchmal in einem der Chinarestaurants des Viertels zu Mittag äße, dort gebe es einen passablen Mittagstisch samt Suppe für weniger als zehn Mark. Sie scheint erstaunt und will es sich merken. Ich bin etwas unsicher, wie weit ich die kulinarische »Lebensberatung« treiben soll, will aber den analytischen Ausrutscher nicht tilgen, wie mir um Kritik besorgte Kollegen raten.

Im Restaurant zu essen scheint für beide nur in außerordentlichen Fällen wie Familienfeiern »erlaubt« (so ähnlich wie bei mir früher zu Hause), so dass ich fast den Eindruck habe, sie zu einem Über-die-Stränge-Schlagen verführen zu wollen.

Ich frage, wie es ihr mit dem »Faulenzen« gegangen sei, und sie sagt: Passabel, aber sie brauche unbedingt eine Strukturierung des Tages; so in den Tag hineinleben, das sei ihr ganz unmöglich. Sie brauche ein paar Fixpunkte, einige Erledigungen, einen erkennbaren Ablauf der Zeit, um sich nicht verloren und sich selbst zu sehr ausgesetzt zu fühlen. Aber das Lachen in der letzten Stunde habe ihr so gut getan.

Etwa nach der Hälfte der Stunde teile ich ihr mit, dass die Kasse ja erst einmal fünfundzwanzig Stunden bewilligt habe, ohne Antrag, und dass wir jetzt also noch eine Stunde hätten. Sie muss die Zahl auch für sich schon überschlagen haben, hat aber die Klinikpause nicht mitgerechnet, fürchtete inzwischen, dass ich nicht auf meine Kosten (AOK) käme. Ich sage: Wenn Sie meinen, Sie brauchten die Gewissheit, in der nächsten Zeit Stunden zu haben, würde ich einen Umwandlungs-Antrag stellen. Sonst erst, falls es zu einem gravierenden Rückfall käme. Sie bittet sich Bedenkzeit aus, bevor sie sich entscheide, und möchte zur vorläufig letzten Stunde erst in vierzehn Tagen kommen, um etwas länger prüfen zu können, ob die »Genesung« anhält. Sie scheint die fünfundzwanzig Stunden schon für ein riesiges Geschenk zu halten, mit dem sie meint auskommen zu sollen. Allerdings müsste ich auch selbst einen zweiten Anlauf nehmen und mich für den »Nicht-NS-Teil« ihrer Neurose neu motivieren, für eine Begleitung durch die Mutter-Kind-Beziehung. Und da fühle ich mich nicht ganz sicher, ob ich und ob sie das will. Sie scheint mir nicht mehr krank, eher in Abständen begleitungsbedürftig, und ich bedaure es, dass wir nicht einfach noch zehn Stunden frei haben, eine alle vier Wochen, übers kommende Jahr verteilt.

»Sie wissen ja«, sagt sie ganz überraschend, »wie tiefe Zweifel ich in der Klinik an unserer Arbeit hatte. Manchmal dachte ich: Das war das Dümmste, was ich je machen konnte, so verzweifelt war ich. Aber ich wusste immer, dass Sie mir helfen würden. Deshalb kam es auch nie in Frage, aufzuhören, und ich bin froh, dass ich durchgehalten habe.«

Ich spüre mit Unbehagen, ja mit leichter Erregung, wie nah sie sich in den letzten Wochen vor dem Abgrund fühlte und die Stimme der Nervenärztin gegen Psychotherapie übermächtig wurde mit dem »Ich hab's Ihnen ja gesagt!« Aber nicht nur die Stimme der Ärztin, auch die des Vaters, der Familie (Loyalität) und des Bruders, der dem Verdrängen das Wort redet und damit gut zu fahren scheint. Das Gefühl eines Rittes über den Bodensee streift mich noch einmal wie auch das: Ich hätte schuldig werden können an einem Umkippen der seelischen Erkrankung ins Unheilbare, Psychotische, Suizidale.

Etwa zwanzig Minuten vor Schluss, als wir schon fast meditierend schweigen, biete ich Frau F. an, noch einmal ihre Hand zu nehmen. Ihr Gesicht leuchtet auf und sie sagt, sie habe das eben schon phantasiert und sei über die Maßen erstaunt, wie deutlich dies Bedürfnis des Kindes in ihr sei, das noch einmal zu fühlen.

Sie bewegt etwas umständlich den Stuhl in meine Richtung, erinnert sich zuerst nicht an das frühere Arrangement, wird verlegen, bis wir »gelandet« sind: die Hände auf einem Kissen auf der Lehne meines Sessels. So etwas habe es ja bei den Eltern nie gegeben.

Nach wenigen Augenblicken schließen wir beide die Augen, jeder vergewissert sich wohl durch einen verstohlenen Blick, ob das auch beim andern so ist, um sich ganz dem Fühlen hinzugeben. Einmal sehe ich kurz auf und bemerke, wie ihr Stirn von Kummer umwölkt ist. Ich frage, welche Gedanken sie bedrängten, aber sie meint, es seien Bilder der Eltern, und warum das nie möglich war, und Trauer darüber, und wie komisch das ein Außenstehender finden könnte, dass wir hier sitzen und Händchen halten; dann korrigiert sie den Ausdruck: »Dass Sie meine Hand halten und ich mit 69 Jahren das ersehne und mich daran freue, als wäre ich ein Kind, und trotzdem ist es stimmig und wunderbar!«

Meine ganze Sympathie und mein Respekt vor ihr kommen zurück, ich erinnere mich dankbar eines Vortrags über die ersten beiden Stunden dieser Therapie vor zehn Tagen in Berlin vor Kollegen, mit einer ungeheuer heftigen Diskussion über die

Rollenspielarbeit mit den ermordeten Juden, und ob ich ihr »einsagen«, also helfen und vorsprechen, durfte, was die Stimmen der Juden sagen könnten angesichts ihrer (der Patientin) Biographie der Scham und der Sühne. Das Halten der Hand war ganz unbeanstandet durchgegangen, trotz eines gelegentlich unangenehmen, besserwissenden Supervisionsklimas bei einigen Zuhörern.

Sie erinnert sich noch einmal an meine Hypothese, Anfrage, Vorschlag, dass wir eventuell noch einmal Hitler als »dämonische Figur« aufstellen sollten. Ich spüre, etwas daran hat sie gereizt wie eine Bewährungsprobe und ultimative Herausforderung, aber sie kann auch ruhig aussprechen, dass dafür ihre Kräfte nicht ausreichen, und ist zufrieden, als ich sage: Ich betrachtete das nicht als eine Feigheit vor dem Feind, sondern als eine zu schwere Aufgabe, der sich auch viel stabilere Menschen niemals gestellt hätten.

Und in der Tat erinnere ich mich an kaum einen analytischen Fallbericht, in dem von einer länger anhaltenden Hitler-Übertragung die Rede war. Er scheint zu überdimensional, zu bedrohlich, ja gottnah oder teufelsnah gewesen zu sein, um im Therapeuten oder der Therapeutin sich zu inkarnieren, mit dem psychischen Gewicht, das er ja über Jahre hatte. Die Frage ist dann allerdings: Wo bleibt er, in welcher Deponie im Seelenleben dieser Patientin? Und vieler anderer Menschen? Wird er in unserem Falle Ruhe geben mit dem »Begraben-Sein«? Wurde er miterledigt als ein Introjekt des Vaters, als Teil von dessen Fanatismus und Härte? Das wird ein Rätsel bleiben, und ich tröste mich damit, dass in wenigen Wochen mein gemeinsames Seminar mit der Göttinger Psychoanalytikerin und Familientherapeutin Almuth Massing stattfindet, fünf Tage mit betroffenen Kollegen zu den späten NS-Folgen in der Psychothe-

rapie. Frau Massing beschäftigt sich schon einige Jahre länger als ich mit den psychischen Folgen der NS-Zeit.

Abschiedsstunde, drei Wochen später

Ich bin etwas angespannt, wie die letzte Stunde verlaufen wird: Ist die Depression unter Kontrolle, hat sie neuen Lebensmut gefunden, will sie den neuen Abschnitt ohne meine Hilfe beginnen? Gleichzeitig freue ich mich auf sie, wir sind eine so große Wegstrecke miteinander gegangen, obwohl sie nur fünfundzwanzig Stunden umfasste.

Sie kommt in einem schönen Kleid und trägt darunter eine helle Bluse. Trotz ihres Alters hat sie einen mädchenhaften Zug. Mein Kompliment nimmt sie mit errötender Anmut dankend entgegen, muss mir aber erzählen, wie preiswert es vor einigen Jahren in einem »einfachen« Geschäft gewesen sei. Sie überreicht mir, nachdem sie sie scheu ausgepackt hat, eine große gelbe Rose, für die ich eine Vase holen gehe.

Als ich ihr Gesicht betrachte, merke ich, dass ich ängstlich nach Zügen der Depression schaue, finde sie auch etwas blass, aber im Ganzen gut aussehend: eine feine alte Dame, denke ich.

Sie beginnt damit, dass sie froh gewesen sei, so lange Bedenkzeit vor dieser Stunde zu haben, um herauszufinden, ob sie meine Hilfe noch brauche oder nicht. Sie habe sich entschlossen, es jetzt allein zu versuchen. Es gehe ihr sehr viel besser, sie erlebe sich wacher, die Angst vor der Angst sei nicht mehr da, und die Angst vor dem Rückfall auch nicht. Sie könne wieder klar denken und stehe mit den Gedanken nicht ohnmächtig vor ihren abgründigen Gefühlen. Aber sie wolle mich doch nach meiner Meinung fragen: Ob das Schlimme wiederkommen könne? Sie wisse, dass das nicht leicht vorauszusehen sei, aber sie wolle mich doch fragen.

Ich sage: »Sie haben mutig und ausgiebig über die Geschichte mit ihrem Vater gearbeitet, ich glaube, Sie können ihn ruhen lassen.« Ob ihre Depression auch von anderen Aspekten ihrer Lebensgeschichte mitbedingt gewesen sei, wüssten wir nicht. Möglicherweise gebe es sogar erbliche Faktoren in ihrer Familie, sie wisse ja, dass es da eine Reihe von belasteten Menschen gebe.

Sie stimmt dem heftig zu, und wir beide denken wohl an ihre Schwester, die sich umbrachte, und die Mutter, die wiederholt mit einer seelischen Erkrankung in der Psychiatrie war. Als ich sage, sie könne jederzeit wiederkommen, wenn es ihr schlecht gehe, sagt sie erleichtert: das zu fragen habe sie sich auch vorgenommen, sie brauche diesen Halt. Ich sage ihr auch, sie wisse ja, dass ich vor Kollegen über unsere Arbeit gesprochen habe und dass wir beide mit Achtung wahrgenommen worden seien. Sie lächelt dankbar, und wir scheinen ein kleines Team, das sogar von außen gewürdigt wurde.

Sie gibt mir Maria Simmens Buch *Ich bin ganz gerne alt*, das ich ihr geliehen hatte, zurück, bedankt sich und meint, sie habe es mit großem Gewinn gelesen und fühle sich ermutigt. Meine 75-jährige Hauswirtin in der Praxis hatte es mir geliehen, ja geradezu aufgedrängt als ein Brevier fürs Altwerden, das sie regelrecht verschlungen habe. Es lag einige Monate bei mir und fiel mir ein, als die Patientin vor einigen Wochen fragte, ob ich ihr zu »aufbauender« Lektüre raten könne.

Kurz bevor ich es ihr in den Briefkasten warf, stellte ich fest, dass die Ich-Erzählerin in dem Buch studiert hatte und auf bildungsbürgerlichem Hintergrund viele ungewöhnliche Entfaltungschancen wahrnehmen konnte.

Deshalb frage ich, ob ihr dieser Hintergrund nicht einen Stich versetzt habe, im letzten Moment sei ich da unsicher geworden. Da kann sie sagen: »Ja, das habe ich wohl gespürt, was dieser Frau alles an Möglichkeiten offen stand, das muss ich mir immer wieder sagen, dass das bei mir viel karger war, aber trotzdem habe ich viel Gewinn und Beruhigung daraus gezogen.«

Dann teilt sie mir mit, dass sie sich bei der Leiterin eines Schreibseminars erkundigt habe nach einem Platz in ihrer Gruppe. Die sei aber gerade zu Ende gegangen, aber Frau B. beginne in einem halben Jahr eine neue und werde sie dann informieren. Das klingt ganz zuversichtlich.

Und auf einmal sagt sie: Sie habe immer wieder nachgedacht über meinen Hinweis, dass ich manches über unsere Arbeit aufschriebe, und über ihren Schrecken auf dem Heimweg, als ich ihr das mitteilte. In der Tat sei ja ihr Leben eingehüllt in und vergiftet durch Scham. Aber wenn sie nun unsere Arbeit und ihr Schicksal mit ihrem Vater erneut verstekken wollte nach unserem schwierigen Weg, dann lasse sie ja die Scham obsiegen, und das wolle sie nicht mehr. Wenn sie also nicht mit ihrem Namen erwähnt werde und sie nicht offen erkennbar sei, dann habe sie nichts dagegen, dass ich darüber schriebe.

Ich spüre ein leises Zittern der Freude und Dankbarkeit, ja der solidarischen Zuneigung. Was sie durchlaufen hat in der Auseinandersetzung mit der Scham, kommt mir vor wie ein Idealprozess, der in ihr zu einem allmählich erarbeiteten Ergebnis kam, auf das ich nicht zu hoffen wagte; und dies nicht nur wegen der Publikation, sondern wegen der schwindenden Bindung an das Leid der Scham. Ich wusste, dass die Scham das Thema war, aufgrund dessen ich vielleicht auf eine Publikation verzichten müsste.

Sie brachte ihre Erlaubnis vor wie etwas lange Bedachtes, fast wie im Bewusstsein einer bedeutsamen Entscheidung. Nachträglich fällt mir ein, dass sie ja inzwischen meinen »Familienkrieg« gelesen hatte, der ihr gefiel, und der Gedanke mag mit ihr umgegangen sein, sich vielleicht auch wiederzufinden in einem Text, der unserer Arbeit ein Stück Dauer gäbe und ihr eine Würdigung brächte für ihren schweren Weg, der noch einmal nahe an den Wahnsinn oder die tiefste Depression geführt hatte. Das Schlimmste an diesen Depressionen, so sagte sie auf meine Rückfrage, sei immer wieder das Versiegen des Gebets, die Gottesferne, wie sie es nennen wolle.

Um ein wenig sicherer zu gehen, fragte ich sie, wer davon wisse, dass sie zu mir gekommen sei zur Therapie. Sie nannte zwei Freundinnen, denen sie vertraute, ihren Mann und ihre Tochter.

Damit war dieses Thema beendet, das Gespräch spann sich weiter über die Tochter, von der sie stolz erzählte, dass sie gerade in ihrem Geologiestudium ein wichtiges Zwischenexamen mit einer Eins bestanden habe (eine junge Frau, die nach einer Ausbildung als medizinische Assistentin einige Jahre mit Alkoholproblemen schwer daniederlag und sich nun, seit Jahren trocken, einem anspruchsvollen Studium zuwandte). Sie erinnerte sich auch, dass diese Tochter ihr ja auch einmal sagte: »Nun gräme dich nicht mehr, du hast uns durchgebracht und alles so gut gemacht, wie du konntest.«

Dann taucht ihr Mann auf, an dem sie die große Veränderung erwähnt, die er durchlaufen hatte. »Wissen Sie, früher hat er sich ja geschämt über mich, dass ich in die Psychiatrie musste, da wäre er nie mitgegangen in die Klinik, und jetzt hat er sogar mehrmals mit dem Therapeuten gesprochen, wenn er mich, ganz regelmäßig, besuchte; er interessierte sich und hat sich Sendungen über das Thema angesehen.

Da kann ich es doch nicht lassen, auf das bedrückende Thema der Scham in der Familie noch einmal hinzuweisen, schlage meine Arme übereinander, wie ein Andreaskreuz, und sage: Die

Scham gehe ja direkt über Kreuz in ihrer Familie: Ihr Mann habe sich über sie geschämt wegen der seelischen Erkrankungen, und sie habe sich fast zu Tode geschämt über seine schmerzliche Erfahrung mit Delinquenz und Strafe.

Sie nickt verwundert, aber doch so, als ob der Fluch der Scham weitgehend hinter ihr liege, rückschauend wie auf eine vergangene Krankheit.

Dann spricht sie mit leuchtenden Augen von ihrem Enkel, der ihr viel Freude mache, und meint ängstlich: Ihr Sohn habe ihn jetzt schon, mit fünf Jahren, beim Fußballverein angemeldet. Das bekümmere sie, sie möge die rüde Atmosphäre dort nicht und sei besorgt: »Die Grobheit, die Verletzungen, das Trinken, die Kneipen.« Ich sage ihr, dass ich es meinen Eltern lange übel genommen hätte, dass sie mich nicht im Dorf zu den Fußballern gehen ließen, man müsse ja dort nicht hängen bleiben, und vielleicht sei so eine Zeit gut, um sich durchsetzen zu lernen. Das scheint ihr eine drückende Sorge zu mildern, und sie fragt sogar: »Sie meinen also, darum müsste ich mich nicht jetzt schon grämen?« Es ist offensichtlich, dass sie fürchtet, die Fußballjugend bahne den Weg in Rohheit und Alkoholismus.

Etwa in der Hälfte der Stunde biete ich ihr an, zum Abschied noch einmal mit ineinandergelegten Händen zu sitzen. Sie freut sich über das Angebot, rückt näher, schließt, als sie ihre Hand in meine legt, die Augen, ich ebenfalls. So sitzen wir etwa zehn Minuten, bis sie ihren Arm etwas anders legen will, und dabei schaut sie auf die Uhr und zeigt ein erschrokkenes Gesicht, meint, die Stunde sei schon vorbei oder überzogen, bis ich ihr sage, wir hätten noch eine Viertelstunde Zeit. Ich greife es auf und sage: Ja, das Genießen sei manchmal noch schwer, und sie hätte sich fast mehr um mich als um sich gesorgt.

Jetzt sei es ihr aber wichtig zu betonen, welche Fortschritte sie schon gemacht habe im Umgang mit sich selbst, und ich bekräftige: »Ich wünsche mir, dass Sie freundlich mit sich umgehen.« Ja, das lerne sie zunehmend. Das einzige, was ihr gelegentlich die Laune verderbe, sei das Gefühl, ihren Kindern nicht gerecht geworden zu sein. »Ich wäre so gern eine bessere Mutter gewesen.« Ich erinnere sie, dass zwei ihrer Kinder ihr ausdrücklich gesagt hätten, sie möge sich nicht mehr mit Schuldgefühlen quälen, sie hätte genug für sie getan.

In dieser Phase entsteht eine kleine Unsicherheit, auf welcher Ebene das Hand-Halten von uns beiden erlebt wird. Als wir mit geschlossenen Augen sitzen, scheint es symbiotisch-regressiv, und auf ihrem Gesicht lese ich bei einem kurzen Aufblicken etwas wie Andacht. Deshalb freut es mich besonders, als sie das reife, abschiednehmende Sprechen mit dem Handkontakt verbinden kann. Wir bleiben damit nicht in einer quasi apersonalen Sphäre der berührenden Nähe, sondern beim Sprechen bilden die Hände einen zweiten Kanal, der auch hält, wenn wir ganz erwachsen und von Angsicht zu Angesicht sprechen.

Es ist ein ganz unpathetischer Abschied, ein wenig feierlich nur, und ich sage ihr noch, als sie zur Tür geht, sie dürfe ruhig anrufen, wenn etwas sie bedrücke. Das lässt ihr Gesicht noch einmal kurz aufleuchten. Dann geht sie, und sie kommt mir vor wie eine Verwandte, eine viel ältere Halbschwester.

Nachtrag nach dem NS-Seminar mit psychotherapeutischen Kollegen

Fast fünf Tage lang haben wir mit Inszenierungen traumatischer Szenen oder traumatischer Familienkonstellationen mit Menschen gearbeitet, deren Befinden, Lebenslauf, Selbstverständnis, Berufswahl und oft auch neurotische Erkrankung tief geprägt war von ihrer Identität als Angehörige der zweiten Generation.

Die meisten waren zutiefst parentifiziert, hatten Leid, Grauen, Hass, Hoffnungslosigkeit der Eltern, aber auch Grandiosität und drückende Aufträge übernommen. Manche waren ihren Eltern und Großeltern noch immer in unerfüllter Liebe, Loyalität, Hass oder Scham tief verbunden. Deshalb mündeten eine Reihe von Inszenierungen in »Scheidungen«, Trennungen oder der Aufkündigung von Verträgen. Ein zentraler Punkt für den Beginn der Möglichkeit einer Lösung war die Würdigung dessen, was sie für die Eltern oder Großeltern, aber auch für Gefallene, Verschollene, Ermordete, Verstümmelte, Suizidierte usw. getan oder übernommen hatten.

Das wichtigste Ergebnis für mich war die Festigung der Erkenntnis, dass sich neben den Introjekten von Personen auch dämonische Introjekte finden, die Niederschläge von »Groß-Objekten« sind: Wehrmacht, Partei, SS, Rasse, der Krieg, die Bomber, die Juden, die Russen, die Flucht, das Lager usw., wie ich es in dem Buch Dämonische Figuren *ausführlicher dargelegt habe.*

Viele Personen aus den Herkunftsfamilien waren nicht zu verstehen ohne ihr Eingebundensein, ihre Verschmelzung oder ihre Bedrohung durch solche dämonischen oder »institutionellen« Introjekte, die durch die Inszenierung wieder nach außen verlegt oder zum ersten Mal visualisiert werden konnten. Einige zufällig anwesende Möbel (Regale, Schränke, Wandverkleidungen, Tische, ein riesiger Kachelofen usw.) erlaubten deren sym-

bolische Darstellung. Dabei wurden einzelne Familienfiguren gestützt, gestärkt, terrorisiert, verschluckt von solchen Rieseninstitutionen oder ins Dämonische verzerrten Tyrannen- oder Befehlshabergestalten. Manche Soldatenväter und -großväter wurden erst fassbar, wenn sie sichtbar eine Waffe trugen oder Rangabzeichen oder Uniformen, oder wenn sie auf Podesten standen oder später verstümmelt oder gebrochen heimkehrten. Auch die szenische Darstellung des Gesamtphänomens des Nationalsozialismus als gigantisches Rausch- und Schreckens-Szenario war fruchtbar, um die Dimension von Mitläufertum, Fanatismus, Mittäterschaft und Eingesogensein wie seelischen Grenzverlust darzustellen.

Erschütternd zu erleben war immer wieder, wenn die Teilnehmer realisierten, dass die Kraft der Mütter oft schon beinahe verbraucht war, wenn sie einen »geschlagenen Helden«, einen verstümmelt oder gebrochen heimgekehrten Soldaten zu pflegen und durchzutragen hatten. Ebenso erschütternd war es zu sehen, wie im Untergrund eine Schicht des Fühlens, wenn auch tief verdrängt, wirksam war, wo viele Frauen und Kinder wünschten, dass der »Krieg« die Heimgekehrten behalten hätte. Wir stießen aber auch auf viele heimliche Museen auf Dachböden und in Kellern, wo Uniformen, Orden und NS-Literatur sorgsam aufgehoben wurden.

Die Grausamkeit, mit der sich viele Väter wieder in die Autoritätsrolle straften, prügelten oder stöhnten, trat ebenso zutage wie Missbrauchssituationen, in denen Kinder zum Gefäß der ewigen Wiederholungen von Berichten über erlebte oder erlittene Grausamkeiten wurden, zum Container des Grauens, bis hin zur seelischen Erstarrung als Rettung aus dem Unerträglichen.

Die idealisierten Heldenbilder der Väter an der Front standen oft unverbunden neben den kläglichen Gestalten der Heimkehrer, aber auch neben denen, die sich nach dem Krieg erneut nach oben boxen konnten. Gefallene Väter hinterließen oft überdimensionale Selbstbilder, Einbildungen über magische Kräfte, die die Kinder, an der Stelle des toten Vaters, in sich konstruiert hatten. Es gab auch Väter und Brüder, deren Tod schlicht verleugnet wurde oder deren phantasierte Todesart in regelmäßigen Schmerz- oder Panikattacken wiederholt wurde.

Es war überdeutlich, dass es in der ersten Generation oft nur ums Überleben ging (die einzig angemeldete jüdische Teilnehmerin hatte kurzfristig abgesagt). Die Wahrheit des von den Deutschen »Angerichteten« blieb oft bis zum Ende unerträglich und wurde »entwirklicht«, Rechtfertigungen, ja Hoffnungen auf eine Wiederkehr des Dritten Reiches blieben bei manchen Eltern seelische Krücken bis ans Lebensende.

Selbst die zweite Generation kann sich vielen Teilwahrheiten nur unter Qualen und größten Loyalitätskonflikten nähern. All dies ist nicht neu. Die Inszenierungen brachten es nur mit einer Wucht zutage, die durch die Abgeschiedenheit des Ortes und die wachsende Solidarität unter den Teilnehmern erst möglich wurde. Viele der Teilnehmer waren als Kinder dem realen und dem seelischen Überleben der Eltern und Großeltern regelrecht geopfert worden.

Überlegungen zu Diagnose und Behandlung von Frau F.

Wie es lange geschehen ist, könnte man diese Frau zu diagnostizieren versuchen nach den gewohnten kleinfamiliären Kategorien: Vater, Mutter, Geschwister, Spaltung, Rivalität, ödipale Bindung, ambivalente Liebe; es könnte allenfalls noch die Rede sein von Widersprüchen im familialen Wertsystem, von Heimlichkeit und divergierenden, engen Überichbindungen und den damals und im kleinbürgerlichen Milieu üblichen strengen Gehorsamsforderungen.

Aber das würde meiner Meinung nach zu kurz greifen: Die Grenzen der wirksamen psychischen Kräfte wären zu eng gezogen, und mächtige Wirkfaktoren im Untergrund wären ausgeblendet. Ja, man könnte von einer Verleugnung von Geschichte sprechen, die diese Biographie geprägt hat. Die Traumatisierung ist aber durchdrungen von Geschichte. Hitler war sozusagen ein furchtbarer Hausgenosse, gleich einer die Menschen verändernden, entflammenden oder terrorisierenden Gottheit.

Ich würde sogar behaupten, dass die jahrzehntelange Verleugnung von Geschichte zu einer zusätzlichen Traumatisierung geführt hat. Die Patientin konnte und durfte nie von den inneren Schrecken, ja, von den dämonischen Instanzen in ihr sprechen. Und obwohl sie wusste, dass ihr Leben von Scham und Sühne gekennzeichnet war, blieb alles in einer bedrohlichen Unwirklichkeit, weil niemand bereit war, mit ihr zu sprechen. Ich greife als Beispiel nur den älteren Bruder heraus, der sein Leben programmatisch auf dem Vergessen aufgebaut hat, und die Nervenärztin, die ihr nach Alter und Bildungsgrad den Zugang zur Psychotherapie versperren wollte, sie nicht für lohnend hielt oder vielleicht Dekompensation fürchtete. Man könnte sogar von einem medikamentösen Kampf gegen die Benennung und die Auswirkungen von Geschichte sprechen.

Die Patientin befürchtete in mehreren Lebenskonstellationen, sie könne verrückt sein, und dieses Verrücktsein passt wiederum in die verrückte Deponierung von Geschichte, in die von den Mitscherlichs so genannten Entwirklichung oder Derealisierung der NS-Zeit. Erst ein kleiner Aufsatz von mir in der Zeitung über psychische Folgen von NS-Zeit und Krieg brachte ihr die innere Erlaubnis, ein Verstandenwerden überhaupt als Wunsch ins Auge zu fassen. Die neue Diagnostik, unter der sie sich zu verstehen begann, war wie eine Erlösung, eine Erlaubnis zum wenn auch leidvollen Selbstsein. Und auch ich musste mir, nach langen Jahren einer Lehranalyse und einer Ausbildung ohne die Wirkungen der Geschichte, die Erlaubnis erarbeiten, die herkömmliche Diagnostik und Behandlungsform zu erweitern.

Ich möchte deshalb aufzeigen, wie sich andere, gewaltdurchdrungene Instanzen hinter den wohl auch in vielen therapeutischen Richtungen eher kleinfamilial gedachten inneren Repräsentanzen auswirken.

Natürlich hat die Familientherapie, vor allem, wenn sie drei Generationen einbezog, von konflikthaften Wertsystemen gesprochen, von Familienmythen und dem Einfluss von Ideologien. Aber im Nationalsozialismus ging es nicht mehr nur um Ideologie, sondern um die unter dem Zeichen der Ideologie oder der Weltanschauung vollbrachten Taten und dem allgegenwärtigen, wenn auch im Alltagsleben oft getarnten Terror, neben einem von Begeisterung getragenen Anpassungsdruck.

Doch auch eine enge religiöse Erziehung in einem nicht durch andere Informationen und Gespräche zu lockernden gläubigen Milieu kann terroristische innere Instanzen aufbauen. Und auch hier meine ich, dass die meisten Formen von Psychotherapie noch keine sehr praktikablen Formen des Umgangs mit religiösen Instanzen hervorgebracht haben. Aber es macht einen Unterschied, ob die angedrohten Strafen durch Reue, Buße und Absolution wieder auflösbar sind, ob es sich um im Jenseits angedrohte Strafen handelt oder ob die Ideologie unmittelbar durch sichtbare, ritualisierte oder durch Gerücht und Strafgesetzbuch als allgegenwärtig verbreitete Gewalt gestützt ist.

Ich benenne einige Quellen der Gewalt, die die erziehenden oder handelnden Eltern von Frau F. transzendieren:

In diesem wie in vielen Fällen toben die Kämpfe der Eltern der Patientin unter dem Schirm von Religion und Nationalsozialismus, die beide betonen, dass sie jeweils den ganzen Menschen fordern. Das verstärkt und transzendiert auch das familiale Misstrauen durch die psychische Verbindung zu Systemen, die untereinander in einem mehr oder minder mörderischen Gegensatz stehen. Die SS-Mitgliedschaft bedeutet in unserem Falle eine Steigerung des Fanatismus wie eine elitär erlebte Berufung des Vaters durch den Führer oder Himmler wie durch das Rassenbewusstsein. Es gibt einen inneren, ständig proklamierten Kodex für die Unterscheidung von Freund und Feind, und der erkannte Feind wird ermordet. Dieses System wird dadurch potenziert, dass es ungestraft öffentlich soziale und physische Gewalt anwenden darf und sich in aufdringlicher Weise als Quelle von Veränderung, Einschüchterung, Revolution oder Liquidation preist und darstellt.

Durch die Anwesenheit von Priestern und die Verbindung durch das Radio mit einer neutralen oder mit Deutschland im Krieg liegenden Außenwelt (etwa wenn in anderen Familien BBC gehört wurde), gerät auch die Mutter in eine Position der ideologie- oder loyalitätsgestützten Stärke. Sie ist nicht mehr nur die Mutter, sondern eine Frau, die von Priestern besucht und vermutlich gestützt wird und die eine systemsprengende Wahrheitsquelle im ausländischen Sender besitzt, also eine Gegenposition, die mit Gefängnis, KZ oder Tod bestraft werden konnte. Der Kampf der Gewalten im Hintergrund zeigt sich daran, dass der Vater im Zorn oder in seiner Angst vor Denunziation androhen kann, er werde eigene Familienmitglieder ins KZ bringen, »wo sie hingehören«. Der Grad der Fanatisierung ist nur zum Teil aus individueller, viel eher aus sozialer und politischer Pathologie zu verstehen, die sich gegenseitig durchdringen.

Auch die Lehrer sind nicht nur Personen, sondern, im Extrem, Exponenten des sie treibenden Systems, angefüllt von ideologisch abgesicherter Rollen- und Institutionenmacht, die das mögliche Persönliche in der Beziehung überschreitet und verstärkt, das Menschlich-Psychologische entwertet oder funktionalisiert. Pädagogischer Eros und erotisierte Ausübung von seelischer und körperlicher Gewalt gehen ineinander über; der möglicherweise geliebte Lehrer ist gleichzeitig der Überwacher und der Indoktrinierer, der beim morgendlichen Appell vor der Fahne stramm steht. Eine hervorragende Analyse dieser transgenerationalen Weitergabe der Gewalt bietet die Untersuchung von Christian Schneider, Cordelia Stillke und Bernd Leineweber Das Erbe der Napola. Versuch einer Generationengeschichte des Nationalsozialismus *(1996).*

In dieser Familie F. stehen also nicht nur Hitler, die SS, die Rassenlehre, die Juden, der Iwan, der Franzose u. a. als dämonische Instanzen über und hinter den Personen, sondern auch die Kirche, der Beichtvater, der Bischof, Gott und andere, und sie kämpfen sozusagen um die Seelen der Kinder. Deshalb plädiere ich dafür, bei den diagnostischen Überlegungen nicht nur den NS-Hintergrund zu berücksichtigen und bei der Diagnosestellung, soweit möglich zu erfragen; sondern ich bin auch überzeugt, dass die psychischen Niederschläge aus diesen dämonischen Instanzen eigene behandlungstechnische Zugangswege brauchen. Die Psychoanalyse hat versucht, das Problem auf dem »üblichen« Weg von Übertragung und Gegenübertragung anzugehen. Alle Kollegen berichten von außergewöhnlichen Schwierigkeiten im Umgang mit der als seelische Gewalt auftretenden Hinterlassenschaft. Ich habe dies in meinem Buch Dämonische Figuren *versucht zu bilanzieren. Als für mich am Fruchtbarsten hat sich die Symbolisierung und das Präsentmachen der Gewalten im Rollenspiel erwiesen, weil sie in der veränderten Rolle des »Regisseurs« dem Therapeuten erlaubt, in einem weniger bedrohten Raum sich aufzuhalten und für seine Psychohygiene besser zu sorgen. Allerdings wird kaum eine Therapie gelingen, die sich dem Phänomen der Übertragung und der Entzifferung der Gegenübertragung ganz entzieht. Denn der Therapeut erscheint dem Patienten, wenn er diesen immer zum Rollenspiel nötigt, als feige, als von sich ablenkend.*

Die bisher weitgehend fehlende diagnostische und behandlungstechnische Diskussion über die NS-Folgen, neben der rasch wachsenden Forschung über die Opfer der Verfolgung und Ermordung des Holocaust in der zweiten Generation, führte bisher dazu, dass das Problem kaum als Lehrinhalt erscheint. Das fördert in allen Schulen die weitere Ausblendung. Aber seit einigen Jahren, nicht zuletzt durch den Abstand von fünf Jahrzehnten und die vielen Jahrestage, werden die Verstrickungen sowohl von Patienten wie von Therapeuten eher wahrgenommen. Der Vorteil dieses Beinahe-Tabus ist, dass der einzelne Therapeut ganz nach seinem Geschichtsverständnis, seiner Familiengeschichte, seiner Offenheit dem Problem gegenüber arbeiten und durchaus kreativ sein kann, weil ihn noch kein Regel-Kanon behindert, einmal abgesehen von dem einengenden Bekenntnis der klassischen Psychoanalyse, die zu wissen glaubt, dass nur die Analyse von Übertragung und Gegenübertragung der Königsweg auch zu terroristischen und terrorisierenden Instanzen im Unbewussten sei.

Bezahlt wird diese allgemeine Freiheit natürlich durch das Fehlen von Mut machendem Rückhalt. Wie bei vielen anderen behandlungstechnischen Problemen halte ich die offene kollegiale Diskussion in kleinen Gruppen für den besten Zugangsweg, und ich kann nur dazu ermutigen, das Problem der NS-Folgen in Patienten der zweiten und der dritten Generation als herausfordernde Wirklichkeit zu betrachten.

Ein kleiner Nachtrag zu Frau F. einige Monate nach der Beendigung der Therapie

Um Frau F. auf die ungefähre Form einer Veröffentlichung unserer Geschichte vorzubereiten, hatte ich ihr, nach dem Erlöser der Mutter auf dem Weg zu sich selbst, *einige Wochen später auch den* Ödipus in Panik und Triumph *geschickt. Etwa zur gleichen Zeit rief ich sie an, um zu fragen, wann sie das*

Manuskript lesen wolle; ob sie sich stabil genug fühle oder ob wir das noch verschieben sollten. Aber sie sagte am Telefon gleich, ich hätte es wohl geahnt, dass es ihr gut gehe. Sie nehme heute die letzte Sarotentablette und wolle mit dem Einverständnis des Nervenarztes alle Psychopharmaka absetzen.

Dann verzögerte sich die Zusendung des Manuskripts um eine Woche, und in dieser Woche schrieb sie mir einen Brief, den ich in Auszügen wiedergebe:

»Lieber Herr Dr. Moser, ich denke einfach, dass Sie sich ein wenig mit mir freuen, wenn ich Ihnen sage, dass ich den 9. November (Reichspogromnacht, in der ihr Vater beim Judenschlagen mit dabei war, T. M.) seit Jahren das erste Mal anders angehen – und auch ohne diese ›Schmerzen‹ im Inneren – überstehen konnte. Ein paar Nächte zuvor träumte ich von meinem Vater. Er stand ziemlich weit entfernt vor mir auf einem freien Platz, sah mich ganz ernst an. Ich streckte ihm plötzlich beide Hände entgegen, ging ein wenig auf ihn zu und sagte zu ihm: ›Vater, lass es jetzt gut sein zwischen uns.‹ Ich bin aber erwacht an dieser Stelle. Für mich deute ich's so, dass ich auf ihn zugehen konnte ...

Als ich das erste Mal meine Hand in Ihre Hand legen durfte in einer Stunde nach der Entlassung aus dem Krankenhaus, ging ich mit dem tiefen Gefühl nach Hause: ein ›fremder‹ Mensch hat dich verstanden, angenommen. Es war ein Stück Geborgensein.«

Sie berichtet dann über Kurse an der Volkshochschule und Ausflüge zu Museen von ihr geschätzten Autoren, die sie, wie sie stolz sagt, ganz alleine unternahm: »Ich war Ihrer Empfehlung nachgekommen, gut zu mir zu sein.« Außerdem berichtet sie von ihrer Freude, demnächst an einem Schreibseminar teilzunehmen.

All dies spricht natürlich nicht für einen klassischen Therapieabschluss, eher für eine Bindung wie an einen nahen Ver-

wandten. Aber so war sie mir ja selbst am Ende erschienen, und noch haben wir die Gespräche über den Text vor uns. Die haben noch einmal einen ganz neuen Stellenwert und sind für beide aufregend, verbindend und trennend zugleich, und ein Teil der Beziehung wird in etwas Drittes, einen Text, übergeführt, wie eine Wendung zu einem gemeinsamen geistigen und seelischen Kind.

Das gemeinsame Durchgehen des Textes

Frau F. rief mich, nachdem sie die ersten fünfzig Seiten gelesen hatte, an und bat um ein Gespräch. Zuvor hatte sie am Telefon mitgeteilt, der Text sei eine aufwühlende Lektüre, und sie habe sich verordnen müssen, nicht am Abend darin zu lesen, weil sie dann schlecht schlafe. Sie bringt, am Beginn der Adventszeit, Tannenzweige mit einer Kerze mit.

Sie habe vieles noch einmal durchlebt, aber es beginne sich wieder zu setzen. Die Scham sei noch einmal hochgekommen, die Zweifel, ob sie so viel über ihre Familie preisgeben dürfe. Sie versteht das Prinzip der Anonymisierung, ist dankbar dafür, doch dann meldet sich auch das Genauigkeitsgewissen, und sie bittet mich, einige irrtümliche Details zu korrigieren.

Die drei folgenden Stunden sind voller starker Gefühle, zu denen auch ein vorsichtiger Stolz gehört, im Mittelpunkt der Aufzeichnungen zu stehen. Sie ist dankbar erstaunt über mein Nachdenken über sie und meine spürbare innere Beteiligung, über das Gemeinsame am Lernprozess, über meinen Stolz auf sie. Um die Schwelle zur Veröffentlichung zu überschreiten, diese zumindest vor sich zu rechtfertigen, greift sie auf meine Aussage zurück, die auf einigen Seminaren mit Kollegen anhand einiger Stundenberichte aus dieser Therapie beruht: Der Text sei wertvoll für viele Kollegen, Patienten und Nicht-Patienten, die sich mit NS-Themen herumschlagen.

Sie fragt, was der Ausdruck Supervision bedeute, den ich

anlässlich des eingefügten Berichts über eine Diskussion im Kollegenkreis (»unangenehmes und besserwisserisches Supervisionsklima«) verwendete, und den ich ihr erkläre. Sie sagt, sie fühle sich nicht benutzt und habe die von mir vorgeschlagenen Sätze, die sie im Dialog mit den ermordeten Juden benutzte, sich wirklich zu eigen gemacht. Sie fühlte sich persönlich von der Kritik angegriffen und wollte mir ihre Solidarität zeigen.

In zwei der vier Stunden hielt ich gegen Ende noch einmal für einige Minuten ihre Hand. Als sie dann aufschaute, sagte sie aus eigener Initiative drei wichtige Dinge:

1. Sie wisse, dass sie durch unsere Arbeit vor einem Alter in Bitterkeit bewahrt worden sei.

2. Meine frühere Frage, ob nach dem Vaterthema auch noch an der Beziehung zur Mutter zu arbeiten sei, beantworte sie mit einem klaren Nein; sie sei versöhnt mit ihr und könne sie in Frieden lassen.

3. Ihre Schwester, die sich umbrachte, hätte mit dieser Art von Hilfe überleben können, aber sie fand sie nicht.

Und schließlich meinte sie noch: Rückblickend erschrecke sie, in welchem Ausmaß früher das Selbstmitleid ein einsamer und bitterer Trost für sie gewesen sei; das sei nun vorbei. Ihrem Mann werde sie eines Tages den Text zeigen, da sich die Beziehung verbessert und vertieft habe. Aber sein Urteil habe keinen Einfluss auf ihre Entscheidung, den Text freizugeben. Das sei allein ihre Entscheidung, die sie verantworte.

Anhang

Anna Maria Jokls Pionierleistung bei der therapeutischen Aufarbeitung der NS-Zeit mit Patienten der zweiten Generation

Warum dieser Anhang?

Während der Therapiekrise mit Frau F., die zu ihrer Einweisung in die psychiatrische Klinik führte, war ich intensiv beschäftigt mit der Lektüre der beiden grundlegenden Arbeiten der heute in Israel lebenden, 1911 in Wien geborenen Psychotherapeutin Anna Maria Jokl. Diese Arbeiten haben mir Mut gemacht und Bewunderung abgenötigt. Als ich als Oberschüler noch nicht einmal ahnte, dass das NS-Thema mich eines Tages – fast fünf Jahrzehnte nach Kriegsende – so stark herausfordern würde, dass ich mein Engagement nicht mehr dosieren konnte und mit einer mehrmonatigen Erschöpfungskrise am Rande meiner Lebens- und Arbeitsfähigkeit stand, setzte sich Anna Maria Jokl im Berlin der fünfziger Jahre bereits dem nachhallenden Grauen in zwei fast parallelen Analysen mit einem Opfer- und einem Täterkind auseinander, deren literarische Ausarbeitung aber lange Jahrzehnte nahezu unzugänglich blieb. Der fachlich nicht geschulte Leser mag es bei der Lektüre mit dem Behandlungsbericht von Frau F. bewenden lassen. Dem Leser, der tiefer in die behandlungstechnischen wie affektiven Probleme solcher Therapien eindringen will, soll der folgende Text, der meinen Dank wie meinen Respekt dokumentiert, nicht vorenthalten werden.

Er war zunächst geplant als Kommentar zur Neuausgabe ihrer beiden Vorträge für den Jüdischen Verlag. Aus Gründen, über die sie nicht sprechen wollte, lehnte sie, nach anfänglicher Anerkennung, den Kommentar aber ab. Da ihr Text inzwischen in dem Bändchen *Zwei Fälle zum Thema ›Bewältigung der Vergangenheit‹* des Jüdischen Verlags leicht zugänglich ist, publiziere ich meinen Text im Anhang zu dieser Fallgeschichte der Tochter eines SS-Mannes. Zitiert wird allerdings nach dem ursprünglichen Erscheinungsort, dem *Bulletin des Leo Baeck Instituts* 81, 1988, S. 81-102.

Frau Jokls Arbeit bietet die ersten tiefschürfenden Hinweise darauf, dass die Schrecken des Dritten Reiches auch die Kinder der Täter verstört und beschädigt und sie manchmal in eine ähnlich große Nähe zu seelischem Tod gebracht haben wie die der Opfer.

Der Patient Jehuda, über den Frau Jokl schreibt, ein jüdischer Junge, der in Polen unter grausamen Umständen den Holocaust überlebte, hatte sich total mit dem Nazi-Blick auf das jüdische »Ungeziefer« identifiziert. Schwächere Identifizierungen mit Ungeziefer oder lebensunwertem Leben haben sich auch in Kindern von Tätern niedergeschlagen, wenn die Angst vor den Nazi-Eltern zu einem oft abgespaltenen Opfer-Fragment in der Seele der Kinder führte, ein Mechanismus, der durchaus zu einem »agierten« Lebensskript eines Opfers mit übernommener Schuld führen konnte. Es besteht kein Zweifel, dass der Vater von Frau F. von einem auf Vernichtung zielenden Judenhass durchdrungen war, so dass auch sie in der Angst vor ihm eine Teilidentifizierung mit jüdischen Opfern vornahm, obwohl sie seine Lieblingstochter war. Aber die mit dieser Tatsache verbundene ödipale Schuld verstärkte die Identifizierungen mit den realen oder phantasierten Opfern des Vaters.

Täter und fanatisierte Mitläufer unter den NS-Eltern wachten oft mit grausamem Scharfblick auf Zeichen der Schwäche oder der Abweichung ihrer Kinder, in panischer Angst, sie könnten dem arischen Rasseideal nicht genügen. Im Hintergrund stand auch hier als letzte Drohung: Ausgrenzung und Euthanasie.

Die Juden in den Augen Adolf Hitlers: Ungeziefer

Einem Angehörigen der zweiten Generation von NS-Zeit, Holocaust und Krieg will es immer wieder wahnwitzig und unglaubhaft erscheinen, dass ein wichtiger Teil der Bevölkerung zuerst in Propaganda und Gesetzgebung entmenschlicht, dann vernichtet wurde. Bei wachem Verstand kann man an sich selbst immer wieder die Tendenz zur mindestens emotionalen Entwirklichung der Geschichte wahrnehmen, wie sie die Mitscherlichs (1967) als zentralen Abwehrmechanismus der Deutschen nach 1945 erkannt haben. Die Frankfurter Psychoanalytikerin Ilse Grubrich-Simitis (1979) und andere haben diese Tendenz zur Derealisierung sogar bei Angehörigen der zweiten Generation der Opfer in Analysen beobachtet: das entsetzliche Geschehen musste vom Therapeuten erst als Realität, als eben nicht nur Alptraum, bestätigt werden.

In der Behandlung des Patienten Jehuda durch Frau Jokl spielt das »Selbstbild als Ungeziefer« immer wieder eine schauerliche Rolle. Ich wollte wenigstens an einem zentralen Text des Dritten Reiches die Begründung des »eliminatorischen« Judenhasses studieren. Der extrem subjektiven, einsamen und sogar selbstzerstörerischen Identifikation des Patienten mit der

Seinsweise von zu vernichtendem Ungeziefer wollte ich die barbarische, objektivierende und zum Objekt machende Sicht von außen auf die Juden gegenüberstellen.

Deshalb ging ich in Hitlers *Mein Kampf* dem Entstehen und der Ausformung seines »Ungeziefer«-Antisemitismus nach und stieß auf einen erstaunlichen Prozess, der einer auf perverse Art umgedrehten Psychotherapie oder hasserfüllten Schiefheilung gleicht. Dass Brigitte Hamann in ihrer großen Studie über *Hitlers Wien. Lehrjahre eines Diktators* (1996) die Ausformung des Vernichtungs-Antisemitismus in seiner politisch-ideologischen Form in die Münchener Jahre verschiebt, ändert nichts an der Selbststilisierung Hitlers samt seiner in Wien lokalisierten Offenbarung des Charakters der Juden. Doch zuerst die Ergebnisse dieses Prozesses:

Hitler lässt nicht den geringsten Zweifel daran, dass er die Rolle der Juden in Deutschland (und in der ganzen Welt) als Krankheitserreger in einem rein biologisch-rassisch verstandenen Volkskörper betrachtet. Macht man sich diese radikal unsoziologische und inhumane Infektions-»Theorie« und deren spätere Faszination für die Vollstrecker des Holocaust deutlich, so wird verständlicher, warum für ihn die Betonung von »Humanität« gerade zum listigsten Kampfmittel des menschlichen »Ungeziefers« werden und Ausrottung als eine übergeordnete Form rassischer Humanität umgedeutet werden konnte. Daran ändert auch das Einfließen historischer im Gegensatz zu biologisch-rassischen Kategorien nichts, im Gegenteil. Frühere Vertreibungsaktionen und Pogrome etwa im Mittelalter oder in der Neuzeit erscheinen ihm als noch reichlich blinde Notwehrreaktionen anderer Völker, die sich gegen ihren Untergang durch die jüdische »Pest« auf eine für Hitler noch unzureichende Weise wehrten:

»Dass er (›der Parasit im Körper anderer Völker‹) dabei manchmal seinen bisherigen Lebensraum verließ, hängt nicht mit seiner Absicht zusammen, sondern ist das Ergebnis des Hinauswurfes, den er von Zeit zu Zeit durch die missbrauchten Gastvölker erfährt. Sein Sich-Weiterverbreiten aber ist eine typische Erscheinung für alle Parasiten; er sucht immer neuen Nährboden für seine Rasse.« (Hitler 1933, 23. Auflage, S. 334)

Es erscheint innerhalb dieses Weltbildes logisch, dass ein neuer bloßer Hinauswurf die Menschheit nur an anderer Stelle erneut bedrohen würde. Von hier aus führt der Weg zu Himmlers immer wieder fassungslos machendem Eigenlob in seiner Posener Rede vor höheren SS- und Militärführern, dass erst spätere Generationen und Jahrhunderte die ungeheure Leistung der Ausrottung der Juden durch die SS wirklich erfassen könnten.

Deshalb noch einmal das Vokabular Hitlers in *Mein Kampf*, dessen Gesamtauflage sich 1933 bereits auf die halbe Million zubewegte: In »arischen Arbeits- und Kulturstaaten« gab und gibt es »jüdische Schmarotzerkolonien«, die, wie bei den Deutschen vor allem in Verbindung mit dem Marxismus, »giftige Geschwüre« bildeten. »Es scheint, als ob ein immerwährender Giftstrom bis in die äußersten Blutgefäße dieses einstigen Heldenleibes von einer geheimnisvollen Macht getrieben würde ...« (S. 168/69), die für ihn zur Lähmung der gesunden Vernunft und des Selbsterhaltungstriebes führen. Hitler scheint fanatisch von seiner Mission überzeugt, den deutschen »Heldenleib« zu retten vor dem »langsamen Fäulnisprozess«.

Was Anna Maria Jokl als die deutsch-jüdische Symbiose im Geistigen auch nach dem Holocaust noch hervorheben kann, ist für Hitler Ausdruck einer besonders hinterhältigen Taktik des Judentums: in vernichtender Absicht an das Vitalitätszentrum des »Gastvolkes« heranzukommen; dies ein »Faktum«, dem er durch eine sich radikalisierende Medizinalisierung beikommen will, die jemand, der in bürgerlicher Umwelt einige ihm angenehme Juden kenne, noch gar nicht begreifen könne. Es war vor allem Goebbels Aufgabe, den Übergang vom ökonomischen oder sozialen oder christlichen Antisemitismus zum biologisch fundierten Ausrottungs-Antisemitismus den Deutschen einzubleuen. Denn, so Hitler:

»Das Wichtigste bleibt auch hier die Unterscheidung der Erreger von den durch sie hervorgerufenen Zuständen. Diese wird um so schwerer werden, je länger die Krankheitsstoffe in dem Volkskörper sich befinden und je mehr sie diesem schon zu einer selbstverständlichen Zugehörigkeit geworden sind. Denn es kann sehr leicht vorkommen, dass man nach einer bestimmten Zeit unbedingt schädliche Gifte als Bestandteil des eigenen Volkstums ansieht, oder doch höchstens als notwendiges Übel duldet, sodass ein Suchen nach dem fremden Erreger gar nicht mehr für notwendig erachtet wird.« (S. 254) Weltgeschichtlich geht es Hitler zunächst um die Höherzüchtung der arischen Rasse und deren Bedrohtheit: Die »geschichtliche Erfahrung ... zeigt in erschreckender Deutlichkeit, dass bei jeder Blutvermengung des Ariers mit niedrigeren Völkern als Ergebnis das Ende des Kulturträgers herauskam.« (S. 313)

Die Juden sind »Parasiten«, »Bazillen«, »Schmarotzer«, »Blutegel«, »Scheusale«, »Vampire« von »fiebernder Gier« im Streben nach »Weltherrschaft« mit den Mitteln der »Bastardisierung« der hochentwickelten Völker in »raubgieriger Brutalität«; dabei im Raum der Politik voller Verstellung und Lüge: »Hier schreckt er vor gar nichts zurück und wird in seiner Gemeinheit so riesengroß, dass sich niemand zu wundern braucht, wenn in unserem Volke die Personifikation des Teufels als Sinnbild alles Bösen die leibhaftige Gestalt des Juden annimmt.« (S. 355)

Die Sicht der Juden als Ungeziefer ist also die Voraussetzung für die hohe »Mission« der Rettung des deutschen Volkes wie der Menschheit vor dem Untergang. Diese Rettung wird als ein apokalyptischer Wettlauf gesehen, in dem Humanität die Lähmung der mörderischen Helden bedeutet.

Bei der Frage nach einer Kollektivschuld der Deutschen geht es, stark vereinfachend ausgedrückt, immer wieder darum, inwieweit der real vorhandene Antisemitismus in vielen Schichten sich mit dem auf Ausrottung zielenden »Ungeziefer«- und »Pest«-Antisemitismus gleichsetzen lässt. Sicher scheint aber, dass jeder Schritt der bürgerlichen Ausgliederung durch Gesetze und Verordnungen, rhythmisiert durch straflose organisierte Ausschreitungen wie der Reichspogromnacht und sich steigernde Propaganda, die Dämonisierung der Juden wie ihre Enthumanisierung gefördert hat.[1]

Ich sprach bei Hitler von einer perversen Umkehr eines therapeutischen Prozesses und will dies belegen. Hitler nimmt für sich in Anspruch, dass er einen etwa zweijährigen »Reifungs«-Prozess durchlaufen hat, der mit einem Wandel der Persönlichkeit verbunden ist. Der Ausgangspunkt:

»Linz besaß nur sehr wenig Juden. Im Laufe der Jahrhunderte hatte sich ihr Äußeres europäisiert und war menschlich geworden; ja ich hielt sie sogar für Deutsche.« (S. 55) »Im väterlichen Hause«, das er idealisiert, glaubt er nicht, »zu Lebzeiten des Vaters das Wort (Jude, T. M.) auch nur gehört zu haben. Ich glaube, der alte Herr würde schon in der besonderen

1 Das Ausmaß der demütigenden Ausgliederung bis hin zur Deportation und zum Holocaust lässt sich in den Büchern von Ingeborg Hecht *Als unsichtbare Mauern wuchsen* (1984) und Victor Klemperer *Ich will Zeugnis ablegen bis zum letzten. Tagebücher 1933-1941, Bd.1* und *Tagebücher 1942-1945, Bd. 2* (1995) in bedrückender Weise nachvollziehen, ebenso wie in vielen anderen Dokumenten und Berichten. Der publizistische Streit um Daniel Goldhagens Buch *Hitlers willige Vollstrecker* (1996), geführt vor allem in *Die Zeit*, April bis Juni 1996, dokumentiert in Julius H. Schoeps, Hrsg., *Ein Volk von Mördern?* (1996) zeigte, wie umstritten noch immer die Breite des Eindringens eines »eliminatorischen« Antisemitismus in das deutsche Volk ist.

Betonung dieser Bezeichnung eine kulturelle Rückständigkeit erblickt haben« (S. 54), auf der Grundlage seiner »mehr oder minder weltbürgerlichen Anschauungen«, die auch auf den Sohn »abfärbten«. Über die ersten Wochen in Wien heißt es: »So schien mir der Ton, vor allem der, den die antisemitische Wiener Presse anschlug, unwürdig der kulturellen Überlieferung eines großen Volkes. Mich bedrückte die Erinnerung an gewisse Vorgänge des Mittelalters, die ich nicht gerne wiederholt sehen wollte.« (S. 56) Als um so gewaltiger erlebt er den Prozess des Umdenkens, der sich ihm, teils unter dem Einfluss des bewunderten Wiener Bürgermeisters Lueger, teils unter dem Eindruck der osteuropäischen Kaftan-Juden, wie eine seelische Konvulsion und Bekehrung darstellt: »Dann war dies wohl meine schwerste Wandlung überhaupt.

Sie hat mir die meisten inneren seelischen Kämpfe gekostet, und erst nach monatelangem Ringen zwischen Verstand und Gefühl begann der Sieg sich auf die Seite des Verstandes zu schlagen. Zwei Jahre später war das Gefühl dem Verstande gefolgt, um von nun an dessen treuester Wächter und Warner zu sein.

In der Zeit dieses bitteren Ringens zwischen seelischer Erziehung und kalter Vernunft hatte mir der Anschauungsunterricht der Wiener Straße unschätzbare Dienste geleistet.« (59)

Angesichts »der zum Teil so flachen und außerordentlich unwissenschaftlichen Beweisführung« des rohen Antisemitismus wird er immer wieder schwankend, gebraucht dafür das Vokabular eines komplizierten Genesungsprozesses:

»Ich wurde dann wieder rückfällig auf Wochen, ja manchmal auf Monate hinaus.

Die Sache schien mir so ungeheuerlich, die Bezichtigung so maßlos zu sein, dass ich, gequält von der Furcht, Unrecht zu tun, wieder ängstlich und unsicher wurde.« (60) Nach der im Seelenkampf errungenen Konversion vermag er sich mit dem

Ungeheuerlichen voll zu identifizieren. Das Denkmuster des Bekehrungsberichts ist das eines einsamen Helden, der in gewaltigem innerem Ringen und gegen große Zweifel und Widerstände die Wahrheit ans Licht bringt, gleich einer Offenbarung.

Dieser Weg ist natürlich nicht der Masse, sondern nur dem berufenen Führer zuzumuten. Der Masse muss die Wahrheit in Form der Propaganda eingehämmert werden. Bei Hitlers Wandlung spielen außer der dem (»altmodisch humanen«, T. M.) Gefühl abgerungenen Denkarbeit auch anale Affekte eine wichtige Rolle: Es ist von Ekel, Geruch, Unsauberkeit, Unrat, Schamlosigkeit, Geschwulst und faulendem Leib die Rede, die er nun überall erblickt, und beim Studium der jüdischen oder jüdisch »verseuchten« Presse stößt er auf seine Wahrheit: »Das war Pestilenz, geistige Pestilenz, schlimmer als der schwarze Tod von einst, mit der man da das Volk infizierte.« (62) Hitlers Sicht wandelt sich vom Problem religiöser Toleranz hin zum Problem biologischer Bedrohung und der Ausmerzung in einem volksmedizinischen Sinne. Als er den Zusammenhang von Judentum, Prostitution, Mädchenhandel und Sozialdemokratie »erkennt«, läuft ihm zuerst noch »ein leichtes Frösteln über den Rücken«, und in einer heroischen Anstrengung zwingt er seinen eigenen Widerstand gegen das Problem nieder. »Nun wich ich der Erörterung der Judenfrage nicht mehr aus, nein, nun wollte ich sie ...

Indem ich den Juden als Führer der Sozialdemokratie erkannte, begann es mir wie Schuppen von den Augen zu fallen. Ein langer Seelenkampf fand damit seinen Abschluss.« (64) Hitler heroisiert also seinen eigenen Durchbruch zum biologischen Ausmerzungs-Antisemitismus als ungeheure Leistung der Anschauung wie des Denkens, der in eine fanatisch durchgesetzte Endgültigkeit der Diagnose mündet: rassisches Ungeziefer. Was bleibt, ist die Aufgabe, dem dummen Patienten Volk die bittere Wahrheit beizubringen:

»Die Unkenntnis der breiten Masse über das innere Wesen des Juden, die instinktlose Borniertheit unserer oberen Schichten lassen das Volk leicht zum Opfer dieses jüdischen Lügenfeldzuges werden.« (355/56) Der Parasit im deutschen Volkskörper wird dabei immer wieder zur Bedrohung der Menschheit, zur »jüdischen Welthydra« (721), zum »bösen Feind der Menschheit« und zu ihrem »tödlichsten Gegner«. (724)

Es ist umstritten, wie viele Deutsche *Mein Kampf* gelesen hatten. Der nach dem Machtantritt verbreitete Antisemitismus ist vielstimmig, von der Bilder- und Hetzbarbarei des *Stürmer* bis zu den kalten juristischen Erörterungen in den Denkschriften der jungen Verwaltungselite in der Führung des SD, der Gestapo, des Reichssicherheitshauptamtes, wie sie Ulrich Herbert in seiner Biographie von Werner Best analysiert. Wolfram Wette schreibt in einem Aufsatz *›Lebenskampf‹. Nationalsozialistische Gewaltideologie und Hitlers Kriegspläne* (1991): »Zeitgenossen haben die weitgehende Nichtbeachtung der in ›Mein Kampf‹ niedergelegten Ideenwelt Hitlers immer wieder mit dem Umfang des Buches, der Verworrenheit und der Wiederholung der Gedanken, dem schwülstigen und langweiligen Stil sowie seiner unerträglichen Langatmigkeit begründet ... Hinzu kam, dass Hitler in erster Linie als Redner und nicht als politischer Schriftsteller wirkte. Und in seiner propagandistischen Rhetorik war er häufig sehr viel vorsichtiger als in seiner Kampfschrift aus dem Jahre 1925.« (S. 159) Und doch waren die antisemitischen Passagen Grundlagen der Schulung in unzähligen Institutionen.

Man könnte, was die weitere Proklamation des Vernichtungs-Antisemitismus angeht, von einem publizistischen Zurücktreten Hitlers und einer Form von rhetorischer und planerischer Delegation an andere Personen und Handlungszentren sprechen, bis hin zu dem Fehlen eines schriftlichen Führerbefehls für die Endlösung. Jedenfalls schreibt Eberhard Jäckel in seiner großen Rezension der Biographie von Ulrich Herbert über den »Chefideologen« der Endlösung, Werner Best, *Die Zeit* (29. 3. 96): »Was sich hier abzeichnet, sind ein neues Bild des Nationalsozialismus und eine neue Erklärung, wie die Genozidpolitik und besonders der Mord an den europäischen Juden in Gang kam ... sie besagt nun, dass es die SS-Intellektuellen wie Best waren, die den Genozid in großer Eigenständigkeit planten und betrieben.« Auf Hitler wird in ihren Denkschriften kaum rekuriert.

Dies bedeutet keine Entlastung Hitlers. Die allmähliche Entdeckung einer auf den Genozid hinarbeitenden intellektuellen und bürokratischen »Infrastruktur« und der immer wieder genannten Zahl von mindestens 100.000 direkt am Holocaust Beteiligten verweist nur darauf, dass die »Ungeziefer«-Theorie über die Juden tief ins deutsche Volk eingedrungen war.

Die ausbleibende Schuld und Scham

Die Frage bei der Kommentierung von Anna Maria Jokls großem Aufsatz und seiner Bedeutung für die Psychotherapie, aber auch seine politischen Implikationen, führt weg von den vielleicht zunehmend objektivierbaren kausalen Faktoren für den Holocaust und hin zur Frage der psychischen Verwandlung scheinbar »normaler« Bürger zur Tatbereitschaft und später der ausbleibenden Aufarbeitung in der ersten Generation. Alexander und Margarete Mitscherlich schreiben 1967: »Von Gewissensregungen dringt wenig durch, denn in diesen Durchbrüchen destruktiver Aggression kann diese sich auch religiöser Argumente bedienen, wonach die Opfer teuflisch und nur scheinbar menschlicher Art seien. Der Ekel, den die Nazipropaganda gegen die Juden zu erwecken bestrebt war, setzte diese

Manipulation fort: Die Juden wurden als ›Ungeziefer‹ wahrgenommen. Ungeziefervernichtung ist erlaubt und darf konfliktfrei geschehen.« (S. 32) Es geht um die unbegreifliche »Schuldfreiheit« der aktiven Täter- und Mitläufergeneration und die Wiederkehr von Scham und Schuld, aber auch zunächst unverständlichem somatischem Leiden in der zweiten Generation.

Es scheint, dass wir uns damit abfinden müssen, dass die Täter und Mitläufer keinen Zugang zu Scham und Schuld gefunden haben, aus welchen Gründen auch immer: Abspaltung, Trotz, Derealisierung, kollekive Abwehr oder anthropologische Grenzen bei der Herstellung von Identität und Kontinuität des Gewissens. Es heißt bei den Mitscherlichs hinsichtlich der von ihnen vorgefundenen klinischen Situation in der Heidelberger Psychosomatischen Klinik:

»Erstaunlicherweise kam es keineswegs zu einer ... massenhaften Vermehrung von Versagenszuständen, die bis zur klinisch fassbaren Krankheit geführt hätten. Aus den Aufzeichnungen über rund 4.000 Patienten ... geht hervor, dass sich nur extrem wenig Anhaltspunkte für den Zusammenhang ihrer gegenwärtigen Symptome mit Erlebnissen der Nazizeit fanden ... Deklarierte Nazis erschienen so gut wie nie.« (46/47)

In meiner Auseinandersetzung mit der Wirkung des Buches *Die Unfähigkeit zu trauern* (in: Moser 1992) habe ich diese Tatsache noch mit der inkriminierenden Fragehaltung der Autoren in Zusammenhang gebracht, bei der die Suche nach Schuldgefühlen leitend war. Diesen allzu groben Verdacht nehme ich mit dem Ausdruck des Bedauerns zurück. Vermutlich haben uns erst die amerikanischen Untersuchungen an Vietnam-Veteranen und ihre Probleme bei der sozialen Wiedereingliederung die Augen geöffnet für die Beschädigungen der Täter, die nicht, wie in Deutschland, vom Sog des Wiederaufbaus und der neuen Polarisierung im Kalten Krieg quasi unauffällig absorbiert wurden. In den Nachkriegsjahrzehnten ließe sich wohl von einer gigantischen Schiefheilung der Täter- und Mitläufergeneration sprechen, von der Ersetzung von Scham und Schuld durch sichtbare und sich ständig steigernde Effizienz. Dies führte aber auch dazu, dass die zweite Generation in einem Ausmaß zum Container für die psychischen Folgen des mörderischen Geschehens wurde, die uns erst allmählich bewusst wird. Die ungeheure Verzögerung in der Erkenntnis dieser Mechanismen liegt an der auf zahlreichen Ursachen beruhenden Verborgenheit des neurotischen oder psychosomatischen Leidens, an der Schwierigkeit der Entzifferung und an der Tatsache, dass es meist nur einzelne Familienmitglieder sind, die sich der Aufgabe der »Bewältigung durch Verstörung« als »schwarze Schafe« der Familie öffnen. Aber wen die Delegation trifft, der kann, wie der Aufsatz von Anna Maria Jokl am Beispiel des Patienten Volker zeigt, in die analogen Zonen seelischen Todes geraten wie die Kinder der Opfer.

Erst die Erkenntisse Dan Bar-Ons aus seinen Interviews mit deutschen Täterkindern, vor allem aber seiner Befragung von Therapeuten und Seelsorgern hinsichtlich einer möglichen NS-Klientel in den Jahrzehnten nach Kriegsende, ließen mich endgültig glauben, dass individuelle Probleme mit Scham und Schuld in einem statistisch irgendwie relevanten Rahmen bei den Tätern nicht sichtbar geworden sind. Er schreibt in den einleitenden Sätzen zu einem Interview mit einem Priester, Sohn eines »hochrangigen Nazi« (in: *Die Last des Schweigens*, 1993):

»... als Teil meiner Untersuchung forsche ich nach ›Beicht-Situationen‹ von Nazitätern: Sind die Täter zu Priestern (oder Ärzten und Psychologen) gekommen, um Verbrechen zu bekennen, an denen sie während des Krieges beteiligt waren? Bei meinen beiden ersten Aufenthalten in Deutschland hatte ich Kontakt zu etwa 80 Priestern, Ärzten, Psychologen und Psychiatern, aber keiner konnte von einer solchen Beichte berichten. Ein Psychiater und ein Arzt hatten lediglich von Kollegen gehört, die so etwas erlebt hatten.« (1993, S. 166)

Es sagt etwas über Anna Maria Jokls Mut aus, in den fünfziger Jahren diese parallelen Analysen durchzuführen, wenn man bedenkt, was Dan Bar-On über den Forschungsstand in den frühen achtziger Jahren sagt: »Im Sommer 1984 begann ich, Antworten zu suchen. Zu meiner Überraschung erhielt ich jedoch nur wenig Information. Die psychologische Literatur umfasste unzählige Forschungsergebnisse und Berichte über die Kinder, sogar Enkelkinder der Überlebenden. Aber ich konnte so gut wie nichts über die Täter und deren Kinder ausfindig machen. Waren die Kinder nicht von der Vergangenheit ihrer Eltern betroffen, oder hat nur nie jemand versucht, ihre Betroffenheit zu erforschen?« (S. 25) Zwar hatten im stillen Kämmerlein damals schon eine Reihe von deutschen Kollegen Täterkinder zu therapieren versucht, aber es war kein öffentliches, und sei es auch nur fachinternes, Thema, bis zu der Bamberger Tagung der Europäischen Psychoanalytischen Vereinigung im Jahre 1980, dokumentiert in dem leider nur DPV-intern zugänglichen Heft *Die Wiederkehr von Krieg und Verfolgung in Psychoanalysen* (Hrsg. H. Henseler und A. Kuchenbuch, 1982).

Bis in die frühen sechziger Jahre war Frau Jokl in Berlin nur die Isolierung im Zusammenhang mit diesem Thema geblieben:

»Im Gegensatz zu vielen meiner deutschen Kollegen, die angaben, in der Periode von 1955-1961 keine Anzeichen dafür zu finden, dass das Unbewusste von Deutschen noch mit dem ›Bild von Juden‹ beschäftigt sei, war meine Erfahrung eine ganz andere. Die Weigerung, sich mit dem Problem selber auseinanderzusetzen und sich stattdessen hinter einem demonstrativen Philosemitismus zu verschanzen ... hatte zu dieser Blindheit geführt, die auch manche deutsche Psychologen und Psychoanalytiker nicht verschonte. Ich fand Repräsentationen des ›Jüdischen‹ in vielen unbewussten Äußerungen, und zwar nicht nur im Negativen, sondern auch als ›erlösendes‹ Bild.« (S. 89)

Man kann sich fragen, ob eine frühere Publikation ihres Aufsatzes nicht die Lage von Therapie und Forschung nachhaltig verändert hätte. Aber dies ist müßig, und so mag das Erscheinen 1988 in einer von der analytischen Fachöffentlichkeit kaum wahrgenommenen Zeitschrift wie dem *Bulletin des Leo Baeck Instituts* noch wie ein Symptom der allgemeinen Blindheit vor dem Thema der seelischen Schäden von Opfer- und Täterkindern gewesen sein. Der Aufsatz verblieb sozusagen im jüdischen Ghetto. Noch über seine 1985 begonnene Forschungsarbeit mit Täterkindern schreibt Bar-On: »... die hier wiedergegebenen Interviews fanden in einer Zeit statt, in der die Sache noch total vertuscht wurde. Meine Gesprächspartner sprachen wie aus einem Vakuum heraus ... Ich ertappte mich auch bei imaginären Gesprächen mit Menschen zu Hause: Ich fühlte mich immer noch schuldig, dass ich mich mit Kindern der Täter traf.« (27/28) Und von einigen jüdischen Kollegen wiederum weiß ich, wie sehr es dem israelischen Psychologen Dan Bar-On – er stammt aus einer rechtzeitig (1933) aus Hamburg emigrierten jüdischen Familie – von israelischen, aber auch von einigen deutschen Analytikern übel genommen wird, wenn er den Deutschen durch die Beschäftigung mit den Leiden der Täterkinder und die vergleichende Annäherung von Opfer- und Täterkindern zu weit »entgegenkommt«. Selbst wenn man ihm keine bewusste Absicht unterstellt, so gibt es doch den Vorwurf, er trage mit seiner Arbeit dazu bei, den Deutschen ihre Schuld besser erträglich zu machen. Deswegen sei er bei den Deutschen auch so beliebt und werde mit Vortragseinladungen überhäuft.

Für einen solchen Zweck der Relativierung von Schuld möchte ich Anna Maria Jokls Arbeit nicht missbrauchen. Dafür kommt die erneute Publikation an sichtbarer Stelle um Jahrzehnte zu spät. Die noch in den neunziger Jahren vernichtenden Reaktionen der meisten Fachrezensenten auf Anita Eckstaedts Buch *Nationalsozialismus in der ›zweiten Generation‹. Psychoanalyse von Hörigkeitsverhältnissen* (1989) habe ich in *Politik und seelischer Untergrund* (1993) untersucht. Das Schicksal der Täter und Mitläuferkinder schien auch damals noch ein Tabu. Die Rezensionen bestärken die Annahme, dass Jokls Arbeit, einige Jahrzehnte früher öffentlich sichtbar erschienen, vielleicht selbst dem Versuch einer kritischen Zerstörung unterworfen worden wäre. Denkbar ist aber auch, dass Jokls Haltung für manche sensiblen und nicht ganz auf den jeweiligen Kanon des Üblichen oder thematisch Zulässigen eingeschworenen Kollegen ein Fenster der Wahrnehmung oder des Mutes geöffnet hätte.

Was macht nun den herausragenden menschlichen und therapeutischen Rang von Anna Maria Jokls großem Aufsatz aus? Da sind zunächst einmal die Hinweise auf die Rettungsphantasien, von denen Frau Jokl bei beiden Patienten erfasst war. Für die meisten Psychoanalytiker würden hier zuerst einmal Warnlampen angehen: Welche Gegenübertragungsreaktionen führen zu solchen Rettungsphantasien, und hat sich der Therapeut nicht bereits gefesselt oder erpressbar gemacht, wenn solche Phantasien in sein Engagement einfließen? Vollkommen ungeschützt bekennt sich Frau Jokl zu dem Ausmaß von Engagement: Bei dem jüdisch-polnischen Patienten Jehuda spricht sie zuerst von der »schweigenden Entschlossenheit«, mit der sie hofft, die Ebene des Traumas zu erreichen, und dann von ihrer »stummen Entschlossenheit, Jehuda wenn irgend möglich zu retten« (S. 85), ebenso, wie sie eine bestimmte Übertragungsform, die in einem Traum aufleuchtet, für den Patienten »lebensrettend« nennt: »Verlassen Sie mich nicht, ich brauche Sie so, als würde ich Sie lieben.« (85) Und ganz analog heißt es über ihre Haltung zum Täterkind Volker: »Ich aber war fraglos entschlossen, mit allen meinen Kräften meinen deutschen Patienten Volker vor dem lebensbedrohenden Prozess retten zu wollen, wie ich es bei meinem jüdischen Patienten Jehuda versucht hatte.« (92)

Sie schien also früh zu ahnen, dass bei in diesem Ausmaß von seelischem Tod bedrohten Patienten andere Kraftquellen im Therapeuten genutzt werden müssen, ebenso wie Abweichungen von Standardrhythmus der Stunden notwendig sein können. So heißt es zum Behandlungsbeginn mit Jehuda:

»Aus ihm, der sonst kaum je über sich sprach, strömte nun ein Redeschwall, zwei, drei Stunden lang, einige Tage hintereinander, und ich saß und hörte schweigend diesem Ausbruch zu (sagte rechts und links anderen Patienten ab), in der Hoffnung, das Schlimmste zu verhindern, indem ich mit ihm gemeinsam dem Strom des chaotischen Entsetzens standhielt.« (82)

Und wiederum zu Volker: Als der Patient einen Traum von sich als Täter bringt, bei dem alle Einfälle versiegen und eine unüberwindliche Widerstandsmauer sich auftun will, schreibt Frau Jokl zu ihrem Umgang mit dem Setting: »Er war abgespannt, ihm fiel nichts mehr ein. Er schlug vor, die Behandlung für eine Weile zu unterbrechen, stimmte aber höflich meinem überraschenden Vorschlag für eine zweite Sitzung am selben Nachmittag zu.

Er kam, doch jeder Kontakt schien geschwunden ... Ich half nicht, das Schweigen zu brechen.« (95) Frau Jokl mag geahnt haben, dass das Verstummen des Patienten mit einer erschreckenden Schicht in ihm zu tun hatte, die sie selbst zu überschwemmen drohte, und zwar mit der Macht eines Introjekts, das durchaus einer »dämonischen Figur« gleicht, quasi überpersönlich aufgeladen mit dem verdichteten Judenhass eines ganzen Regimes:

»Plötzlich brachen Bilder herauf, dann Beschimpfungen, wütende nationalsozialistische Phrasen, wütende antisemitische Bilder, wie aus dem Stürmer, Bilder der Kristallnacht, voll mit merkwürdigem Hass, Furcht vor den ›Juden‹, die er nie gekannt hatte ...« (95)

Gegen die Überflutung versucht der Patient, sich an das Gesicht der Therapeutin zu halten, »aber vor seinen entsetzten Augen verwandelte es sich in eine abscheuliche Stürmer-Karikatur«, eine Figur, die über seine Dummheit und sein Vertrauen lacht. Und nun kommt Frau Jokls frühe Entdeckung, dass der Terror wie der Rausch der NS-Zeit abgespaltene Introjekte hervorbringt, die, unintegriert oder unbearbeitet geblieben, sozusagen ein Eigenleben führen bis hin zu seelischen Todesdrohungen gegenüber dem Subjekt, in dessen Inneren sie unerkannt hausen: »Der Vater hatte seinen Eintritt gemacht und hatte den Kampf mit mir aufgenommen. Volkers nationalsozialistisches Erbe war aufgetaucht, der abgespaltene Teil. Da waren sie, die Wurzeln, und was geschah, war die fürchterliche Wiedervereinigung.« (95)

In meinem Buch *Dämonische Figuren* bin ich den analytischen Zeugnissen über die Auswirkungen solcher Introjekte nachgegangen, und es wurde immer wieder deutlich, wie entsetzlich es vor allem für jüdische Analytiker war (aber nicht nur für sie), sich plötzlich in Judenkarikaturen oder sogar in NS-Verfolger zu verwandeln. Aber in der Intensität, mit der es Frau Jokl widerfuhr, habe ich diesen Vorgang nirgends beschrieben gefunden, in einer Zeit, als, wie sie an einer Stelle schreibt, die deutschen Kollegen noch gar nicht bereit waren, die psychischen NS-Folgen wahrzunehmen. Sie nennt es selbst einen »Anfall«, »und wir beide saßen wie erstarrt vor Entsetzen unter der Wucht der Erbschaft ... Er selbst hatte von dieser verborgenen Welt in sich ebensowenig gewusst wie ich.« (95) Und sie ist sich vollkommen klar, »dass Volker vermutlich einer jener absolut kalten, zynischen und darum besonders grausamen SS-Typen hätte werden können ..., ein Verfolger, gezeugt durch den Mord an seinem eigenen empfindsamen Selbst.« (95)

Dass dies eine zutreffende Vision des Dressurziels der Zöglinge einer NSDAP-Eliteschule bei einem Sieg der Nazis war, zeigt die Studie von C. Schneider, C. Stillke und B. Leineweber *Das Erbe der Napola. Versuch einer Generationengeschichte des Nationalsozialismus* (1996).

Die Seherin der Zerstörung

Fast möchte man Anna Maria Jokl als eine frühe »Seherin« des seelischen Unheils bezeichnen, das die NS-Zeit in den Kindern der Opfer wie der Täter hinterlassen hat, begabt auch mit einer angemessenen Sprachgewalt. Und doch kommt an keiner Stelle der Verdacht auf, durch den Vergleich der beiden Patienten solle Leiden oder Schuld der Väter- (bzw. Eltern-)generation eingeebnet werden. Vielleicht hätte eine frühere Wahrnehmung von Frau Jokls Arbeit etwas von dem Tabu-Fluch, der lange über der Generation der Täter- und Mitläuferkinder lag, gemildert werden können. Sie blieben lange ohne Hilfe, ja, es fehlte sogar an behandlungstechnischen Überlegungen, und Verdacht und Fluch trafen zum Teil noch die späten Nachfolger von Frau Jokl, ich nenne nur Dan Bar-On und Anita Eckstaedt. Aber auch die Autoren von *Kinder der Opfer – Kinder der Täter* (1995) sprechen von massiver Kritik an ihnen in amerikanischen und israelischen Therapeutenkreisen, als sie in den siebziger und achtziger Jahren auch Täter- und Mitläuferkinder zu verstehen suchten.

Wenn ich das wuchtige Wort »Seherin« für Anna Maria Jokl verwende, so meine ich nicht eine Vision, die sich auf Zukünftiges bezieht; es handelt sich um Visionen der jeweils gegenwärtigen seelischen Wirklichkeit, wie sie in Tausenden von Menschen vorhanden war. Diese Visionen sind nicht prospektiv. Die Fähigkeit, ja fast die Verdammnis zum Sehen stammt aus einer enormen Kraft, die Folgen des Terrors in Opfer- wie in Täterkinden, wahrzunehmen, sich ihnen auszusetzen, bis sie sich unverhüllt zeigen. Was ihr zugute kam, war wohl eine psychische Vorbereitung, zu der nicht nur verschiedene Fluchten vor den Nazis gehörten, sondern eine frühe Beschäftigung mit den Vorzeichen des kommenden Unheils, etwa in dem Roman *Perlmutterfarbe. Ein Kinderroman für fast alle Leute*, geschrieben 1937 in Prag, zuerst erschienen im Ostberliner Dietz Verlag (1948), dann 1992 im Jüdischen Verlag in Frankfurt. Er schildert die mörderischen Vorgänge der heraufziehenden NS-Zeit an den Erlebnissen und Taten innerhalb einer Schulklasse.

Frau Jokls menschliche und therapeutische Größe strahlt dort am hellsten, wo sie sich in die dunkelsten Seiten der menschlichen Seele hineinbegibt. So wird es ihr möglich, in der Verwandlung des Opfers Jehuda in einen mörderischen Kommandanten die ersten Zeichen einer Rückkehr unter die Menschen zu sehen. Denn vorher war Jehuda, in tiefster Identifikation mit der Aggression des Ausmerzungs-Antisemitismus, nahezu ohne Rest aufgegangen in der Ungezieſer-Identität, die im Traum als der braune Saft der zu vernichtenden Heuschrekken auftaucht. Dies will erst einmal ausgehalten und verstanden sein, bis hin zur vorübergehenden Lähmung auch jeder therapeutischen Hoffnung. Auch als Jüdin schreckt Frau Jokl nicht davor zurück, die Identifizierung der Juden mit ihren Vernichtern noch als potentiell lebenserhaltenden Mechanismus zu erkennen. Es gehört ein fast übermenschliches Erbarmen dazu, die auftauchende SS-Fratze im jüdischen Patienten als den Beginn eines menschlichen Antlitzes zu sehen, wo doch die Seele sich bis in die Form von Ungeziefer-Brei von aller Mitmenschlichkeit zurückgezogen hatte. Frau Jokl verweist wie selbstverständlich auf Franz Kafkas Erzählung *Die Verwandlung*, quasi als einer literarischen Vorarbeit für ihre Leistung, und es scheint, dass sie, unerschrocken wie wenige, den Zusammenhang zwischen Kafkas Insekt und dem KZ als die realistische Vision dieses anderen »Sehers« zu begreifen verstand.

Der seelische und sprachliche Reichtum des Aufsatzes von Frau Jokl erschließt sich erst bei mehrmaliger Lektüre, Folge einer extremen Verdichtung von seelischen Schicksalen und ihrer Darstellung im Container einer ungewöhnlichen therapeutischen Begabung. Ein politisch-menschliches Zerwürfnis mit C. G. Jung gegen Ende ihrer Ausbildung in Zürich, vielmehr ein tiefe Enttäuschung über seine politische Haltung, mag auch dazu geführt haben, dass sie nie mehr an den Kanon einer rigiden Behandlungstechnik gebunden blieb, sondern »auswählte«, was gerade als brauchbar oder notwendig stimmig erscheint für den Zustand des Patienten. So lässt sie bei Jehuda eindrucksvolle Traumserien völlig unkommentiert, in der Annahme, dass das Ich die Inhalte noch nicht verkraften könnte. Und bei Volker macht sie Gebrauch von der Technik der »aktiven Imagination«, die erst viel später, in mehreren Varianten, zu einer lehrbaren Behandlungsform wurde, etwa als Katathymes Bilderleben oder Tagtraum-Arbeit. Und obwohl die Übertragung, gelegentlich Anfällen von Wahnsinn gleichend, immer wieder in die Beziehung einbricht, scheint Frau Jokl doch früh geahnt oder gewusst zu haben, dass eine therapeutische Arbeit ausschließlich mit Übertragung und Gegenübertragung das Arbeitsbündnis überfordern, ja zerstören würde. Fast wie von selbst stellen sich verschiedene Aspekte der »Inszenierung« der Introjekte ein, sodass ein Pendeln entstehen kann zwischen den Schrecken von Übertragung und Gegenübertragung und der Funktion des Analytikers als ein drittes, schützendes und haltendes Objekt, als eines Begleiters etwa auf den entsetzlichen Reisen in der aktiven Imagination.

Bei beiden Patienten tauchen allmählich Verfolger und Opfer, Mörder und Zertretene, als Aspekte, Teile, Fragmente der gleichen Person auf. Erst wenn beide Gesichter als einer Person zugehörig erkannt und angenommen werden, wird Heilung möglich. Dies ist der kühnste Aspekt von Frau Jokls Arbeit, und wie leicht wäre sie zu verdächtigen, damit auch die realen Opfer und Täter einander angleichen zu wollen. Es scheint aber eine definitive Grenze die als Täter oder Opfer verstrickte Generation der Eltern von der ihrer Kinder zu trennen, wie sehr beide Kinder-Generationen auch missbraucht wurden als »Container« für das Unerträgliche. Wäre dies früher bewusst geworden, so hätte vielleicht die Befangenheit der Deutschen vor den Juden der zweiten Generation nicht das enorme Ausmaß angenommen, das viele Deutsche durch ihren Philosemitismus zu überbrücken versuchten, also ihre reaktive und oft identifikatorische »Liebe« zu den Juden und Israelis.

Wechselseitiger Hass in der zweiten Generation scheint eine falsche Lösung zu sein, dem die anthropologischen Fakten der Beschädigung beider Seiten widersprechen. Vielleicht war es angesichts der Dimensionen des Holocaust unvermeidlich, Hass und Befangenheit erst einmal zu leben als ein Generationsschicksal im gleichwohl falschen Selbst.

Die Indoktrination des Antisemitismus war zu tief, als dass sie in der zweiten Generation schon aus dem Unbewussten verschwunden wäre. Deshalb hat ihr therapeutisches Zutagetreten oft die Form eines konvulsivischen Ausbruchs, und deshalb wird auch der Nachkriegs-Philosemitismus so oft zu einer Fassade, einer schlichten Umidentifizierung ohne das Fegefeuer des vollen Gewahrwerdens seiner selbst, auch wenn sich in ihm viele authentische Züge eines Wiedergutmachungsversuches zeigen. Vielleicht kann man den Philosemitismus als eine milde Form der Schiefheilung bezeichnen, der das in der Tiefe verborgene Erbe der Indoktrination überdeckt.

Dies führt zu dem ergreifendsten Gedankengang in der Arbeit von Frau Jokl, ergreifend nicht nur als Antwort auf die von Hitler ins Extrem pervertierte Theorie des Parasitentums, sondern ergreifend auch als eine Sicht des deutsch-jüdischen Zusammenlebens vor der NS-Zeit, zu der sie steht, obwohl sie 1962 nach Israel emigriert ist. In ihrer Sicht handelte es sich, jenseits der »soziologischen oder historischen Theorien«, um eine Symbiose als ein »ebenso mysteriöses wie unbestreitbares Faktum«, und zwar in der tiefenpsychologischen Dimension einer unvermeidlichen, im Falle des Gelingens glückhaften, im Falle des Scheiterns entsetzlichen Bezogenheit.

Man wagt die Sätze der Autorin kaum auszusprechen nach dem Holocaust: Die Deutschen lösten in der Welt viele schwierige Gefühle aus, »aber beliebt waren sie nicht. Die Juden aber liebten sie, sie sahen in ihren Düsterkeiten Versprechungen der potentiellen Größe – sie faszinierten sie, während die Deutschen den lösenden strukturierenden Kontakt mit den Juden brauchten: Er erweckte beider Möglichkeiten, einer den anderen wirklicher machend und selbstverwirklichend. Und so entstand das einzigartige Band gegenseitiger Anziehung und Notwendigkeit.« (97) Ja, wenn es nicht durch Neid, Projektion, schamlose Propaganda und schließlich Terror und Mord zerstört worden wäre.

Man könnte Victor Klemperers Tagebücher lesen wie ein einziges Ringen gegen die Zerstörung dieser Symbiose, der er seine ganze Identität zu verdanken nicht müde wird zu wiederholen. Viele Seiten sind gefüllt von der Wiedergabe der Gespräche in den »Judenhäusern«: ob der Antisemitismus bei den Deutschen sozusagen in den Genen sitzt, zum »Nationalcharakter« gehört oder hochgepeitscht wurde; ein Gift, das die Herrschenden wie eine Droge brauchten, und dann eines, mit dem auch das Volk süchtig und gewissenlos gemacht werden konnte, weil es die Keime ja in sich trug. Gewissenhaft notiert er Zeichen der Solidarität, oft von Arbeitern, doch dann kommen wieder die Demütigungen, eher von halbgebildeten Kleinbürgern oder Kindern und Jugendlichen, so im August 1943:

»Auf dem Heimweg kränkten mich Beschimpfungen eines gutgekleideten, intelligent aussehenden Jungen von etwa elf, zwölf Jahren, ›Totmachen! Alter Jude, alter Jude.!‹ « (Bd. 2, S. 420) Und wenig später die prophetisch bange Frage: »Wie lange wird es dauern, bis man aus diesen Kinderköpfen den nationalsozialistischen Unrat entfernt haben wird?« (S. 481)

Über viele Abschnitte von Jokls Arbeit ließe sich stundenlang diskutieren. Ihre These von der überindividuellen, historischen oder dämonischen Wucht des Nationalsozialismus öffnet einerseits Perspektiven zur Behandlungstechnik, andererseits bildet sie eine Klammer von der Ebene des Individuums zu der der Gesamtgesellschaft.[2] So heißt es nach dem antisemitischen Hassausbruch des Patienten Volker in einer Therapiestunde: Er begriff, »dass dies nicht seine eigenen individuellen Züge waren, sondern die fatale Erbschaft von Vätern, die im Nationalsozialismus als Weltanschauung institutionalisiert worden war und die weiter in dem jungen, kultivierten Nachkriegs-Europäer geschlafen hatte wie Barbarossa im Berg.« Und dann der wichtige Satz: »Solche Züge konnten nicht durch persönliche Schuldgefühle oder Selbstanklagen geändert werden.« (98) Aber was ändert sie dann? Gibt es eine Bewusstwer-

2 Hier gilt es einem drohenden Missverständnis vorzubeugen: Den Begriff »dämonisch« verwende ich nicht als historische oder soziale Kategorie zur Erklärung des Nationalsozialismus, sondern zur Kennzeichnung der »Introjekte« und ihrer Wirkungsweise.

dung außerhalb von Therapie? Durch Filme, Bücher, Rituale, Mahnmale, die die Dimensionen der Introjekte wie ihrer realen Auswirkungen erkennen lassen? Braucht es eine neue Metapsychologie für das, was auf den kollektiven Deponien des Unbewussten begraben ist? Sollte, um es radikal verkürzt zu sagen, Freud durch Jung »angereichert« werden müssen, der mit den Archetypen die Kollektivphänomene der Katastrophen vielleicht besser hätte erschließen können als Freuds Massenpsychologie und der ihnen und ihrer Faszination dennoch erlag und seither als »politischer Psychologe« geächtet ist? Trotz ihrer persönlichen Abkehr von Jung erscheint das Denken von Anna Maria Jokl doch als von ihm befruchtet durch die Selbstverständlichkeit, mit der sie vom »kollektiven Phänomen« spricht, vom »stummen traurigen Tier mit seiner entsetzlichen Möglichkeit, sich in das mörderische Biest zu verwandeln« (97), vom »Ungeformten«, von der »Wandlung«, vom »antisemitischen Köder des Nationalsozialismus«, der sich zu einer kollektiven Krankheit auswächst.

Ihre therapeutische Lösung für Volker, der durch die mörderischen Väter von seiner Kultur getrennt worden war, ist die »Wandlung durch spirituelle Wiedervereinigung mit einem gültigen Inhalt« (gemeint: der kulturellen Vergangenheit, T. M., S.99).

Ganz ähnliche Worte verwendet der amerikanische Therapeut Albert Pesso, der inzwischen mit sehr vielen deutschen Täter- und Mitläuferkindern gearbeitet hat:

Wenn ein deutscher Teilnehmer versucht, sich als *ideale Eltern* inmitten einer zerstörten Kindheit »Nicht-Deutsche« auszusuchen, dann versteht er zwar den Wunsch zu dieser Flucht zu unbelasteten Eltern. Aber, sagt Frau Jokl: »Verneinung des Ursprungs erzeugt nur Deserteure.« (99) Deshalb lässt Pesso seine idealen Eltern bei deutschen Patienten solche Deutsche sein, die die Verbindung zu ihrer Kultur bewahrt haben oder sie auch unter Druck nicht preisgaben. Auch Pesso ist Jude und sucht als das Heilende für die Deutschen die Rückkehr zu ihrer Kultur, bei aller Bewusstheit ihrer gefährlichen Aspekte. Dass Frau Jokl mit ihrem Patienten, der ein kalter Massenmörder hätte werden können, zusammen ein Brandenburgisches Konzert hört, ist zugleich ein individuelles symbiotisches Angebot im Medium eines Dritten, eines beide umgreifenden Kunstwerkes, das gleichzeitig Abgrenzung und Abschied erlaubt, und ein Ritual, mit dem sie Volker etwas Unzerstörtes zurückgibt, nachdem er im »Anfall« versucht hatte, sie zur jüdischen Hexe zu machen. Sie »erlaubt« ihm die Rückkehr zu einem anderen Deutschsein, das vielleicht auch einen Ausweg bietet aus der Lösung vieler linker Intellektueller, die nicht alles verdrängen wollen: aus dem *negativen Nationalismus* oder dem historischen Größenwahn des auf ewig schrecklichen Volkes.

Der verschollene Text

Zum ersten Mal zitiert fand ich Frau Jokls Arbeit in dem überaus dichten Text von Christoph Biermann *Das Fremde ist das Deutsche* (im Bd. 35 des *Jahrbuchs der Psychoanalyse*, 1995). Eines seiner Themen ist die These von Judith S. Kestenberg, dass die Deutschen den Hass auf ihre Kinder auf die Juden projizierten, »dass die Deutschen ihre Kinder mit großer Strenge erzogen und die Nachsicht, die jüdischen Kindern zuteil wurde, ihren Groll weckte. Während zahlreiche Nazi-Eltern geradezu erpicht darauf waren, ihre Kinder nationalsozialistischen Zielen zu opfern, sahen sie, dass die jüdischen Kinder ›verwöhnt‹ wurden und ihre Eltern sich weigerten, sie in den Dienst der deutschen Großmacht zu stellen.« (1995, S. 17) Diese These wollte mir lange Zeit nicht einleuchten, ich fand sie spekulativ und ohne Antwort auf die Frage, warum der Hass auf die eigenen Kinder, der dann projiziert werden musste, gerade während oder kurz vor der Nazizeit, so groß geworden sein sollte, dass er die Triebkraft für den Holocaust abgab. Aber die sozialen und politischen Zustände nach dem Ersten Weltkrieg, in Verbindung mit der jahrhundertealten Forderung nach absolutem Gehorsam, bieten sehr wohl plausible Anhaltspunkte für ein Anwachsen dieses Hasses, als dessen pädagogische Zusammenfassung man das Buch von Johanna Haarer *Die deutsche Mutter und ihr erstes Kind* (1934) ansehen könnte.

Eine Evidenz für die These einer erbarmungslosen, durchaus von Misstrauen, Hass und der Idee der Raubtierzüchtung getragenen Dressur der Jugend vermittelte mir das bereits zitierte Buch *Das Erbe der Napola* wie die Fülle der szenischen Berichte über die Demütigung der Juden in den täglichen Interaktionen in den Tagebüchern Victor Klemperers. Liest man diese oft wörtlich wiedergegebenen Zitate, so fällt die hasserfüllte Infantilisierung der Juden auf, so als handle es sich bei ihnen tatsächlich um dreckige, verwahrloste, gefährliche und letztlich zu vernichtende Kinder.

Vor den Größenphantasien der Autorin bin ich zunächst ein wenig erschrocken: »Jemand musste es erfahren – das Entsetzen beider Seiten. Und da dies meines Wissens niemand anderer bisher getan hatte und da nur eine begrenzte historische Zeitspanne dazu noch blieb – *Wenn nicht ich – wer denn? Und wenn nicht jetzt – wann denn?* –, also durfte ich nicht ausbrechen, sondern hatte mich zu konfrontieren und standzuhalten.« (100)

Aber je tiefer ich in ihre Arbeit eindrang, desto berechtigter erschien mir ihr Anspruch, einem Ruf, einer großen Aufgabe gewachsen gewesen zu sein, auch wenn ihre Lösung jahrezehntelang kaum wahrgenommen wurde. Sie war ihrer Zeit voraus, einsam und, wie es scheint, ohne kollegiale Gesprächspartner. »Fast überfordert, fragte ich mich öfter, woher die Kraft nehmen, weiter anzuhören, woher das Recht zum Helfen, wenn die Grenzen des Durchhaltens erreicht schienen und Kummer, Mitleid, Grauen mich zu überschwemmen drohten.« (100)

Sie hat Maßstäbe gesetzt bei einer Aufgabe, die wahrzunehmen es noch lange Jahrzehnte nach ihr brauchte: »Das Fazit ... die unerwartete Tatsache, dass die Söhne beider Seiten, der Sohn des Verfolgten wie der Sohn des Verfolgers, gleicherweise von der nationalsozialistischen Ideologie an ihren Wurzeln geschädigt worden waren. Beider Existenzen waren nach einer Inkubationszeit von lähmenden Zusammenbrüchen bedroht.« (100)

Es mag sein, dass sich vor einigen Jahrzehnten noch zu viele Deutsche darauf berufen hätten, in den Verstörungen von Angehörigen der zweiten Generation einen schuldmindernden, relativierenden Hinweis zu sehen. Die vielbeklagte Wehleidigkeit der Deutschen nach dem Krieg, die Verleugnung ihrer Taten und das Hinstarren auf das eigene Überleben in den Trümmern sprechen für die Gefahr, dass Frau Jokls erlittene Erkenntnisse missdeutet oder vereinnahmt worden wären. Auch wütende Einsprüche von Seiten der Opfer waren denkbar. Es macht eben Jokls Größe aus, in ihrer Therapie- und Forschungszeit Dinge erlitten und erkannt zu haben, die erst heute voll ausschöpfbar sind, obwohl es, den biologischen Abläufen nach, fast zu spät ist für eine direkte Anwendung ihrer Einsichten.

Dass sie gleichzeitig diese beiden Therapien führen konnte, erlebte sie selbst als historische Privilegierung; sie verfolgte den Prozess ihrer Patienten »mit größter Ehrfurcht und Bewunderung« (98), nennt sich selbst nicht nur Therapeutin, sondern auch »Werkzeug« der Veränderung. Nach ihr begann die mühsame, arbeitsteilige Suche nach den Verstörungen, zunächst in den Kindern der Opfer, viel später in denen der Mitläufer und Täter.

In ungeheurer Verdichtung enthält der Text von Frau Jokl vieles, was später, auch im Schutz von solidarisch engagierten Gruppen, mit Forschungsgeldern, Kongressen und wechselseitiger Supervision, erarbeitet wurde. So ist zu hoffen, dass sie es noch erlebt, in ihrer Pionierleistung sich endlich als sichtbar und gewürdigt zu erleben, ohne fürchten zu müssen, missbraucht oder gar geschmäht zu werden.

Literaturverzeichnis

Arendt, Hannah: *Eichmann in Jerusalem. Ein Bericht von der Banalität des Bösen*. München, 6. Aufl. 1996

Arnim, Gabriele von: *Das große Schweigen. Von der Schwierigkeit mit dem Schatten der Vergangenheit zu leben*. München 1989

Bar-On, Dan: *Die Last des Schweigens. Gespräche mit Kindern von Nazi-Tätern*. Frankfurt am Main / New York 1993

Bergmann, Martin S., Jucovy, Milton E., Kestenberg, Judith S.: *Kinder der Opfer – Kinder der Täter. Psychoanalyse und Holocaust*. Frankfurt am Main 1995

Biermann, Christoph: *Das Fremde ist das Deutsche*. In: *Jahrbuch der Psychoanalyse*, Bd. 35, Frankfurt am Main 1995

Eckstaedt, Anita: *Nationalsozialismus in der ›zweiten Generation‹. Psychoanalyse von Hörigkeitsverhältnissen*. Frankfurt am Main 1989

Frei, Norbert: *Vergangenheitspolitik. Die Anfänge der Bundesrepublik und die NS-Vergangenheit*. München 1996

Gubrich-Simitis, Ilse: *Nachkommen der Holocaust-Generation in der Psychoanalyse*, in: *Psyche* 38/1984

Haarer, Johanna: *Die deutsche Mutter und ihr erstes Kind*. München 1934

Hamann, Brigitte: *Hitlers Wien. Lehrjahre eines Diktators*. München, 4. Aufl. 1996

Hecht, Ingeborg: *Als unsichtbare Mauern wuchsen. Eine deutsche Familie unter den Nürnberger Rassengesetzen*. Hamburg 1993

Hellinger, Bert: *Ordnungen der Liebe. Ein Kursbuch.* Heidelberg 1995

Hellinger, Bert / ten Hövel, Gabriele: *Anerkennen, was ist. Gespräche über Verstrickung und Lösung*. München, 4. Aufl. 1997

Henseler, Heinz / Kuchenbuch, Albrecht (Hrsg.): *Die Wiederkehr von Krieg und Verfolgung in Psychoanalysen*. Ulm und Berlin 1982

Herman, Judith Lewis: *Die Narben der Gewalt. Traumatische Erfahrungen verstehen und überwinden*. München 1994

Hitler, Adolf: *Mein Kampf*. 23. Aufl., München 1933

Klemperer, Victor: *Ich will Zeugnis ablegen bis zum letzten. Tagebücher 1933-1945*, 2 Bände. Berlin, 8. Aufl. 1996

Kogan, Ilany: *Die Suche nach dem Selbst*, 1995. In: Tas, Louis M. und Wiesse, Jörg: *Ererbte Traumata*. Göttingen 1995

Jokl, Anna Maria: *Zwei Fälle zum Thema (Bewältigung der Vergangenheit)*, erschienen im *Bulletin des Leo Baeck Instituts*, 1988 und Jülich 1997

dies.: *Die Perlmuttfarbe. Ein Kinderroman für fast alle Leute*. Frankfurt am Main 1995

Miller, Alice: *Du sollst nicht merken. Variationen über das Paradies-Thema*. Frankfurt am Main 1981

Mitscherlich, Alexander / Mitscherlich, Margarete: *Die Unfähigkeit zu trauern. Grundlagen kollektiven Verhaltens*. Frankfurt am Main 1967

Moser, Tilmann: *Gespräche mit Eingeschlossenen*. Frankfurt am Main 1969

ders.: *Das Erste Jahr. Eine psychoanalytische Behandlung*. Frankfurt am Main 1986

ders.: *Die Unfähigkeit zu trauern: Hält die These einer Überprüfung stand? Zur psychischen Verarbeitung des Holocaust*. In: *Psyche*, Mai 1992 (1992 a), abgedruckt in Moser (1992 b)

ders.: *Vorsicht Berührung. Über Sexualisierung, Spaltung, NS-Erbe und Stasi-Angst*. Frankfurt am Main 1992 (1992 b)

ders.: *Politik und seelischer Untergrund. Aufsätze und Vorträge*. Frankfurt am Main 1993

ders.: *Dämonische Figuren. Die Wiederkehr des Dritten Reiches in der Psychotherapie*. Frankfurt am Main 1996

Pesso, Albert: *Dramaturgie des Unbewußten. Eine Einführung in die psychomotorische Therapie*. Stuttgart 1986

Radebold, Hartmut / Schweizer, Ruth: *Der mühselige Aufbruch. Über Psychoanalyse im Alter*. Frankfurt am Main 1996

Roos, Peter: *Der Mitläufer und ich. Warum wir Hitler nicht sterben lassen*. Typoskript 1995

Schneider, Christian / Stillke, Cordelia / Leineweber, Bernd: *Das Erbe der Napola. Versuch einer Generationengeschichte des Nationalsozialismus*. Hamburg 1996

Schwab, Gustav: *Die schönsten Sagen des klassischen Altertums*. Berlin 1991

Simenauer, Erich: *Wanderungen zwischen Kontinenten. Gesammelte Schriften zur Psychoanalyse* (Hrsg. Ludger Hermanns), Stuttgart/Bad Cannstadt 1993

Simmen, Maria: *Ich bin ganz gerne alt. Aus der Fülle später Jahre*. München 1994

Speier, Sammy: *Der ges(ch)ichtslose Psychoanalytiker – die ges(ch)ichtslose Psychoanalyse*. In: Heimannsberg, Barbara und Schmidt, Christoph J. (Hrsg.): *Das kollektive Schweigen. Nationalsozialistische Vergangenheit und gebrochene Identität in der Psychoanalyse*. Köln 1992

Westernhagen, Dörte von: *Die Kinder der Täter. Das Dritte Reich und die Generation danach*. München 1987

Wette, Wolfram: *Lebenskampf. Nationalsozialistische Gewaltideologie und Hitlers Kriegspläne*. In: ders.: *Militarismus und Pazifismus. Auseinandersetzungen mit den deutschen Kriegen*. Bremen 1991

Zweierlei Glück. Die systemische Psychotherapie Bert Hellingers. Hrsg. v. Weber, Gunthard. Heidelberg 1995

Lehrfilme von Tilmann Moser

Zum Thema *Psychoanalyse und Körperarbeit* gibt es einen anderthalbstündigen Lehrfilm mit dem Titel *Symbiose, Halt und Abgrenzung* sowie einen zweistündigen Lehrfilm mit dem Titel *Vaterkörper, Geburt und Symbolisierung*.

Beide Filme sind als Videos beim Autor erhältlich, einzeln DM 98,-, zusammen DM 170,- per Scheck. (Goethestr. 17, 79100 Freiburg)